Thre strum

「雪降る王妃と春のめざめ」

雪降る王妃と春のめざめ

花降る王子の婚礼2

尾上与一

キャラ文庫

この作品はフィクションです。
実在の人物・団体・事件などにはいっさい関係ありません。

目次

雪降る王妃と春のめざめ

口絵・本文イラスト／yoco

世界中の初夏を凝縮したような宝石だった。

水面《みなも》のような銀盆に緑色の指輪が載せられて、リディルとその伴侶、グシオン王の前に捧げ出される。

指輪の宝石は、木の実ほどもある大粒の翠玉《すいぎょく》で、その輝きは雨に濡《ぬ》れた新緑のようであり、光を溜め込んだ針葉樹の束のようでもあり、年月を煮詰めた苔《こけ》のようでもあった。繊細に整えられた宝石の面が、高い石のアーチから差し込むわずかな陽《ひ》にきらめくさまは、まさに濃い森の木漏れ日のようで、奥に行くほど濃密な輝きは、夏の空気を押し固めたようでもある。

この世に二つとない深緑の翡翠《ひすい》だ。『モル』と呼ばれる稀少《きしょう》な宝石の中でも、特別に大きく深い色味と輝きをしている石だった。

宝石は純金の台座に抱かれ、リディルたちに捧げられている。

元々このモルは、リディルの故国エウェストルムの国宝であった。訳あってリディルの身体《からだ》の中に長い間埋め込まれ、これも再び訳があって、リディルの肌の下から取り出されたものである。

金の巻き毛を長く背中に垂らし、そのモルによく似た緑色の瞳を潤ませたリディルは、ベールの中から王を見上げた。

王であり、神官でもある。正装に身を包んだ若きイル・ジャーナ王グシオンはまさに神話の王のようであった。

褐色の肌に、豊かに編んだ長い黒髪。黒曜石のように濃密に輝く瞳ははっきりとリディルを映している。通った鼻筋、快活そうな大きな口。背が高く逞《たくま》しい身体に、金糸銀糸の刺繍《ししゅう》が施された厚い祭服を纏《まと》っている。耳には意匠を尽くした大きな金の耳飾りが日差しのように光り、王の印の首飾りも、祝福が練り込まれた両腕の腕輪も、彼が動くたびしゃらしゃらと音を立てて、天上のような儚《はかな》い音を降り零《こぼ》すのだった。

目尻の長い目で指輪を一瞥《いちべつ》した王は、張りのある低い声で、広間に集まった来賓に宣言した。

「エウェストルム国宝のこの宝石は、正式に我がイル・ジャーナ王国に譲り渡された。余——グシオン・ラビ・ゾハール・アレゴエイダスの名において、この神聖なる宝石に《アフラの石》と名づけ、新たに我が国の国宝とする」

最前列にいた大臣の一人が振り返って、広げた巻物を掲げる。そこには石を譲渡する旨書かれた文言があり、王家のみに通ずる特別な文字で祝いの言葉が長々と書き綴《つづ》られ、最後にエウェストルム王の印と署名があった。

「そしてこの石は、我が誠心を久遠の黄金に刻み、指輪として我が妃《きさき》、リディル・ウニ・ゾハール・スヴァーティ王妃に与えられるものである」

大臣が恭しく捧げる銀盆からグシオン王はその立派な——しかし大ぶりすぎない上品な指輪

をつまみ上げた。

繊細な金の刺繡に縁取られた長いベールを深く被ったリディルは、軽く膝を曲げてお辞儀をし、しとやかにグシオンに左手の指を差し出した。

王の褐色の指が、白いリディルの手を取る。王はその指輪をリディルの人差し指に嵌《は》めた。左手の人差し指は《王妃の指》であり《叡智《えいち》の指》でもある。

王妃であり、この国の叡智たる《王の魔法使い》の指輪だ。

母の形見の石に、王は改めて台座を設《しつら》え直してくれた。この上なく高貴な由緒の宝石に見合う、格式の高い純金の台座だ。

台座には古代のまじない文字で紋様が刻まれていた。神の世界を含めて五階層に分かれているという世界の、どの階層に生まれ変わっても愛し合うという誓いの言葉だ。

リディルの指の付け根まで指輪が通される。王が慈しむような目でリディルを見つめた。彼に微笑《ほほえ》まれたとき、ぐっと込み上げる涙をリディルはやっと堪《こら》えた。

王が、玉座の高さから大臣たちを振り返ると大きな拍手が送られた。

十八歳の若き《魔法の王妃》を見るのを楽しみに集まった近隣国からの来賓たちだ。王族、貴族の彼らは皆絢爛《けんらん》に着飾り、堂々とした様子で席に着いている。まじないの香が豊かにくゆり、魔除けの金貨が床に撒《ま》かれるたび、飛び跳ねてキラキラ光を弾《はじ》く。

王妃の指輪の儀式だった。

エウェストルム国宝のモルが正式に譲渡され、改めてイル・ジャーナの国宝となり、それが王妃リディルに贈られる。

幾重にも喜ばしい日だ。二国間の国交が深まり、母の形見がリディルの手許《てもと》に正しく戻ってくる。王の誓いと愛という、純金の護《まも》りを纏って——。

シャンシャンと金属の小さな皿が打ち鳴らされる。天上に咲くという赤いルヒトシャナンの花が宙に投げられ、横笛が鳴る。白く弾けた米が床に撒かれる。天上から多く垂らされた七色の薄衣《うすぎぬ》が天人の衣のように翻っている。

窓や入り口からは一層明るい陽が注ぎ、緋色《ひいろ》の絨毯《じゅうたん》を燃えるように華やかにしている。荘厳で清らかな一幕だ。

ファンファーレが鳴り、階段を下りるグシオンに寄り添いながら、リディルも儀式の間をあとにした。

リディルと王が、すぐ側《そば》にある休息の部屋に辿《たど》り着いたとき、先ほどまでいた広間からざわめきが上がった。このあと夜通し行われる宴《うたげ》のために、来賓が別室に移動しているのだ。

女官の手で重厚な木の扉が両開きにされ、王の後についてリディルも部屋に入る。

「——王よ。グシオン」

扉が閉まるのを待ちきれないようにしてリディルは王に呼びかけた。振り向く彼に話しかけようとして涙に声を詰まらせる。

「いかがした。妃よ」

「――……嬉《うれ》しい」

胸がいっぱいだ。感謝と嬉しさと愛《いと》おしさと尊敬で、心が破裂しそうだった。感情が揺れると、勝手に指先から魔法の花が零れる。行き場のない気持ちが薄桃色の花びらになってぼろぼろ溢《あふ》れてくる。

リディルの魔力だ。嬉しさが堪えきれない。普段は制御できるが今日は無理だ。湧き上がる高揚と同じ色の花がふるふる零れてしかたがない。

ベールの中で、涙を零すリディルの頬に王が手を伸ばす。いくつも零れる雫《しずく》を身体をかがめ、口づけで拭ってくれる。

指輪が自分の指に嵌められたとき、今まで過ごしてきた刹那刹那の思い出が一息に胸に溢れ零れた。グシオンとの日々が脳裏を駆け抜けた。

あの日から、どうしてこうなることが想像できるだろうか。

元エウェストルム第三王子――男の身でありながら姉王女の代わりに、王女と身を偽って武強国イル・ジャーナにやってきた。死ぬ覚悟をしながら、涙を必死に堪えてこのイル・ジャーナに嫁いできたのだ。

世界は二つの種類の国で成り立っている。魔法で成り立つ国、魔法国。軍事力で成り立つ国を武強国と呼ぶ。

リディルの故郷エウェストルムは魔法国だ。

大地の魂を呼んで地に緑を茂らせ、水の魂を呼んで地下水を地上に湧き上がらせる。痩せた木に魔力を分け与えてたわわな実を成らせ、風の魂の力を借りて穀物の病を吹き払い、癒やしの力で病を宥《なだ》め、国内を清浄に保つ。

自然の魂《ラウフ》を集め、力にしたものを魔力《エーテル》、魔力を自在に精製して操れる人を魔法使《マギ》いと呼ぶ。

エウェストルムはマギの国だ。国民は魂の恩恵を受け、王族はそれを集めて操る。

周辺国から見れば奇跡の国なのだそうだ。エウェストルムほど豊かで平和な国はなく、疫病に襲われず、飢饉《ききん》も知らない。自然の国力に恵まれた国だが、その代償として武力がない。エウェストルムは魔法の産出量では突出しているが、その魔力を武力として持ち替える能力がない。

ともすればよってたかって食い尽くされそうな豊かで弱い国なのだが、他国に魔力を供給することによって、その国々から保護されている。

具体的には結婚だ。

魔力を持った王女《マギ》が武強国に嫁いで、魔力を武力に換えて戦う王家に魔力を供給する。そして王女を娶《めと》った武強国は、代わりに武力で魔法国を守護するのだ。

武強国は順番を待ってでも、エウェストルムから王妃を娶ろうとする。差し出さなければ国を潰すという脅迫をしながら――。

エウェストルムは、リディルが生まれる前、第一王女をイル・ジャーナに差し出す約束をしていた。一番上の姉王女がイル・ジャーナに嫁ぐはずだったのだが、超大国アイデースにほとんど脅されるようにして姉王女を差し出してしまった。

黙って引き下がる訳などないイル・ジャーナ前国王に対し、我が父エウェストルム王は『次の王女を必ず差し出すから』と言って命乞いをしたのだ。

だが次に生まれた王女は身体が弱すぎて生まれたことすら公にできず、その次は王子のリディルだ。リディルを王女と偽りながら育てつつ、王女が生まれるのを待ったが、次に生まれた腹違いの兄弟も王子だった――。

苦渋の末、リディルがイル・ジャーナへ輿入《こしい》れすることになった。

当然騙《だま》し続けられるとは思っておらず、死ぬ覚悟と決意を抱いて輿入れの馬車に乗った。

婚礼後、初夜の褥《しとね》に入る前にグシオンに詫《わ》び、彼を謀《たばか》ったのは王室の判断なのだから、どうか国民の命だけは助けてほしいと頼み込んで、その代償として彼の前で首を切るつもりでいた。

だがグシオンは知っていたのだ。

床にうずくまるリディルに事もなげに語って聞かせた。

――そなたが王子であることはずっと前からわかっていた。

そう言ったときのグシオンの寂しそうな笑みは、今も忘れられない。

彼が、自分が男だとわかっていて娶ったのには理由があった。彼は魔法使いとしてのリディルを——そしてリディルの魔法学の知識を見込んで側に迎えたのだ。

武強国イル・ジャーナの雷王、グシオン。彼の目的は世継ぎではなかった。彼の魔法攻撃力を甚大にするため、魔法国エウェストルムの王女——魔力を供給する者としてリディルが望まれたのだ。だがそれも、リディルをさらに絶望させただけだった。

エウェストルム王室に生まれた者のほとんどに、生まれつき強大な魔力が備わっている。だがその頃のリディルには、ほとんどと言っていいほど魔力がなかった。幼い頃、背中の魔法円に大きな怪我《けが》を負い、魔法円が回らなくなってしまった。それが原因で、リディルには魔力がない。やっと手から魔法で生み出した花を零すだけ。あとはささやかな癒やしの力があるだけだった。

魔力を持たない魔法使い。しかも王子だ。

グシオンに嫁ぐまではそれでよかった。魔力がなくても周りは皆優しかったし、どうせ自分は婚礼の晩に死ぬはずだったのだから——。

子も生めず、魔力も供給できない。それでも自分をグシオンは愛してくれた。共に生きていきたいと言ってくれた。

そんな自分たちに奇跡が起こったのだ。

背中の傷の中から偶然この宝石が摘出された。

失われたはずの母の形見だ。この怪我を負ったとき、リディルの母が、この宝石を傷に埋め込んだとあとになって知った。

そうしてリディルの魔法円を妨げていた原因は取り除かれた。十五年間も、いくつもの悲劇と慈しみを纏い、リディルの身体の中で眠っていた石は今、静かに指で輝いている。

緑色のモル。母の慈愛が詰まったこの宝石に、グシオンは《アフラ》と——母の名をつけた。リディルがいつでも母の加護と愛情を感じられるように、母を亡くして寂しく育ったリディルがもう寂しくないようにと、新たにイル・ジャーナの国宝となったこの石に、他国の女王の名をつけてくれたのだ。

今、リディルの指に素直に輝く宝石が嬉しくてたまらない。王が自ら指図してつくらせた台座があまりにも愛情深いのも、リディルの涙を誘う。

「リディル……？」

大きな身体をかがめて、何度もやさしく口づけをしてくれる王に励まされ、ようやくリディルは目にいっぱい涙を浮かべたまま微笑んだ。

「今日が婚礼のような気がします」

「一年も一緒にいたというのに薄情だな。婚礼の儀は気に入らなかったか？」

「いいえ。本当の婚礼のときは、謝罪の言葉ばかり考えていましたから」

式の間中、目の前の彼にどのように言って謝ろう、どのように打ち明ければ彼の怒りが少なくて済むのか、エウェストルムの国民を見逃してもらえるのか、そればかりで頭も胸もいっぱいで、実のところ、婚礼の日の記憶はほとんど残っていない。

そのあとも幾重にも重なる嘘《うそ》と、企《たくら》み、醜悪で残酷な呪いに苛《さいな》まれた。ことごとくに叩《たた》きのめされ、はじき返されながら、しかし自分たちはとうとう王と王妃として、そして王とその魔法使いとして、婚礼以上の絆《きずな》を得たのだ。

「ありがとう……ありがとう。グシオン、我が王よ」

いつも、いつだって、グシオンはリディルが一番喜ぶことを、リディルも知らない心の奥から探し出して与えてくれる。

リディルの足元には、ふるふると幸せ色の花が零れ、足元はすでに小さな花の山が築かれている。

リディルは王の大きな両手に手を包まれながら、肩を震わせた。

「今は、今夜、あなたになんとこの心を伝えようかと悩んでいます」

この石がリディルに戻ったことには、母の形見以上に大きな意味がある。

イル・ジャーナ王妃の証《あかし》だ。魔石として、魔法使いのリディルを守り、再び魔力をもたらす石になる。増幅器ともなってこの先リディルを護り続ける。きっとそういう石になる。

「期待しておこう」

王は囁《ささや》いて、誓いのように恭しく、ベールの奥のリディルの唇に唇を重ねた。

窓から見える城門あたりはまだ赤く煌々《こうこう》と篝火《かがりび》が灯っている。

儀式の装いをとき、髪をほどいたリディルは居間で、いつものソファにほっと身を預けた。獣が彫り出された黒い木の椅子に、刺繍のクッションをいくつも重ねて凭《もた》れかかる。身体が急に解き放たれた気分だ。宙に浮き上がりそうに軽くなった。儀式用の衣装は重い。分厚い布も、王妃を表す首飾りや腕輪も、純金だったり石が編み込まれていたりで長時間となると存外の苦痛になるのだった。

女官が、奥の部屋から畳んだ衣装を数人がかりで運び出している。着替えに使った姿見をリディルは眺めた。王が褒めてくれる腰まである金の巻き毛。父譲りの碧眼《へきがん》。子鹿のように目が大きいとよく言われる。「そなたの鼻は小鳥のように尖《とが》っている」と言って、王が時々嬉しそうに摘まむ鼻先。

もともとあまり体格がいいほうではないが、イル・ジャーナの人々は全体的に背が高く、骨がしっかりしている。その中でも背が高く逞しいグシオンの側にいると、女性とすれば背が高いリディルでも、小柄な王妃に見えるらしい。

イル・ジャーナの装飾は重厚で華美だった。細密に織られた絨毯が床一面に敷き詰められている。リディルは、侍女の手で持ち去られる姿見を見やってから部屋の奥へ目を向けた。

「宴はまだ、時間がかかりそうだろうか」

部屋の隅でお茶を淹《い》れている側仕え、イドという男の背中に問いかける。快活そうな茶色の髪。緑色がかった灰茶の瞳。リディルより六つ年上のイドは、エウェストルムからついてきたリディルの従者だ。達人と言われて恥じない剣技の持ち主で、小さい頃から側にいて、リディルの婚礼にも死を覚悟して付いてきてくれた。

「ええ。今やイル・ジャーナは紛れもない大国です。その王家の祝いの儀式ですから周辺諸国の貴族は競って参列に来たがるそうで、えんえんと貢ぎ物と挨拶が終わらないようです。ほんの一年前までフラドカフに尻尾を振っていた貴族まで、何食わぬ顔をして祝いの宴に交じっているそうですから」

「これから仲良くしてくれるならいいじゃないか」

「そうですね。ただ面の皮が厚いと感心しているだけです」

昨年冬、長年対立関係にあったフラドカフとの戦に勝って、早九度目の満月が巡った。なんとか戦後処理も片付き、平定したフラドカフの治安も落ち着いて、イル・ジャーナの新しい地方として活気を得つつある。

夏に平定の公告式が終わり、そして今日、リディルの魔法使いの宣誓と指輪の授与が行われた。

やっと一息だ。ようやく戦勝国としての一連の儀式が終わり、新しい日常が戻ってくる。

「イル・ジャーナはこれからますます栄えるでしょう。我が国の魔法使い、リディル様のお名前も日に日に高くなって、周りの国にまで鳴り響いているそうです。『花降る王妃』？」

心のままに指先から花を零す自分を、いつの間にかそう呼ぶ者が増えていた。明るい二つ名は人々に気に入られたらしく、国民だけでなく、他国の王侯貴族までもが親しみを込めてそうあだ名しているという。

「だといいのだけれど」

「間違いありません。城下町の女の子はあなたに憧れ、花を持って歩くのが流行《はや》っているそうです。若い男どもは求婚をするのに、幸せな王夫妻にちなんで必ず花を差し出すのだとか」

「本当に？」

真面目なイドは言葉遊びのおべっかは言わないほうだ。今日の華やかな席に浮かれていることを差し引いても浮ついた噂話《うわさばなし》だった。

イドは紅《あか》く透き通った茶を入れた椀《わん》をリディルの前の机に置き、しみじみとリディルを眺めた。

「このような日が来るとは思っておりませんでした。あなたがこれほどお幸せになるとは」

「お前のおかげでもあるよ、イド」

「いいえ。リディル様のお力です。世界のどこを探しても、勇者のような活躍で王の呪いを解いた王妃の話など見つかりません」

「それはそうかもしれないね」

リディルも思わず苦笑いだ。

グシオンが男の自分を王妃として迎えたのには、もう一つ秘密があった。

グシオンには二つ重なった満月の光を浴びると、凶暴で巨大な獣になるという忌まわしい呪いがかけられていた。

生まれた子どもに呪いはうつる。生まれては困るから、リディルはむしろ王子でよかった。そのかわりエウェストルムの魔法使いたるリディルに解呪を求め、そうでなければ魔法学者として呪いを解く方法を探してほしい――。婚礼のもう一つの目論見《もくろみ》はそれだったのだ。魔力がなかった自分には、その期待にすら応えられなかったが、結果的に剣士として王の呪いの元を叩き壊したという顛末《てんまつ》だ。これは後世長く語り継がれると、城でいちばん古い大臣、ザキハが言っていた。

そして呪いは解けてもグシオンは側室を設けないと言った。将来、兄弟国リリルタメルから、今はまだ赤子のグシオンの遠縁を王太子として養子に迎えるべく準備が整えられている。

リディルを見つめるイドの視線はやさしく温かい。イドはうっすら目を潤ませた。

「蜥蜴《とかげ》を箱いっぱいに詰めて、王の間のまん中でまき散らした方とは思えません」

「そんなこともあったね」

父王を訪ねてきた高名な魔法学者に見せようとして箱を床に落とし、蜥蜴が四方八方に逃げ散らかして大変なことになった。

「木をやたらと高く伸ばし、切るのに大事《おおごと》になったことも」

「そうだった」

理由は思い出せないが、毎日丹念に一本の木に懸命に魔力を注いで天に伸ばし、周りの者が気づいたときには倒すに倒せないほど高く伸びてしまった。切るには切れたけれども倒れた木が壁に当たって大穴を空けた。

「嬉しゅうございます」

「うん」

イドは指先で目元を拭ってから、はっきりした笑顔をつくった。

「元々の魔力も取り戻され、毎日お幸せにお過ごしだと、エウェストルムに手紙を書く私も鼻が高いです」

「よかった。もう箱に蜥蜴を詰めるのはやめるよ」

「そうしていただけるとありがたいです」

笑い合いながらとりとめのない雑談を交わしていると、静かに扉が叩かれた。

「——妃殿下。もうしばらくで王がお部屋にお戻りだそうです」

告げに来たのはカルカという、王の側仕えだ。

イドと同じくらいの年頃で、細々《こまごま》と王の身の回りを取り仕切っている。榛色《はしばみいろ》の髪、ほっそりした顔つきで、肌は薄く浅黒い。

几帳面で、冷淡なくらいはっきりと事実を喋《しゃべ》る、若手の筆頭、頭の切れる男だ。仕事のしかたはイドと似ているが、イドはもっと朗らかで友好的だ。

「わかった。今日はカルカもご苦労だったね。夜はよく休んで」

「お気遣いにはいたみいります。しかしわたくしはこのあとも仕事がありますので。あなた様こそ明日からもお礼状をお願いしますから、起き上がれないことがないよう、せいぜいよくお休みください」

「わかったよ」

「それではまた後ほど」

必要なことだけ淡々と言い残して部屋を下がってゆく。

扉が閉まると同時に、思わず息が漏れた。

イドが顔を曇らせる。

「私はどうも、あのカルカが好きになれません、リディル様」

「そう言わないでおくれ、イド。昔なじみのようにとはいかないけれど、カルカはよくしてくれているよ。おかげで私は不自由をしたことがない」

カルカは万事あの調子だが、気遣いは隅々まで行き届いていて、おかげで生活の苦労をしたことがない。自分にせよ、イドにせよ、たった二人きりで、まったくの異国で暮らしはじめた。カルカがあれこれとエウェストルムとイル・ジャーナの中間のような道具を持ち込んでくれ、生活を整えてくれるから、生活様式の違いでつらい目に遭わずにすんでいる。

「確かにそうですが、リディル様に冷たすぎます」

「そうだろうか？　友だちと言うには少し隔たりがあるかもしれないが、カルカは誰に対してもああなのだ」

「王には様子が違います」

「当たり前だよ、王なのだから。私がグシオンを敬うのと同じように、彼にとっての唯一の大切な王だ」

「しかし」

「それでも初めの頃よりずいぶん優しくなったと思う。彼にしてみればグシオンを騙して嫁いできた男王妃だし、初めの頃はエウェストルムが送り込んだ間諜《かんちょう》だと誤解もされていたし」

「まったく失礼ですよ」

不満を隠さないイドにリディルは笑いかけた。

「カルカは、イドとよく似ている」

「心外です。あんな井戸水みたいに冷たい男とは似ていません」

「そういう口の達者なところ。真面目なところとか、仕事ができるところとか、主《あるじ》が好きなところとか」

　イドは灰茶色の視線を流し、きつく結んでいた口を歪《ゆが》めた。

「忠誠心は立派なことですが、贔屓《ひいき》が過ぎる」

「そういうところも似てる」

「私はあれほどリディル様ばかりを贔屓していません」

「本当に？」

「もちろんリディル様が一番大切ですが、リディル様を大切にしてくださる王のことも尊敬し申し上げております」

「そうだね」

「ええ、そうですとも。あのように態度の露骨な無礼者と一緒にしないでいただきたい」

「それでも最近は少しなかよしのようで、私も安心しているよ」

　嫁いできたばかりの頃は、互いに側近同士で腹の探り合い、嫌みの言い合いでいつも袋に入れた山の棘《とげ》の実のようにトゲトゲとつつき合っていた。最近は二人で予定の摺《す》り合わせをしていたり、イドが忙しいときは彼にリディルの身の回りの調整を任せていたりと、信頼関係を築いている——というか、元の性格が似ているせいかずいぶん気が合っているように見える。

　だがイドの表情は理不尽そのものだ。

「いいえ？　とんでもないことです。以前のようにおおっぴらに疑っていないだけで、けっして仲良くありません。あの方と話しやすくしておくと何かと便利なのでそうしているだけです」

そうだろうか、と異論を唱えるとまた反論が長くなりそうだし、意地になるとイドはけっこうやっかいだ。

「わかった。——さあ、王がお戻りになる。夜着を整えておくれ」

リディルが命じると、ひとつ息をついて「かしこまりました」と気取った調子で言って、部屋を出ていった。

壁の織物の意匠は、イル・ジャーナを建国した初代ザガンドロス王の統治の場面なのだそうだ。伝説の王で、賢王と誉れの高いグシオンは、彼の再来と呼ばれることがある。

イル・ジャーナの山から採れる半透明の鉱石が填《は》め込まれた壺《つぼ》、ずっとずっと東の黄金の国から運ばれてきたという七色の美しいガラスランプは、王宮に三つしかない。

褥には甘い香りの香が焚《た》かれている。ランプの明かりが葡萄色《ぶどういろ》の掛け布の上で揺らめいていた。

むせかえるような甘い香りがリディルを押し包む。花のような、熟れた果物のような濃厚な香りに、クラクラするような刺激的なスパイスの香りがそこら中で跳ねている。

この国に嫁いできた夜から、必ず褥で焚かれる香だ。この香りの中で、グシオンの腕に包まれると、それだけで腰が疼《うず》いた。期待で痛いほど性器が張り詰める。腹の奥が震えて受け入れる場所がひくひくと息をする。身体がとっくにグシオンを覚えたからだ。

「ん……っ、ふ……。ん、ん……」

褥にしがみつき、腰を高く上げてグシオンの雄を受け入れていた。

グシオンの硬い肉棒が、隙間なくリディルのやわらかい穴を満たし、練るような粘った音を立てて出入りしている。彼の剛直は大きく、リディルの薄く凹《へこ》んだ腹をいっぱいに満たしてしまう。身体の中の薄い襞《ひだ》を、熱いグシオンの槍に開かれながらこすられてリディルは身悶《みもだ》えするしかなかった。

「あ。ん、ふ――う。あ」

今にも裂けそうで恐ろしいのに、合わさるところからわき上がるのは痺《しび》れるような快楽だ。粘膜をめくられながら、下腹をゴリゴリと抉《えぐ》られると、リディルの性器から蜜が垂れる。快楽が高まると、いつの間にか両手いっぱいに花を握っていて、それを褥の上に散らかしてしまうのが癖になっていた。

「やだ。そこ。やぁ……！」

下腹を押さえられ、身体の中からグシオンは自分の手のひらに性器を押しつけ擦《こす》りつける。激しい快楽を放つ場所を、腹の皮膚ごしに挟まれて揺すられると、ほとんど泣き声のようなすすり泣きしか上がらない。

　また、手から花びらが零れる。リディルの快楽を示すような、赤桃色の、蜜が香る艶めいた花だ。

「あ。もう……出、る。グシオン……！」

　内股がふわっと汗で濡れ、ビリビリと痙攣《けいれん》している。尾てい骨にやわらかい電気のような快楽が溜《た》まり、突かれるたび大きくなる。それはあっという間に膨らみ、リディルの脳裏に白く弾けそうな花びらを詰め込むのだった。

「急ぐな。先ほども出したばかりであろう？」

　グシオンはそう囁くと、リディルの小さな乳首に手を伸ばしてきた。

乾いた手で押し潰し、摘まんで引っ張る。こりこりと抓《つね》られてリディルは鋭い声を上げた。

「んあ。あ！」

　ピリピリとした鋭い快楽は、蜜を弾きながら跳ねるリディルの性器に繋《つな》がっているようだ。

褥に飛沫《しぶき》が飛び、腰が震えて背が反った。汗で長い髪が張りつく首筋に、グシオンがしっかりした形の唇を押し当てる。

「堪えよ。簡単に出してしまうと快楽が減る。握っていてやろうか？」

「い、や……。やだ」

　囁かれて耳朶《じだ》を噛《か》まれ、それにもぞくぞくしながら首を振る。

性器の付け根を押さえられ、これ以上無いほど押し込まれて、静かに揺すられると身体が溶けてしまいそうだ。

「ゆっくりいたそう。そなたと話がしたい」

「何……を……？」

ほとんどうわごとのようにリディルが唇を動かすと、泡のような音が出た。

「今日のそなたは美しかった。ああして気取っているのもかわいらしいが、そなたの一番かわいらしいところは、余しか知らぬ」

「ん……！」

粘った音を立てて最奥を掻《か》き回されていると、腰が砕けそうだ。グシオンの雄は長く、硬く、そして先端には銛《もり》のように返しがついた、太い肉の珠が付いている。それがリディルの内臓の粘膜を隅々まで押し開き、快楽を引きずり出すのだ。

「かわいい、リディル。我が妃」

言葉の通り、繋がる場所をやさしく、揺らすように突きながら、リディルの精液で濡れた指で、リディルの興奮で硬くなった乳首を扱《しご》き続ける。

「あ。だめ、です。漏れる……」

快楽はもういっぱいだ。身体の中に抱えきれない。

指の間から、絶え間なく花が零れる。なまめかしい桃色、深紅の小さな花。グシオンがくれる快楽に合わせて、淫らな花びらが生まれてくる。敷布の上は発情の花だらけだ。

「気持ちがいいか？　リディル」

泣き出したいほど悦《よ》くなると、褥も身体も、零れた花にまみれてしまう。グシオンはそれを見たがって、いつも簡単には達《い》かせてくれなかった。時間をかけて、存分にリディルに快楽を与え、慈しみ、リディルの粘膜を滴るほどに甘く蕩《とろ》かす。

「ア。は――……。う。ア！」

王は、リディルの下腹深くを突き上げながら、リディルの背中に唇を這《は》わせた。そのまま囁く。

「来賓たちはそなたの噂を持ち帰るだろう。国民もだいぶん熱狂しているそうだ。自慢の王妃だが、このような姿は誰にも見せるわけにはいかぬ――」

リディルの背中には一面に大きな魔法円が描かれている。複雑な模様の図案で、同心円を中心とした癒やしと生命力の理《ことわり》が画《えが》かれている。癒やしの紋だ。魔法円は持って生まれたもので、魔力の源泉となるものだが、リディルの魔法円の外から二番目の線には、古い傷跡が白く走っているのだった。

小さいとき、不幸な事故で負った傷だ。そしてその傷の中に、この指輪の宝石が押し込まれて、リディルの魔力を遮断していたのだった。

以前は魔法円の修復は不可能だと言われていたが、グシオンが危機に陥ったとき、魔法円を繋ぎたい一心で、リディルは白い古傷の上を、剣で傷をつけ、無理矢理魔法円を繋いだ。宝石が取り出されたのもそのときだ。今はそのときの傷跡が残って、魔法円は辛うじて繋がっている。

「グシ……オン……。あ……、ん」

魔法円のあちこちに、王が口づけをする。白く残った傷の上には余計丹念に熱く濡れた唇を押し当てる。

「そんな、に。しないで。もう駄目。止まって……止まらない、で」

腰をびくびく震わせ、リディルは喘《あえ》いだ。

先ほどから、飛沫のように小さく精液が噴き出していた。奥を突かれるたび、雨のあとの葉が雫を飛ばすように、小さな粘液が褥に跳ね飛ぶ。

「あ――あ。もう――……！　あ――！」

精液をたらたら漏らしながら、リディルは背中を反らした。下腹が震え、グシオンに開かれ、抉られている場所がひくんひくんと収縮する。

「射精しておるのか？　花の香りがする」

「は……い……」

背筋をふるふる反らしながら、弱い鼓動で精液を吐いた。快楽はグシオンに巻きついた粘膜が貪っている。グシオンに擦られ、身体の奥で達することをリディルは覚えた。今まで素知らぬ顔で腹の奥底に埋まっていたとは思えない鮮烈な快楽だ。一人で探していた頃の、前の鋭くさっぱりとした絶頂に比べ、グシオンに与えられる腹の中の粘膜で覚える快感は濃密だった。長く、限りがないような粘ついた酩酊《めいてい》で、リディルを飲み込み、長く苛む。

「きゃ……。あ！　あ。や！」

まだたらたらと蜜を滴らせるリディルの半勃《はんだ》ちの性器を、グシオンの大きな手が扱いた。精液をまぶすように擦られて、ちゅくちゅくと水音がする。ずっと指先で擦られて、赤く敏感になったリディルの性器の先端を撫《な》でながら、襟元で王が囁く。

「ひあ。ああ！　んあ」

「蜜のようだ。吸ったら甘そうである」

濡れた手でリディルの乳首を摘まみ、ぬるぬると摺り合わせながら、王はまた背中に口づけをした。それにぞくぞくと、腰をさざめかせていると王の笑い声が聞こえる。

「あとでそのようにいたそう」

「う……」

王に舐《な》められたことがある。大型の獣に押さえ込まれた草食の小動物のように、泣きながらむさぼり食われるようだった。口で擦られ、蜜をすすられた。信じられないくらいの快楽に喘ぎ、王が欲しいと泣いて悶えた。

期待と怖れに胸を震わせながら、ふと、リディルは気になったことを口にした。

「傷、が……薄れていやしませんか？　王よ」

命に届きそうな深い傷だったが、そのせいで、傷の奥底に毒の色素が残っている。そのおかげでリディルの魔法円は今も辛うじて回っているのだった。

しかしあくまでそれは傷跡だ。運がよければ、時間が経《た》てば、どす黒い色素を吐き切って治ってしまうかもしれない傷だった。傷が治ればまた魔力が途切れるかもしれない。王に魔力を渡せなくなってしまうかもしれない。

「薄れていてもかまわない。痛みはないのか？　愛しいリディル」

傷の部分を、王の舌が抉るように舐める。そして祈るように唇を押し当ててくる。慈しむような口づけは熱く、刻印のように肌に染み渡る。

「あ――口づけをしないで、王よ」

快楽に満たされながら、うわごとのようにリディルは呟《つぶや》いた。

「あなたに口づけられたら嬉しくて、治ってしまう」

情熱的な口づけは狂おしく、一方で愛情深かった。肌はそれを喜んで、奥のほうから春のようにどんどん生まれ変わり、毒素を吐き出して白くなってしまうに違いない。

「それなら、こうしよう。これも嬉しいか？」

「あ！」

王はリディルの腿裏《ももうら》を抱え、膝を開かせて、腰の上に乗せた。

思うさま揺すぶられたと思ったら、奥に熱い粘液を吐かれて悲鳴を上げた。魚のように口を開き、流れる涎《よだれ》をそのままにして、灼熱《しゃくねつ》のほとばしりを受ける。

「ん――……ひ、あ。――ッ、ああ、あ……！」

見張った目には、白く目映《まばゆ》い光が弾けるだけだった。

どくどくと腹の奥に吐かれているのがわかる。王はさらにリディルを揺すって、子種を奥に押し込んだ。王の剛直を伝い落ちる粘液とリディルの入り口が擦れて、脳が焼けつくようないやらしい音がしている。

「リディル……。我が、最愛の妃よ」

日に日に繋がりが濃くなる気がする。

魔力のすべてが彼に流れる。交合を重ねるごとに魂の奥底で結ばれ隅々まで血が通う。

男の身といえ、なぜこうまでして孕《はら》まないのか。いつもリディルは不思議に思っている。

† † †

グシオンを王と戴《いただ》くイル・ジャーナは、元々四つの国で成り立っている。王国イル・ジャーナ、この冬平定したフラドカフ、王の呪いの引き金となった旧ツァディック王国、そして兄弟国リリルタメル。隙間を埋めるようにさらに小さな自治区が集まって、イル・ジャーナという大国は成り立っている。

今日は王宮の大広間に、それぞれ区域を治める宰相が集まり衆議を行っている。

「キュリ。よそ見しないで。がんばって」

後宮にある居間の床に座り込んでいたリディルは一人、瓶《かめ》の縁に手をかけ、水鏡に声をかけた。

その衆議の間《ま》に梟《ふくろう》が紛れ込んでいる。目が飛び出すくらいに大きな梟。ホシメフクロウという種類の鳥で、星空を写したような美しく大きな眼球に映った景色は、今リディルが張りついている瓶の大きな水鏡に投影される。音声もよく聞こえて、つまりリディルはその衆議を堂々とのぞき見している状態だ。天井付近にはキュリがいる場所が死角になる装飾が施されている。イル・ジャーナの秘密の常套《じょうとう》手段だった。

「ちゃんと見て、もう少しだから。キュリ」

水鏡の映像はキュリの視界そのままだ。重い色の服を着た男ばかりが集まって、低い声で話し続けると、キュリは退屈してキョロキョロする。それにも飽きて眠気でまぶたが落ちてくる。キュリが目を細めると見える範囲も狭くなる。眠くなると音声もぼんやりする。キュリにはとても気の毒だが大事な話だ。一言たりとも聞き漏らす訳にはいかない。

あとでおいしい蜥蜴を探してやろうと思いながら、狭まってくる視界に目をこらし、震える水鏡の音に耳を澄ます。

――ですからイル・ジャーナ王よ。今がそのときなのです。

衆議の内容は、イル・ジャーナの未来のことだった。

フラドカフを平定したグシオンは二国と半分を治めていることになる。背後にある兄弟国リリルタメルも、事実上イル・ジャーナの一部だった。

基準を満たした三つの国以上を治める王は、皇帝となるのが大陸の習わしだ。

旧ツァディック王国の領土を鑑み、フラドカフを吸収したことで、グシオンが皇帝になる道筋が見えてきたというわけだ。

残った自治区を統一してイル・ジャーナを帝国となすのが、この国を含め、近隣が安定する一番いい方法だと言われている。グシオンがその器であるとして前々から呼び声が高い。懸案となっていたフラドカフもグシオンが統治した。

――せっかく魔法使いの王妃を娶ったというのにこのままでは勿体《もったい》ないことです、イル・ジャーナ王よ。

――周辺国の安定を盤石にするためにも、版図拡大は急務かと！　近隣の国との立場を確固たるものにし、より強く大きな国にするにはあなたの平定が必定なのです。

――フラドカフ戦での王のご活躍は、神話のようだと広まっております。王妃の魔力も尋常ならざるものだと言うではありませんか！

隣国の支配者たちは、リディルが男だということを知らない。

彼らは、支配地域を広げ、イル・ジャーナを中心とした帝国として、グシオンにその皇帝として君臨せよと熱心に勧めている。だがグシオンの返事は慎重だ。近隣地域の宰相たちはその理由を聞き出し、グシオンを説得しようと懸命だった。

水鏡に映った王は首を振る。

——急ぐ必要はない。今のままでも、この地域は安定しておる。余が王と名乗ろうと皇帝と名乗ろうと、施す治世に変わりはなく、余の統治が変わることもない。

——ですから、帝国となればそれが盤石であると申し上げているのです！　今のイル・ジャーナならこの地域を完全に統一してしまうことは十分可能です。そうすれば不用意な蜂起はなくなる。反乱も起こりにくい！　周辺地域を睨《にら》む威力も増しましょう！

——そのときが来たらそうしよう。幸い周りは小国ばかりで攻め込まれる心配はない。フラドカフにしても今しばらく時間が必要だ。無理矢理領地を取り上げ、支配してしまうつもりはない。それに帝国になれば戦争相手は帝国だ。ようやく育ちつつある我が国に、その衝撃に耐える力があろうか？

——そのための王妃です。あなたはあのフラドカフの山城を落としたのですよ⁉　魔法の王妃の力を得て、突出した魔術王《ソーサラー》として、これ以上皇帝の器にふさわしい人物がおりましょうか！

熱心な説得は続くが、話はこれ以上進まないようだ。

王が頷《うなず》かない理由をリディルは知っている。

リディルの魔力が不安定だからだ。

雷使いの魔法王であるグシオンと身体の契りを交わし、リディルは彼に魔力を供給している。その魔力を使って、元々の雷を、百倍にも千倍にもして王は先陣で戦う。

リディルは途切れた魔法円を傷で繋ぎ、魔力を取り戻した。その魔力を供給するようになってようやく今の状態だ。

フラドカフとの戦のときは傷跡がまだ生々しく残っていたし、魔力の源に続く《扉》を開けかけた勢いで、驚くほどの魔力を得られた。

《扉》というのは、命の源に繋がる扉のことだ。すべての真理に繋がるとされ、人の魂もそこから生まれ、そこへ帰ると言われている。当然魔法使いの魔力も扉の向こうで発生すると言われているが、普段は見えない。いよいよその扉の奥の世界との交流が激しくなると——大魔法使いと呼ばれるにふさわしいほど、その扉から魔力を多く引き出せるようになり——実際、眼球ではない心の目に、その世界を繋ぐ《扉》が見えるようになる。

傷で強引に繋いだ魔法円が回りはじめたとき、リディルもその扉を見た。扉がわずかに開き、漏れ出た魔力を受け取るだけでも威力は甚大だった。それらのすべてをグシオンに捧げた。

リディルが《扉》を見て、それをわずかにでも開けたという事実。古傷と《アフラの石》によって魔力を遮断されていたリディルの魔法円。その魔法円が正常に働いたとき、リディルの本来の魔力はこうだったと見せつけるのに十分すぎる魔力だった。

それを判断材料に、魔法機関はリディルが大魔法使いにふさわしい魔力があると認定したのだ。そして父王が打ち明けるところによると、元々リディルは、姉ロシェレディアと同じく、生まれつき大魔法使いの器として生まれてきたそうだった。リディルまでが大魔法使いとして生きることを怖れた母が、リディルの背中の傷に魔力の循環を遮断する宝石《モル》を埋め込んだということらしい。

宝石が摘出され、自らつけた傷で魔法円は繋がった。だが最近その傷が治癒しはじめているのだ。

傷はとうに塞がっていた。だが毒を含んだ深い傷だったから、傷跡に泥を噛んだような黒々とした色素が残っている。

それが、薄れはじめていた。

傷が新しい頃に比べると、リディルの魔力は七割ほどだろうか。傷の治癒につれ、日が経つほどにどんどん魔力が下がっているのをリディルは感じている。

魔法円が不安定だとどうしても魔力にムラが出る。この先さらに傷跡が薄れ、最悪の場合消えてしまうかもしれない。そうなったら自分はどうなるのか。元のように花を生み出すだけの些細《ささい》な魔力に戻るのか、それとも少しは維持できるものなのか。

エウェストルムの魔法機関に、再度測定に来るようにと頼んでいる。だがたとえ魔法円の威力が下がっていると言われても、できることはたった一つしかない――。

キュリがうとうとしはじめたところで、衆議も終わったようだ。

明るいうす灰色の、キュリの目蓋色になってしまった水鏡をぼんやり眺めながらしばらく思案していると、人の気配が近づいてきた。

側近を連れて入室してきたのはグシオン王だ。

長い黒髪を緩く三つ編みにしている。大きな金の耳飾り。褐色の肌に似合う腕輪を、両腕にたくさんつけている。執務のための飾りが少ない簡素な衣装もよく似合う。背丈は見上げるほどに高く、体つきは戦士と見まごうばかりに逞しい。

リディルは瓶の横のソファからぱっと立ち上がり、薄物の部屋着を翻しながらグシオンに近寄った。

「お帰りなさい、王よ。ずいぶんご苦労なさったご様子。申し訳ありません」

「視《み》ておったのか。どうだった?」

「どなたの意見も正しいように思います。私さえ――私の魔力さえ安定すれば、すべてが解決するのに――」

送れる魔力が多かったり少なかったりすると、王を危険に晒《さら》す。出すべきときに力が出ず、予期せぬ破壊力の雷が降ることもある。これが平時ならいいが、戦のときにこんな調子では、思わぬ大敗を喫し、味方を殺しかねない。

イル・ジャーナが今こそ版図を拡大すべきなのは誰の目にも明らかだ。自分の魔力さえ元に戻れば、安定すればと思っている。なのに今のところその手段がないどころか、魔力が減り続けるかもしれないという悲観的な見込みしか立たない。

肩に力を込め、俯《うつむ》いて下腹のところで強く指を組むリディルを王が優しく抱き寄せる。甘くスパイシーな香りが、リディルを大きく包んだ。

「いいや、だいたいそなたがくれる魔力がどのくらいか、身体に伝わる感触でわかるものなのだ。その上で出した答えだ。焦る必要もない」

「それでも、私の魔法円さえ修復できていればお考えは違ったはず。大魔法使いの称号は別としても、せめて魔法円さえ安定すれば――」

魔法円が途切れているときも、それはそれで安定していた。

わずかな癒やしと、指から花が零れるだけのささやかな魔力しか持たない、役立たずの王子。その情けない時代より今の、この魔法円が過剰に回ったり、ぷっつり途切れたように回らなくなるほうが迷惑だ。国と王の安全を考えるなら一番下を見積もらざるを得ない。そうしたとき、以前とほとんど変わらない気休めの力としか言えなくなる。

「私も早く、姉皇妃に連絡をつけて魔法円を繋ぎ、大魔法使いになれるかどうか試してみたいとは思っているのですが」

リディルの魔法円を安定的に修復する方法がたった一つだけあった。特別な墨で、大魔法使いが魔法で入れ墨をして魔法円を繋ぎなおす。それにはリディルの姉、元エウェストルム第一王女、アイデース帝国皇妃ロシェレディアがふさわしいと、エウェストルムの誰もが判断した。

実際、用意は進んでいて、魔法機関が何年もかけて集めた極上の材料を調合した墨がすでに準備されている。近々届く予定だ。

ただ準備は万端なのだが、少し前から肝心の姉と——実は兄なのだが——連絡がつかない。手紙を出しても返事が来ない。もう十通以上は出しているのに、一度も返事が来ないのだ。

「なぜそのように焦る？　いずれはそなたが大魔法使いとして落ち着くことを余も望んでいるが、今すぐでなくともよい」

「できるだけ早いほうがいいと思います。せめて入れ墨で魔法円を修復して魔力を安定させるだけでも叶《かな》えておきたい。できればそのまま大魔法使いの儀式を済ませたいのです。周りの国に、イル・ジャーナには大魔法使いがいるのだと知らせておきたい」

「リディル」

「そうすればどの国も容易にイル・ジャーナに戦を仕掛けてこなくなる。それに私が大魔法使いになることはひとつも悪いことがないでしょう？　三国を従えるための魔力、地の祝福を得て民を養うための魔力。戦場に出るあなたを癒やす十分な魔力。どれもがあなたに必要なものです。そしてそのときこそ、イル・ジャーナに本当の豊穣《ほうじょう》をもたらせるようになる」

「本当の豊穣？」

「以前、あなたはご自分を魚の群れの頭にたとえられた」

魚は、群れになって大きな魚を擬態するという。先王が死んだとき、まだ十歳を過ぎたばかりの王は小魚同然であったが、小魚の頭でも国は魚の体《てい》を保ったと、その頃の苦労を自嘲気味に語ってくれた。

「私が大魔法使いになれば——帝国になれば、この国は本当の鯨になるのです」

襲ってくる者がいなくなる。海への道がたやすく通る。バラバラに分解してしまうことがなくなり、小競り合いがなくなって民が潤う。そしてそれを維持するには大魔法使いの力が必要だ。大きな大地を潤すための力。水を呼び、人々が憩う緑を増やす。同じ畑でより多くの実りを得て飢えを遠ざける。豊かな食糧は奪い合いを防ぐ。エウェストルムのように、土地そのものが恵まれているわけではないから王妃の魔力はより重要だ。

王は気乗りのしない表情で小さく息をついた。

「余はそこまでの器であろうか？」

「ええ。私が保証します」

グシオンは用心深く、欲がない王だ。快適に暮らす以上の欲望がなく、権力にかまけて浪費をしたり享楽を求めたりしない。それはもしかして、彼が以前獣の呪いにかかり、王として、人としての尊厳を大きく傷つけられたせいかもしれない。そんな彼だからこそ、弱い国民に手を差し伸べられる。一番この地を穏やかに平定する王であることは誰もが知っていて、国内も周辺国も強く望んでいるのだ。

「カルカのようなことを言う」

王は苦笑いをした。

「わかった。我が妃の期待に添えるよう、最大の努力はしよう。ただ——実際のところ時間はあるのだ。のちに備え、まずは正しく軍備を整えたい。周辺国が今のままなら、余の力がなくとも我が軍は、軍隊として治安を守るのに十分である。どこかの帝国が遠征してこの地を奪いに来ることでもないかぎり、この近隣にはイル・ジャーナと正面から戦える国はない。それに兄上と連絡がつかないのはどうにもなるまい？」

問われてリディルははっと我に返った。

「……そうですね。ごめんなさい。焦りすぎました、王よ」

いくら自分が大魔法使いになりたいと熱望しても、リディルの努力ではどうにもならない。

大陸にはいくつかの帝国がある。兄が嫁いだアイデース他、周辺を平定して帝国となった三つの国。そしてイル・ジャーナのような中大国が、勃興と滅亡を繰り返している。

イル・ジャーナの近隣には帝国と呼ばれるような大国はない。中規模の国が寄り集まっていられるのも、巨大な国々から離れているからだった。イル・ジャーナが帝国となるべきだという意見もここに由来する。

兄が嫁いだアイデースは、山脈の向こうの北の国だ。絶対の武力と魔力を持ち、広大な氷河に守られた、歴史ある堅牢《けんろう》な超大国だ。

兄に会いにいくにはいくつもの国境を越え、いくつもの関を越えながら城へ近づくしかない。今のところ国交がない国で、定期的な交流もない。アイデースの情報はなかなか手に入らない。どうしてグシオンの気持ちも聞かず、焦りばかり先走っていたのか。感情的になりすぎた、と心を宥めながら、リディルはそっと胸を指先で押さえた。

「私の心配は、傷の色素が消えてしまうこと。大魔法使いになりたいのはグシオンの側にいるからこその望みです。魔法使いは、よき使い手があらばこその魔法使い。一人では、大きな魔力を持て余す、ただの男にしかなれない」

魔法使いは魔力を持っているだけだ。それを生かすには善き伴侶が必要だった。

「愛すべき人がいて、あなたが本当の王であることが最大で唯一の条件です」

「兄上と同じか」

「ええ。大魔法使いロシェレディア——魔法円を繋ぐのに、兄なら十分なはずです。王のお気持ちに甘えて、兄を待ちます」

兄ならきっとわかってくれる。ロシェレディアも王女として大国に嫁ぎ、皇帝と結ばれ、男の身でありながら皇妃となった。今は大魔法使いとして帝国を支えているはずだ。どのような気持ちだったのか。どのような苦労があったのか、今こそ話が聞きたい。なのに今日もまだアイデースから書簡が届いたという報《しら》せはない。

「本当に、兄様はどうしてらっしゃるのだろう……」

長い祈りに入っていると聞いている。きっと戦のためだったのだろう。

最後に消息を聞いたのは、東の大帝国ガルイエトとの戦争に勝ったという早馬の書簡だ。生きているはずだ。病にかかったという報せもない。

「心配だな」

労《いたわ》りの言葉に、リディルはゆるい笑顔を取り繕った。

「……元々あまり手紙を書かない人なのです。手紙を出したときだけ返事が来ます。きっと……きっと──今はお忙しいのでしょう」

自分に言い聞かせるようにリディルは話した。

兄直筆の最後の手紙は二年前。勝利を祝う手紙を、イル・ジャーナへ嫁ぐ前には別れの手紙を、グシオンの呪いを解くために助けを請う手紙を何度も書いたのに──それ以来、兄からは一度も返事は来ない。

リディルが王妃のための小さな謁見の間の椅子に座って待っていると、女官が一団の到着を知らせに来た。

彼らはぞろぞろと十人ほども室内に入ってくると、横列に並んでリディルの前で深々と礼をする。

「イル・ジャーナ王妃、リディル様にはご機嫌麗しゅう、恐悦至極にございます」

飾り気のない白いベールに、鼻から下は白い布で覆っている女性が深々と膝を曲げて挨拶をした。彼女の後ろには、女性が二人、男性が五人、騎士団の者が二人。エウェストルムからの使者で、リディルのためにわざわざ来てくれた者たちだ。朝には到着したと聞いていて、待っていたがようやく会えた。

リディルは身を乗り出して彼らをねぎらった。

「久しぶりだ。よく来てくれたね。道中は穏やかだっただろうか？　まずは少し休んでおくれ。測定は夕方か、明日に」

「いいえ。もうすでに十分な休息とおもてなしをいただきました。リディル様のご気分がよろしければ今からでも」

穏やかな口調で淡々と喋る女性にリディルは軽く言葉を呑《の》んだ。

「あ……いや。ああ、そうだ。……そうしておくれ。あなたがたも、長くエウェストルムを空けるわけにはいかないものね」

「かしこまりました。お部屋はご用意いただいております。早速、準備にかかります」

「よろしく……頼む」

エウェストルムから魔法機関を派遣してもらった。魔法機関とは、王族ほどではないが多少の魔力がある者や魔法学者たちが、谷に集って魔法の研究をしたり、魔法でつくった薬の管理をしたりしているところだ。彼らが緑深いエウェストルムの、天と地の魂を吸った薬草からつくった傷薬は、秘法と呼ばれるほどによく効いて、他国の王室が熱心に欲しがるのだそうだ。

彼らは簡易的な魔力の測定を行う。父王のようにその診断が保証になりはしないが、実測という意味では彼らの能力は信頼に足りる。リディルはどうしても現実を知りたくて、ちょうど別の用事でこちらに来る予定になっていた彼らに、魔力の測定も頼んだのだった。

すぐに別室に用意がなされた。

窓に、魔力が漏れないよう刺草《いらくさ》で編んだ布を貼りつけ、部屋ごと破裂しないよう特別な煙を焚く。

魔力を測定すること自体は簡単だ。

紐状《ひもじょう》に織られた、魔力で燃える布がある。

腕ほどの長さの生成り色の紐の端を指で摘まみ、魔力で燃やすというものだ。

「どうぞ。ご気分が悪くなられたらおやめください」

「わかった」

緊張で、喉が鳴る。

椅子に腰掛け、机にまっすぐ置かれた紐の端を摘まむ。

前回、父王が測定に来てくれたときは、向こうの端に引かれた赤い線の向こうまで――紐の最後まで一息に燃やし切ってしまった。だから『大魔法使い相当』という測定結果が出た。

今、自分がどれだけグシオンに魔力を届けられているのか知りたい。一方で、どれほど魔力が下がっているのかを知るのが怖い――。

深い呼吸を繰り返したあと、指で挟んだ布に魔力を注ぐ。

紐はすぐに温かくなった。指から零れる花の魔力までも、余さず全部紐に吸われていくのがわかる。

紐は指の下から燃えはじめた。

ちらちらと境目を赤く光らせながら、摘まんだところから上に向けて紐が黒く染まってゆく。

――どうか燃え切ってくれ。

祈りながらリディルは紐に集中した。燃え切らないかもしれない。でもせめてその赤い線まで燃えてくれたらグシオンの魔法使いとして役に立てていると言える。

墨に浸した紐のように、下からどんどん黒さが染み上がってゆく。リディルがほっとしかけたとき、燃える動きは不意に止まった。まん中よりも少し上くらい。どれほど魔力を注いでももうこれ以上上がらない。何度も何度も集中しなおしてみたが、動かなくなった黒いところから少しも燃えようとしなかった。

赤い線よりだいぶ下――やはりリディルの体感は正しく、前回の七割と言ったところか――。

「よろしゅうございます。リディル様。指をお離しください」

「待って。この紐は正常だろうか。予備は持って来ていないの？」

「紐は十分確認いたしております。リディル様がお感じになっている程と、大きく相違がございますでしょうか」

やさしく尋ねられて、リディルはふっと身体から力が抜けるのを感じた。

静かに両手で顔を覆う。指が震えていた。予想していたことでも目の当たりにすると、落胆を超えて、受け止めがたいくらいの衝撃がある。

身体の奥のほうが震えている。息もできない肺を絞って、ようやく声を出した。

「いいや……。この紐の通りだ。……ずいぶん魔力が下がっているね」

魔法機関の女性はそれに答えず、「イル・ジャーナ王には我々からお伝えしますか？」と訊《き》いた。

「ああ。すまないが、そうしてくれ。私ではきっと弁解してしまう」

グシオンに嫌われたくなくて、きっと体調が悪かったとか、思ったより下がっていなかったとか、なんの得《とく》にもならない嘘や言い訳をしてしまいそうだ。グシオンに嘘をつきたくない。彼のためにと隠したことが、後々何倍にも増して彼を苦しめることをリディルは身に染みて理解している。

「かしこまりました。エウェストルム王にもお伝えいたします」

「そうしてくれ。父様のお加減がいい日に」

身体と心が弱い父王のことだ。こんなに魔力が下がったことを知ったら心配するだろう。

やはり――とリディルは天を仰いだ。想像以上に魔力が下がっている。王との繋がりが深くなっていることを差し引いても、一体今、どれくらい王に魔力を届けられているだろうか。

「――ねえ。もし……もしもだ」

片付けの物音を聞きながら、リディルは心配そうな顔をしている彼女に問いかけた。

「魔力を戻すとしたら、入れ墨で魔法円を繋ぐしかないのだろうか」

「はい。今日はそのための墨をお持ちしております」

元々彼らはそのためにやって来たのだ。

傷の奥底に残った色素が完全に消えてしまう前に、その色素を足がかりに、魔法機関が用意した墨を使って、入れ墨で魔法円を修復する。それが唯一リディルが元の魔力を取り戻せる方法だ。

「やはり……入れ墨の施術は、兄上でなければ難しいのだね……？」

「ロシェレディア様でなくとも、大魔法使いであれば可能かもしれません。しかしそれぞれ技量と得手不得手がございます。リディル様のご安全のため、やはりロシェレディア様にお願いするのがよろしいかと」

「そうだね……」

墨は届いた。あとはロシェレディアに会うだけだが、見込みが立たない。リディルは軽く身を乗り出した。

「あの、あなたは私が手紙に書いたことを覚えている？　他の大魔法使いを探してほしいと書いたんだ」

「はい」

「機関長は反対のようだけれど、もし——ロシェ兄様でなくとも、これはというかたがいらしたら相談してみたいのだ」

兄の無事は気にかかる。だが魔法円とは別の問題だ。もし、他に方法があるならそうしたい。魔力を取り戻したい。イル・ジャーナの長い平和のため——グシオンのために。

女性は静かに首を振った。

「入れ墨は一度入れると戻せません。ことを急《せ》いて能力の満たない者に任せ、失敗してしまったらもう二度と魔法円は繋がらないのです。お気持ちはお察しいたしますが、あまり軽率にお決めになりませぬよう」

「……わかっているよ」

リディルは肩を落としてため息をついた。

焦ってはならない。ロシェレディアともきっと連絡はつく。失敗しては取り返しがつかないのもわかっている。だが心臓が炙《あぶ》られるようなのだ。どうしてこんなに焦るのか、自分でもわからないのだけれど——。

検査は終わり、日が傾く前に魔法機関の彼らは帰国の途につくことになった。

最後に改めて、リディルのところに挨拶にやって来た。グシオンも声をかけに来てくれた。

「リディル様がお元気で何よりでございました。何かご質問がありましたらいつでもお呼びくださいませ」

「遠いところ、わざわざご苦労だったね。父王と、ステラディアース姉様にもよろしく伝えてね」

リディルが労いの言葉をかけると、彼らは再び全員で礼を取って、静かに部屋から出て行った。グシオンから贈られた土産物をたずさえ、これから数日間をかけて帰国の途につく。

「それが墨か」

ソファでその様子を見ていた王が、立ち上がってリディルの隣に来る。机の上には丸く白い、手のひらに載るほどの薄い陶器の容器が置かれている。蓋の隙間は粘土で埋められ、赤い編み紐で厳重に封がされている。

「ええ。黄金と薬草を魔法で練った墨です。これを魔法で編みながら、皮膚の奥のほうへ入れてゆくのです」

あまり喜ぶ気になれなかった。希望はこの手にあると言っても使えなければただの染料だ。

「彼らにも施術は無理なのか？」

「ええ。ただの入れ墨ではありませんから。身体の奥にある、魔力が流れている神経と繋ぐのです。少なくとも大魔法使い以上の魔法使いでなければ無理です」

リディルは暗いため息をついた。

「こんなことになるのなら、リズワンガレス殿を逃がさなければよかった」

フラドカフに身を寄せていたリズワンガレスという大魔法使いは、魔力を悪用し、呪いを権力者に売りながら過ごしていたようだ。

先の戦のとき、リディルは逃げ出す彼を見逃した。契約する王がいなければ、魔法使い一人では巨大な魔力を持った、ただの人間だからだ。彼個人には改めてグシオンを呪う理由もないのだから、目の前から消えるだけだと思った。

戦いの舞台となったフラドカフ城が崩落した際、リズワンガレスも捕縛されたと聞いたが、牢屋に連れてこられる前までに姿を消したと聞いている。

王は黒くまっすぐな眉をひそめた。

「いいや、あのような輩《やから》に、そなたの肌を触らせるなどもってのほかだ」

「違います、王よ。リズワンガレス殿はひとたび呪いに手を染めた者、彼に施術を頼むつもりはありません。ただ、運がよければ他の大魔法使いの居場所を知っていたかもしれない」

特別な地位にある者を除いて、大魔法使いはその居場所を知らせないものだ。しかし大魔法使い同士は、あの扉でわずかな情報が繋がっていると聞いている。

「彼ならロシェレディア皇妃の消息も知っていたかもしれないのに……」

迂闊《うかつ》だった。せめて無事かどうかだけでも、聞き出せばよかった。


王の書簡は、大臣が執務室に届ける。

リディルへの書簡は毎朝食事のあと、居間に女官が届けに来るのだった。

女官が、リディルの前で申し訳なさそうにお辞儀をした。

「本日も、お手紙は届いておりません、妃殿下。申し訳ありません」

「謝らないで。私が尋ねすぎたせいだね。どうか気を悪くしないでおくれ。私ももう尋ねるのはやめるから。届いたらきっとすぐに知らせてくれるね？」

「はい。真夜中だって、真っ先に」

女官は泣きそうな顔でリディルを見た。沈んだ様子で部屋を出て行く彼女の背中を見ながら、悪いことをしてしまったと、リディルは思った。それもこれもロシェレディアから返事が来ないせいだ。

「お忙しいのはわかっています。でもなぜ一言返事をくださらないのか」

窓辺からこちらを見ているグシオンに話しかけるでもなく、リディルは悲しい気持ちでそう零した。

長く苦しい戦争で、アイデースは足かけ三年近く戦っていた。だが戦勝報告は来たし、他の伝《つて》からもアイデースが戦に勝ち、敵国が引き上げたと聞いた。

ロシェレディアにここまで来いとは言っていない。リディルがアイデースに訪ねてゆくから、施術ができるかどうか一言返事が欲しいと言っているだけだ。

「皇妃は本当にご無事なのか？」

「はい。少なくともアイデース国が無事なのはわかっております。もしも万が一姉が——ロシェ兄様の身に何かがあったときはエウェストルムに報せがゆくと思うのです」

皇妃として差し向けた第一王女だ。もしも——考えたくはないがもしも、ロシェレディアの身に重篤な災いが起こっているとするなら、国交上、故郷の父王に報せが行かないはずがない。

グシオンは、金色の刺繡が施された紺色の袖で腕を組む。

「ふむ……皇帝もろとも王室が滅びたとも考えにくいな。超大国アイデースが滅びたとなれば、大陸すべてが蜂の巣をつついたようになる」

ロシェレディアの無事は、彼の無事だけを意味するのではない。

この大陸には、大小の武強国がひしめいている。

魔法国と武強国の割合はおよそ一対九だ。その中でもエウェストルムは最大の魔法国であり、イル・ジャーナは指折りの武強国であった。

武強国はどの国も、少しでも領土を広げて豊かになろうとし、征服の手を撥《は》ね返そうと必死になっている。

そんな中、元々は二十以上の国だったものが統一されたという超大国アイデースが滅びたとなれば、どの国も我先にとそこを奪いに行き、大戦乱時代に突入するはずだ。アイデースから遠く離れたイル・ジャーナですら、無茶を承知で遠征軍を考えるだろう。だがそんな情報はいっさい耳に入ってこない――。

リディルは気を取り直すような笑顔を浮かべた。

「お忙しいのだと思います。戦後処理は激務でしょうし、アイデースは北の国。戦が終わればできるだけ早く、冬の備えをしなければなりません。それに」

自分に毎日言い聞かせていることを、堪えきれずに王に聞かせた。

「ロシェ兄様は強いのです。小さな頃から大きな魔力を持っていて、光の粉を降らせてくれたり、庭に氷の花を撒いてくれたり」

生まれつきの大魔法使いだ。魔力が大きすぎてあまり歳《とし》をとらず、小さな頃は塔に閉じ籠もって過ごしていたと聞いている。

「ああ。そなたの兄だ。強いに決まっている」

側に寄り添うグシオンが、指先でリディルの目元を拭ってくれる。

王の大きな手のひらに頬を擦りつけ、その手に手を重ねて、リディルは力を集めて微笑んだ。

「もう一度、手紙を出します。手紙にさえ気づいてくれれば、ロシェ兄様なら飛んできてくださる」

「大魔法使いともなると空を飛べるのか？」

「それは秘密です。ロシェ兄様がおいでになる日を楽しみになさってください」

手紙をどこかで握りつぶされているかもしれない。父王にも、最近ロシェレディアから手紙が来ているかどうか、確かめたほうがいい——。

思案しているとき、背後からかさこそと、乾いた音がした。

机の上に乗ったキュリが、昨晩書いて丸めた手紙を足で摑《つか》んで引き寄せようとしている。ロシェレディア宛てだ。もう何通書いただろう。

「キュリ……。手紙を届けてくれるというの？」

小さな鳥だ。王の鳥で、とても賢く、キラキラした目が愛らしい。

リディルは机からキュリを掬《すく》いあげ、胸に抱いた。

「ありがとう。でも無理だよ。アイデースは遠すぎる。それにとても寒いのだそうだ。小さなお前の身体では、空が冷たすぎて凍ってしまう。一年のほとんどに氷が張っているのだって」

王と自分にしか懐かない鳥。リディルは王との間にキュリを挟み、指先で頭を撫でた。キュリは薄い膜のような目蓋を半分おろして、うっとりしている。

「大丈夫。キュリはとてもいい仕事をしてくれる。この間の泉は美しかった。いつか、王とお前のお気に入りの場所を見に行こう」

偵察の力を使って、キュリは国中のあちこちの景色を水鏡で見せてくれる。人々の暮らしや、市場の様子。人の立ち入ることのできない森の奥や、切り立った崖から落ちる滝の景色をこの水鏡に届けてくれるのだ。

「かわいいキュリ」

リディルがキュリを撫でてみせると、王がリディルの髪を撫でてくれる。少し宥められる気がして、涙ぐんだ目で、リディルはそれに微笑み返した。


兄からの手紙よりも、父王からの手紙のほうが先に届いた。

ロシェレディアとは相変わらず連絡がつかないそうだ。そろそろ落ち着いた頃であるはずなので、追加の戦勝祝いを届けてみようとも書いてある。

リディルは手紙を握り、王を振り向いた。ここ数日で決心したことがある。

「王よ。王国の伝を使って、誰か、大魔法使いの居場所を探していただくことはできないでしょうか?」

「大魔法使い——兄上ではなく?」

「はい。申し上げたとおり、入れ墨自体は他の大魔法使いでも入れられるのです。失敗したくないのでロシェ兄様の返事をずっと待ってきましたが、あまりにも時間がかかりすぎる」

「それでいいではないか」

「いいえ。——いいえ」

優しい王の言葉にリディルは首を振る。

心の奥底に押し込んでいた淀《よど》みを、勇気を持って吐き出した。

「傷が治るのが怖いのです。ご報告したとおり、私の魔力は明らかに下がっている。医者の言う傷の色素がいつまで残ってくれるかわかりません。またあなたのお役に立てなくなったらどうしようと考えると、身体が震える」

役立たずの王子であることを承知で嫁いできた。婚礼の晩に斬り殺されるはずだったからそれでもいいはずだった。

だがグシオンに生かされて、愛されて、王妃として大切にしてもらってこうして生きている。グシオンを心から愛している。

「我が国と周辺国のことを考えれば、なんとしてもイル・ジャーナは帝国となって安定を目指すべきです。けれどそれは王妃——私の魔力あってのこと。特に帝国になって数年間は、不安定につけ込んで攻め入ってくる他の大国を撥《は》ねのけなければなりません。魔力の絶対的な供給は不可欠です。それなのに私の魔力がこんなに不安定では、あなたを、この国を守るどころか危ない目に遭わせてしまう」

焦りでピカピカに光る黄色い花が指先から零れる。リディルは王の黒い瞳を見つめた。

「もし私にできることがあるなら何でもしたいのです。多少危険でもかまいません」

他の大魔法使いに頼んで、背中に歪《いびつ》な傷が残ってもかまわない。それより傷跡が完全に消えてしまって、元の、何もできない自分に戻るのが怖いのだ。それになんだか嫌な予感がする。このまま魔法円が修復できなかったらと想像すると、襟足がチリチリとして腕に鳥肌が立つ。

王は、少し困ったような顔でじっとリディルを見ていた。

しゃらりと耳飾りが鳴る。ひどく落ち着いた低い声が、ゆっくりと言葉を発する。

「そなたは、二言目には大魔法使いになりたがるが、余はそれほど強く欲してはおらぬ。魔力が減ったのが、傷が治ったせいであるなら喜ばしいことに他ならない。今のそなたでよい。魔法使いならば助かる。大魔法使いならよりよいかもしれぬ。その程度だ」

「しかし、王よ」

必死で説得しようとしたリディルを、王が広い袖で抱き寄せた。

「グシオン……」

「そなたが大事だ、リディル」

肌に温められた香水の香りの中で、温かく切ない、グシオンの囁きを聞く。

「傷が治るのならそれが一番よい。申したであろう？　そなたが男でもかまわぬ。呪いすら解けなくともそれでよい。魔力もあればよりよいだけで、もし、そなたからある日突然、魔力がすべて消え去ったとしても、余は一生そなたを愛し続ける」

「グシオン」

グシオンは、リディルの手を取り、指輪に唇を押し当てた。

「呪いを解き、余の側で幸せを紡いでくれる。そうしてそなたが余にくれたものは、それらすべてと引き換えて有り余るものである。愛している、リディル」

あまりにも優しいグシオンの言葉に、リディルはグシオンにしがみついた。

「王よ……。グシオン」

「『私のグシオン』と呼んでくれ」

王の口づけが、リディルの額に、髪に次々と降ってくる。しっとりと唇を吸われたあと、唇を触れさせたままリディルはとろりと切なくグシオンに問いかけた。

「国民の愛を一身に受けるあなたを独り占めして許されるでしょうか」

「妃なのだから当然だ」

確かな囁きに、睫《まつげ》を触れあわせ、頬を擦りつけ合う。そのまま唇を吸い合った。

「私のグシオン。我が唯一の王よ」

うわごとのように呟きながら、リディルは心の不安をひねり潰した。すべて彼の望みのままにと決めたはずだ。

彼の許しが得られるなら、リディルも自分を許そう。彼が望んでくれるなら、この身のすべてを差し出そう。一縷《いちる》の迷いもなくはっきりとそう誓っているのに——心の奥底がざわめいて、なかなか鎮まってくれない——。

夜のイル・ジャーナは静かだ。乾燥した土地で森が低く、エウェストルムのように虫が鳴き続けたり、水辺の生き物がくるくる楽しい音を立てたりしない。

小さな灯《あか》りが揺れる部屋に、月明かりが白く差し込む。しん、と夜の音がする。息を潜めて掛け布に巻かれていると、時が止まってしまったかのようだ。

なぜ、と、リディルは深夜の褥で考えながら寝返りを打った。

王の気持ちを理解しても、焦燥がやまない。気づけばロシェレディアの居場所を考えている。他に魔法円を繋ぐ方法がないかを考えている。他の大魔法使いに頼んだとき、失敗する確率はどのくらいだろう。彼らの技量をあらかじめ測る方法はないのだろうか。

「——……」

目を閉じると、あの扉が見える気がする。そこから誰かが叫んでいるような、得体の知れない不安がある。

「リディル？　いかがいたした」

「いえ、少し疲れてしまって」

「そうか。ずいぶんと、かわいい声で鳴いた。そなたがもしも、鳥であったらさぞ、美しい鳥であろう」

軽く身体を起こした王は、素肌の腕でリディルを抱き寄せた。気高い王の香水のにおいと、リディルの香油の香りが交じる。交合の名残の熱を口づけでリディルに与え、リディルの髪を撫でた手をランプに伸ばした。

暖かい色の炎が消え、いよいよ部屋が銀色になる。氷のような、本格的な夜の到来だ。

王と抱き合って、雪の下の花のように夜明けを待つこの静かな時間は、ほんの最近までリディルにとって至福の時間であったはずなのに、今はどこか不吉で恐ろしい。早く太陽の光が月を打ち払って、外が明るくならないかと朝までの長さを恨んでいる。

王が褥に横たわった。薄布を纏っただけのリディルは、王の裸の上半身に抱きついた。

口づけを交わし、頬に睫に、静かな口づけを受ける。

「よく眠れ。かわいい妃」

「おやすみなさい、王よ。いい夢を」

何も心配はない。返事は明日届くかもしれない。そうでなくとも愛しい人はこの腕にいて、国も荒れる気配がない。

王の大きな手に縋《すが》るように指を絡めた。

「早く目を覚まして。明日もあなたに逢《あ》いたい」

答えの代わりに抱きしめられて、リディルは静かに目を閉じた。王の体温。王の鼓動。自分が心配しすぎているだけで、イル・ジャーナには、何の不安もないはずだ——。

偵察に出ていたヴィハーンが戻ってきたと聞いたので、リディルは王の執務室に会いに行った。イドが扉を開けてくれるのを待てずに自ら扉を押し開くと、ヴィハーンの大きな背中が見える。

イル・ジャーナ軍を率いるヴィハーン将軍は、大柄で肩幅が広く、獅子《しし》のような体つきをしている。ボサボサした金茶の髪がたてがみのようで、握った拳と盛り上がった肩を繋ぐ腕が太い。背の高いグシオンよりも拳ひとつ高かった。重さはリディルの四人分もあるそうだ。

彼はまだ、軽い旅支度を解いただけの汚れた姿で王に会いに来ていた。部屋に来たばかりのようだ。

リディルは王の背後に滑り込み、正面からヴィハーンの話を聞く。ちょうど帰城の挨拶が終わったところのようだ。

王の幼なじみ、剣の稽古相手として育ったヴィハーンに、王は誰よりも気やすく話しかける。

「すまないな、ヴィハーン」

「なんの。我が愛馬、ギルシュタットの脚にかかれば山向こうまでたった十日だ」

ヴィハーンは彼の精鋭部隊を数名連れて、アイデースの偵察に行っていた。偵察といっても潜入ではなく、正当に進めるところまで進んで、国境や関、できることなら街の様子を見て来ることが目的だ。

王が問う。

「それで、どうだった」

「はっきり言って不穏だ」

「不穏とは？　戦争にはアイデースが勝ったはずだ」

「それは違いない。国境付近など静かなものだ。ただ、雪が多すぎる」

普段よりもだいぶん伸びた顎髭《あごひげ》をざらざら擦りながら、ヴィハーンは眉をひそめる。

「雪？　元々アイデースは雪国だが」

帝国としては最北にある。山に囲まれた雪の城塞。一年の半分近くも雪が降り、厳寒のときは国外のものが近づくこともできない天然の天蓋に守られた、堅牢な国だ。

「それにしたって、という話だ。今は秋。真冬ではない。なのに山向こうは吹雪が吹き荒れ、人が進める状態ではなかった。国境まで近づけもしない。地面はほとんど氷河だ。一瞬でも立ち止まれば靴裏が凍りつく。だから一旦引き返してきた。その先を進ませるとなると、耐寒装備をさせた兵とソリが必要だ」

「……迂闊に近づけぬ、というわけか」

ヴィハーンの報告を怪訝《けげん》な顔で聞いていたグシオンは、彼を見据えた。

「ヴィハーン、そなたの考えを聞こう」

「超大国アイデースは帝国ガルイエトに戦勝した。しかし、日頃にない悪天候に見舞われて、長い間身動きが取れずにいる」

リディルが割って入った。

「それはおかしいです。他の国ならまだしも、ロシェ兄……いえ、ロシェレディア皇妃がいます」

「皇妃は雪を操るか」

「姉なら多分」

自分たちの魔力はほとんど自分で使うことはできないが、背中の紋の理により、限られた自然に干渉することはできる。

例えばリディルは癒やしの紋だ。傷を癒やすのが他の魔法使いより早く、指先から花を生み出せる。森に精気を与え、リディルが魔力を分け与えた木々は冬でも青々と葉を光らせ、弾けそうな大きな実が成る。

ロシェレディアは水の紋だ。空気中の水蒸気を凍らせてキラキラ光らせリディルを楽しませてくれたり、エウェストルムの果ての、どれほど掘っても土しか出ない井戸から、水を噴き上がらせたこともある。

理論的に言えば、ロシェレディアは雪を退けられる。彼だけでも氷から逃げ出せないことはないはずだ。暴風となると何が作用しているかわからないが、ロシェレディアが水で——氷や雪で困るようなことはない。

ヴィハーンが軽く首を傾けた。

「それは俺の与《あずか》り知らぬところだな。とにかく商人も、偵察もその雪原は避けて通る。無理に雪原を抜け、アイデースの国境で諍《いさか》いを起こしたら誰も助けに来ないからな」

誰にも知られないまま凍りついて死ぬことになる。

ヴィハーンは続けた。

「山の手前の商人にも話を聞いてみた。そこでも妙な話を聞いた。『アイデースは戦勝で景気がいいはずだ。雪原など慣れているから平気だ』と言って出かけた商人たちが戻らないそうだ」

「いよいよ尋常ではないな」

冷静な王の表情が険しくなる。

——アイデースで何かが起こっている——。

リディルは胸の前で指を組んで息を止めた。

口は開くものの、問う言葉すら出ないリディルを軽く制して、グシオンが言う。

「ヴィハーン。頼みがある。雪に慣れた者を整えて、アイデースに送ってくれないか？　戦勝祝いとして、正式に使節の体裁を整えてくれ。相手はリディルの姉の嫁ぎ先だ。追い返されることはないだろう。祝いの品はザキハが見繕う」

アイデースは国交のない北の国。いずれエウェストルムを挟んだよしみとして、父王に紹介してもらおうという話はしていたが、まだ正式な手続きはしていない。

王はヴィハーンを見ながら続ける。

「まさかと思うが、アイデースは吹雪で外に出られぬのかもしれぬ。皇妃が大魔法使いとて、万が一吹雪の中で皇妃が伏せっておいでなら、王には何もできまい。戦勝を祝うという口実で、皇妃の無事を確かめてきてくれ」

通常なら同盟もなく遠いアイデースに、グシオンが戦勝祝いを送る謂《いわ》れはない。離れているからアイデースと戦争にならないが、もしも距離が近ければ、アイデースの侵略に怯《おび》えるべきイル・ジャーナだ。それをリディルの縁にこじつけて、アイデースの様子を見に行くという。突然訪れた遠い王国の使者など、よくて無視されるか、下手をすれば間諜と疑われて危険かもしれないのに。

「わかった。夕方までに報告に来る」

ヴィハーンは緊張の走った表情ながら、しっかりと頷いた。

グシオンが静かにリディルに視線を移す。

「ひとつも秘密のない王家などありはせぬ。もし、吹雪の中でリディルの姉上がお困りならば、お助け申し上げるのが道理」

「ありがとうございます、王よ、しかし私のためにこのような――」

「たいしたことではない。我がイル・ジャーナにとっても、超大国アイデースの動向は把握しておかねばならない。もしもアイデースが滅びるようなことがあれば、我が国も戦は避けられないのだからな」

想像するだけで震えるような事態に、リディルは耳を塞ぎ、頭を振った。

「皇妃の無事を疑うようなことを言ってすまぬ、リディル」

「いいえ。イル・ジャーナ王としてそう考えるべきです」

だからロシェレディアはアイデースに嫁いだ。アイデース王との間にどんなやりとりがあったかは知らないが、アイデースの恒久平和のためにロシェレディアの力が必要だと乞われて、エウェストルム第一王女としてアイデースに嫁いだと聞いている。

これがもし、超大国が崩れるようなことがあったら――世界は一気に領土の奪い合いになってしまう。


すぐさまアイデースへの贈り物が用立てられはじめた。慶事と言っても戦勝祝いだから、あまり由緒の重いものではなく、煌《きら》びやかで贅沢《ぜいたく》なものがいいだろうと老大臣のザキハから提案があった。

それにグシオンは「贈り物は口実なのだから、できるだけ早く手配できる品を」と命じた。

その矢先のことだ。

第一報は、オライという大臣から齎《もたら》された。小太りで、赤ら顔、光る禿頭《とくとう》の男だ。

リディルと王が、執務室で他愛ない雑談をしているとき、浮ついた様子で入室してきた。

「偵察から、国境の様子がおかしいと連絡が入っております」

「――ヴィハーンは？」

王が問う。諍《いさか》い程度ならヴィハーンが判断して国境を護《まも》り、それ以上の判断が必要ならば、将軍の彼が直接王の意向を伺いに来る。戦場のことがわからぬ大臣が告げに来るとは奇妙だと、リディルも眉をひそめた。

「ヴィハーン殿は、裏庭側の広間で偵察の報告を聞き続けております。どんどん偵察兵が駆け戻って参りますので」

「相手は？」

どこかの国が攻め込んできたということだろうか。可能性があるとすればラリュールか、あるいはリディルが輿入《こしい》れのときに越えてきた山に、滅びた国の兵が野盗となって生き残っているとも聞く――。

「それが……わからないのです」

「わからない？　野盗か」

「いいえ。野盗という人数の軍勢ではありません。どこかの国かと」

「大きいのか」

「ええ。大きいようですが、どのくらいの規模かは未《いま》だ不明とのことで」

「フラドカフの残党はそれほど残っていないはずだ。ラリュールでは？　旗印は？」

「見たことのない装備だと申しております。帰ってきたのは哨戒兵《しょうかいへい》です。入れ替わりに手練《てだ》れの偵察兵が出ていきました」

「あまりに大きいようなら、余が出るべきであろうか？」

「そのときは私も」

すかさずリディルは椅子から腰を浮かせた。

王が戦場に出るなら魔力を供給しなければならない。最近いよいよ背中の魔法円が不安定で、少しでも近くにいなければ魔力が途切れてしまいそうなのだ。

王が沈んだ表情で腰を上げたとき、足音が聞こえ、どんどんと重い音でドアが叩《たた》かれた。

「ヴィハーンだな？　入れ」

「——大事《おおごと》です。王よ」

「どうした」

「ガルイエトかもしれん」

「ガルイエト？　東の大国が？　アイデースに負けたばかりだろう。間違いないのか？　使者では？」

段取りなしに越境してくる者は、さしあたり敵と認識される。リディルを迎えに来たグシオンの婚礼の隊列も、目の当たりにした瞬間は軍隊と見分けがつかなかった。

「使者は見張りを射たりしない。進軍ではないかと言われている」

「宣戦布告もなしに？」

「わからんが、受け取ってはいない」

睨《にら》みつけるようにヴィハーンがオライを見ると、オライは壁に飛びつくほどに驚きながら、こくこくと頷《うなず》いた。

「使者を立てよ。真意を問いただしてこい。みだりに戦にしてはならぬ。偵察を出せ。ことによっては数名捕縛して身元を検《あらた》めよ」

「あいわかった」

そう言ってヴィハーンはマントを翻す。

偵察という言葉に反応したのか、キュリが、きゅ！　きゅ！　と鋭い声で鳴いている。

「王よ……」

不安を覚えてリディルは彼に寄り添う。王はひとつ息をついてリディルの背を軽く撫《な》でた。

「まだ何もわからぬ。ヴィハーンはガルイエトと言うが、にわかには信じがたい。ガルイエトを装った野盗を討ち取れば、それが引き金となって、本当にガルイエトと摩擦が起こるやもしれん」

「ガルイエトは……ロシェレディア兄様の国と戦った国ですね？」

「そうだ。本来ならば考えられぬ。敗戦国がすぐに戦に打って出るだろうか？　しかも遠く離れたこのイル・ジャーナに」

アイデースは遠いが、ガルイエトはさらに遠い東の国だ。アイデースのついでにという地理でもない。

「ガルイエトは強いのでしょうか」

「ああ。腐っても帝国だ。アイデースが三年も戦ったのだからな」

「そんな国がなぜイル・ジャーナに？」

「わからぬ。侵略のつもりなら本国から離れすぎている。北への港を欲するなら、西の別の国を襲うだろう。……あるいは――」

そう言って王は黙った。

「グシオン……？」

「いいや。とにかくまだすべての可能性は捨てられない。侵略か、ガルイエトを装った別の軍勢か、フラドカフの残党か、見間違いか」

こちらが気づかぬふりをしている間に去ってくれれば深追いはしないとグシオンは言う。多少の理不尽を呑《の》み込んでも、真っ正面から帝国と戦などしたくないからだ。

グシオンはテーブルに近づいた。

「キュリ。行ってくれるか？　あまり近づかないように。矢の届かないところまで」

目を輝かせて早速羽ばたこうとするから、リディルは急いで窓辺に寄って壺《つぼ》の蓋を開け、中からキュリのおやつを取り出した。干した肉の切れ端だ。

「気をつけて。近づきすぎては駄目」

言い聞かせながら与えると、それを摑《つか》んでキュリは窓から飛び立った。

見送りながら何気なく外を見て、リディルははっとした。庭の雰囲気が只事《ただごと》ではない。黒い兵が雑然と散らばり、行き交っていて、まるで水を撒《ま》かれた蟻《あり》の群れのように混乱している。馬が次々に駆け込んでくる。

エウェストルムでもこんな風景は見たことがない。フラドカフとの戦のときもこんな雰囲気ではなかった。

キュリが国境付近に到達するまでまだ時間がかかる。

テラスでは、ヴィハーンが情報をまとめているようだ。敵国がどこかはっきりわかったら知らせに来るという話だ。

あれからもぽつぽつと報告は来るが、《ガルイエトの軍とよく似た軍勢が迫っている》以上の情報がない。

誰もガルイエトの軍を見たことがないのだ。接点がない、遠い大国だ。真偽がわからない。

考え事をしていた王は、しばらくして立ち上がった。

「そろそろキュリが届く頃か」

水鏡は寝室にあった。王はリディルを伴って水鏡の前に移った。キュリの目玉と契約されている水鏡だ。リディルが瓶《かめ》の縁に手を添えて魔力を送ると、映像が鮮明になる。

キュリの視界が水鏡に映る。

緑色と青の景色が見えた。木々の上、森の上を飛んでいるのだろう。国境まではまだかなりある――。そう思った瞬間、リディルは静かに息を呑んだ。

――あれは、何だろう。

ずっと、ずっと向こうに見える黒い連なり。山肌を、斜め下に向かって黒い粒がぞろぞろと流れている。

「これは……」

王が呟《つぶや》いた。それきり絶句したように水鏡を凝視している。山際を伝い流れてゆく黒い川のようなものは人間の群れだ。おびただしい人の流れが、帯をなして麓へ――こちらに向かってきている。

「リディル。そなたはここへ」

「王は？」

「ヴィハーンのところにいく」

「私も参ります！」

一刻を争う様子だ。部屋を出て廊下を歩く王は、いつものようにリディルの速さに合わせてくれないから、リディルは小走りになった。

「どういうことなのです？　あれは——あれは、軍隊ですか？」

「ああそうだ。どこかの軍勢——多分、ガルイエトだ」

「人影以外、何も見えませんでした」

「人数を見ればわかる。あの規模の軍隊を揃《そろ》えられるのは帝国だけだ。アイデースは方角が違う、シュディーンもあそこを通らない。——一番考え得るのは、ガルイエトだ」

階段を下りながらそう言ったあと、王は大きな声でヴィハーンを二度呼んだ。

気づいたヴィハーンが鎧《よろい》を鳴らして歩いてくる。

「どうなさいましたか？」

「キュリが届いた。方角と軍勢の数から見て、十中八、九ガルイエトだ。すぐに戦の準備をいたせ。嚆矢《こうし》は用向きを質《ただ》すまで射てはならぬ」

「わかった」

「——軍勢は一万と見る」

それを聞いて、ヴィハーンは失笑した。

「……そうか。ならば全軍を出そう。褥《しとね》からも厠《かわや》からも懲罰房からも、洗いざらいだ」

イル・ジャーナが抱える兵は、総員七千と聞いていた。だが国境に警備に出ている者や年老いた者もいて、実働は六千五百というところか。更にそこからフラドカフ戦で負傷した者を引かなければならない。

「総員、直ちに出陣。余もすぐに出る」

「わかった」

ヴィハーンは頷いたあと、リディルに視線をやった。

「王と、我が国を頼みます。花降る王妃よ」

「はい……！」

礼を取って大股で去ってゆくヴィハーンの背はすぐに遠ざかる。

「戦になるやもしれぬ。そなたは最も後ろにいて、危うい気配がしたら逃げてくれ」

「大丈夫です。イドもおりますし」

イドはすっかりこの軍の動きかたを覚えたようだ。重臣の配置を覚え、軍で使われている合図を覚える。カルカと機敏な両翼をなす、王と王妃の側仕《そばづか》えとして習熟した。

王はつらい顔をして、リディルをやさしく抱き寄せた。

「すまぬ」

「今日の王は、謝ってばかりです。この国の王妃なのですから、あなたの苦難は私の苦難です。

大丈夫。きっと――」

私の魔力がもっと使えたら――。

思わず口をつきそうな言葉をリディルは口を噤《つぐ》んで堪《こら》えた。心細いながらも、魔力を振り絞ってグシオンに届けるつもりだ。それでいいとグシオンは言ってくれた。不安で曇る心に力を込めて、グシオンに笑顔をむけた。


どれほど栄えた王国も、笑顔で溢《あふ》れかえった民の暮らしも、あっけなく滅びてしまうことが本当にあるのだ――。

書物でしか知らない歴史が不意に目の前に蘇《よみがえ》りそうで、リディルには、今もどこか現実感がない。

海賊に襲われた国、海に沈んだ国、大国に滅ぼされた国、溶岩に覆い尽くされた国、地震で一瞬のうちに崩れ落ちた神殿都市、歴史書で見たことはあるけれど、どこか物語のように思っていた。

「橋を落としましたが越えてきます！」

「砲を率いております。後ろも危ない！」

「先頭保《も》ちません、後陣は前へ！」

戦場は大混乱だ。

隊列を乱された馬が嘶《いなな》き、負傷兵とすれ違う。伝令もあちこちで声を張り上げ、必死の形相で駆け回っている。

軍勢は予想通りガルイエトの遠征軍だった。数はおよそ一万二千。イル・ジャーナ軍の倍近い人数だ。

宣戦布告はなかった。用向きを尋ねても答えないまま進軍してきた。相手を最低に侮辱する態度だ。国と認めず、人間とすら思わない所業だ。名乗りも上げず、条件も出さず、降伏の猶予さえ与えず軍事力で制圧する。

これは戦争ではなく侵略だと――ガルイエトはイル・ジャーナを国と見なしていないという宣告だ。

王も大臣も、誰も、何もわからないと言った顔つきだ。

なぜ帝国ガルイエトが、こんな場所にある王国に突然攻め入ってきたのか。彼らに何の目的があるのか。何の利益があるのか。資源や奴隷の略奪目的ならもっと別の国を襲うべきだ。

「――あ！」

リディルの背中がかっと熱くなり、そこからぎゅうっと内臓ごと力を吸い出されそうな感覚がある。

馬にしがみついてその衝撃を耐えていると、直後、空から輝く稲妻が矢のように降り、数秒遅れてドオン！　と地鳴りがする。

王が稲妻をおろしたのだ。彼は先頭付近で戦っている。

グシオンは王でありながら、軍隊の主戦力として、雷使いの魔法王《ソーサラー》として軍の先陣辺りで敵と戦う。

リディルは後方にいて、彼の稲妻の威力を増すための魔力を送り続けている。

「リディル様」

側で護衛をするイドが心配そうな顔をする。馬の手綱を握りしめてリディルは顔を上げた。

「大丈夫。まだやれる。それより、王の稲妻は弱くなっていないだろうか。私の力は足りている……？」

ずっと、ずっと押されている。イル・ジャーナ軍がここまで苦戦するのは見たことがないし、あまりにも敵軍は圧倒的だった。戦力が違う。王の稲妻の魔法攻撃をもってしても埋められない戦力差がある。

下がれの号令が途切れ途切れに聞こえる。国境から押し出たところで迎え撃った軍が、川の内側まで押されていた。

——どうして。

理不尽さと悲しさが止まらない。

どうしてガルイエトは攻めてきたのだろう。少しも話し合うことなく、譲歩の手段さえ示さず、なぜ突然イル・ジャーナに攻撃を加えるのか。

リディルにもなんとなくわかってしまった。

このまま戦えば、イル・ジャーナは負ける。だって圧倒的なのだ。兵の数が違う。砲弾の新しさが違う。

「う――！」

また王から魔力が吸い出される。

傷が薄れているのが悔しくてたまらない。フラドカフとの戦の頃よりもやはり三割以上魔力が下がっている。

あのときのように、王の雷に、太陽が爆発したような威力があればもう少しよく戦えたものを――！

リディルは馬上で静かに短剣を抜いた。

もし――もしも、もう一度魔法円に傷を入れたら、あのときのような力が出せるのではないか――。

震える手で握りしめた刃を見つめるリディルの手に、イドの手が重ねられた。

「おやめください。王から二度としてはならぬと、くれぐれも言われております」

「でも、このままでは――王が死ぬくらいなら、私は何だって――！」

イドの手を払ったときだ。

先頭のほうでひときわ大きな声が上がった。

「王妃！　──リディル王妃！」

隊の先頭から叫びながら戻ってくるのはカルカだ。

「お引きください。早く！　イド殿！　王妃を連れて全力で城へ！」

「リディル様」

何が起こったかわからないまま、イドがリディルの腕を引く、馬の首を押し、向きを変えさせようとする間にも、前から叫び声が近づいてくる。

「王妃を引かせよ！　狙いは王妃だ！」

「王妃を守れ！」

先頭のほうから軍勢のど真ん中を突き破るようにして、三列になった馬が猛烈な勢いで突っ込んでくる。銀の兜《かぶと》を被った兵士だ。盾を構え、身体を低くして突進してくる。土埃《つちぼこり》が上がる。脇から剣を振り下ろされても、馬が一頭跳ね飛ぶように倒れても気にかけもしない。

「……王妃──……リディル様ッ！」

状況を察したイドが悲鳴を上げて、リディルの馬の脇腹を蹴った。

敵はまっすぐリディルに向かってくる。

──あるいは──……

可能性として、王が黙ったのはこれだったのか。もし、リディルを攫《さら》うのが目的だったとしても、リディルは軍勢の一番奥にいる。戦で死ぬ最後の人間のはずだった。

それを強奪する術《すべ》を、ガルイエトは持っていたということか。

「！」

リディルは馬を翻した。王が心配だった。でも今自分が死んだら二度と王に魔力が届けられない。

逃げなければ。一目散にイル・ジャーナ城の城壁の内側に駆け込まなければ。

「走って！」

リディルは叫んで馬の首を叩いた。

馬はわけもわからず走りはじめる。地鳴りのような重い蹄《ひづめ》の音はすぐ背後まで迫っていた。振り返る暇はない。紙一枚の隙間まで、逃げ切ることを信じて馬を走らせるしかない。

リディルの後ろで大きな叫びが聞こえた。

「リディル！　逃げよ！」

「グシオンッ⁉」

強奪兵を追って先頭から駆け戻ってきてくれた王だ。

「はい！」

そう言って馬の腹を蹴ったが、すぐに隣に茶色い馬に並ばれた。赤ら顔を血まみれにした、銀色の兜の男がギラギラした目でリディルを見ている。はっと反対側を見るけれど、同じ様相の兵を乗せた敵の馬が駆け込んできた。

逃げ切れないと思って剣を抜く。

「リディル!」

耳の上の髪を掴まれる。刃を入れて自分の髪を切り離す。金色の筋が空中で光る。

王が敵兵との間に、馬で割り込んでくる。イドが反対側に割り込む。

敵兵が二人ならばなんとかなったかもしれない。三列の強奪の兵は三十人近くいて、あっという間に囲まれてしまう。

味方の兵も入り乱れて大混戦だ。

打ち下ろされる剣を、リディルも必死で弾《はじ》いたが、敵の斧《おの》のような剣とは比べものにならない。

それでも殺されまいと、剣がはじけ飛ぶ怖さを堪えながら戦っていると、ふいに兵の顔の横に黒いものが飛び込んできた。

「ぶあ!」

目に爪を突き刺されて、兵が顔を押さえる。

キュリだ。

「キュリ! だめだ、離れて!」

偵察はするが、人を嫌がり側には近寄らないキュリだ。それなのにリディルの危機を見つけて、勇敢に飛び込んできてくれた。

「キュリ！」

バサバサと羽を羽ばたかせて、キュリは兵に攻撃をしている。

「やめて、キュリ！　逃げて！　キュリ！」

叫んだと同時に、剣で斬りかかられて急いでそれを剣で受ける。視界の隅に、剣で払われるキュリが見えた気がするが、その先を追うこともできない。

「リディル！」

「グシオンッ！」

呼び合うが、二十人くらいでもみ合いになって、どうなっているかもわからない。

「お逃げください、グシオン！」

敵兵だけではないから雷は下ろせない。雷に当たったらまわりの皆も死んでしまう。

「逃げてください、お願いです！」

王の代わりはいない。民にとっても、国にとっても、自分にとっても。

「く――！」

敵兵の剣を受け止めているリディルの剣が顔の前にある。細身の鋼はキリキリと軋《きし》むような悲鳴を上げていた。

――押し切られる――！

もとより力で敵《かな》うわけがない。そしてその向こうから、自分に向かって振りかざされる剣がある。

もうだめだ。

そう思ったとき、目の前が黒く覆われた。手綱を摑んだが支えきれずに落馬する。

「う――……」

もうもうと土埃の立つ地面に激突した直後、目に映ったのは自分に覆い被さる見慣れたグシオンの顔と――その背に立つ長い剣だった。


気がつくとリディルは真っ暗闇の中に一人で立っていた。

暗いのに、周りが球《きゅう》だとわかり、弧を描いた壁に様々な絵が映って流れてゆく。

はじめて魚に触った日、木漏れ日の降るエウェストルムの王宮を一人で駆ける自分の幼いつま先。草の分け目を這《は》う虫、石の上をキラキラ流れる泉の水、母の手の温かみ。兄と遊んだ積み木の感触、侍女の焼いたパンのいいにおい。様々な絵が帯になって、鮮やかな触感を伴いながらリディルの頭上を足元を流れてゆく。

ああ、これはいつだっただろう。

真っ赤に泣きはらしたイドの顔。玉座で嗚咽《おえつ》する父王の姿。

狭い馬車の中は、息が詰まりそうで、ずっと座席の綻びを見つめていたこと。

どこへ行くのだったか。

リディルは王宮からあまり出たことがない。昔から事情があって、城の外では王女と呼ばれていたからだ。

あの地平線はどこだろう。あの山は、……あの森は？

絵は少しずつ掠《かす》れはじめた。

川向こうに何かが見える。軍隊のようだ。軍記物語の絵巻のように、視界いっぱいに広がる大軍勢だった。光る川面の向こうに金色の輿が輝き、森を背にした旗が翻る。——象がいる。

人影がある。

褐色の肌の、豊かな黒髪の。

近くに来るが顔が見えない。

薄布ごしに見ているようだ。

——余は、・・・……

誰？

必死で問いかけようとしても声が出ない。姿はどんどん掠れてようやく人影だけが見え、それも白くかき消えてゆく。

嫌だ。いかないで。——いかないで——。

光の中の面影に手を伸ばす。手が届かない。消えてしまう。

「王……は？」

自分の声にリディルははっと目を覚ました。

羽の模様が織り込まれた天蓋が見える。見覚えがない。

「リディル様……？」

声がして若い男が寄ってくる気配があった。

「王はご無事です」

男は手を握ってくる。その手は激しく震えていた。

「よかった……！　あなたも長く目を覚まさなかったのです。心配しました」

目を赤くして泣く、明るい茶色の髪の男が手を握る。

誰だ。

まったく見覚えがなかった。ここはどうやらベッドのようだが、自分はなぜ、こんなところで寝ているのか。

まわりを見たが部屋の景色に覚えがない。異国風の壁紙、見知らぬ模様の大理石、知らない手触りの布。奇妙な形の壺。

夢だろうかと思うくらい、覚えのないおかしな空間で目覚めた自分に、涙ぐんだ男が告げる。

「王はお怪我《けが》をなさっていますが、お命はご無事です。ただ、傷が深く、伏せってらっしゃるので、別のお部屋で治療をなさっております」

「王とは……？　誰？　……とうさま。とうさまは？」

「いいえ、グシオン王です。今、あなたもそう仰《おつしや》った」

「私が？」

「ええ。今、『王は』と」

「……」

そうだっただろうか。言われてみれば、そのようなことを言ったような気がする。だが王とは誰だ。父王か。グシオンとは誰なのか。

身体《からだ》を動かすと、もそりと、布の音がした。

「ああ、急に起きてはなりません。リディル様は落馬して頭を打ったのです。半日も気を失っていたのですよ」

「……私が？」

なぜ落馬など？　思い出そうとすると、頭の奥のほうがずきんと痛む。とっさに額に手をやると布が手に触れた。

痛い。頭の芯が、錐《きり》を刺されたように鋭く脈打って痛む。吐き気が込み上げる。

「ん……」と呻《うめ》いて前屈みに頭を押さえる。すかさず男が背中をさすった。

「ええ。本当に危ういところでした。王も落馬され、カルカ殿と二人きりでは守り切れませんでした。すんでのところでヴィハーン殿が斬り込んでくださったから、王もあなたも無事に城まで連れ帰ることができましたが、まさか、こんなことになるなんて――」

男は泣きながら一生懸命成り行きを説明しているようなのだが、まったく頭に入ってこない。カルカとは？　ヴィハーン殿とは？　城――ここはエウェストルム城ではないようだ。

「あなたは……誰ですか？」

「……リディル様？」

男はぽかんとした顔でリディルを見てから、歪《ゆが》んだ顔を笑顔に作った。

「私です。イドですよ。そんな冗談が言えるようなら大丈夫ですね。ご気分が悪くなければ、リディル様がお目覚めになったと、王にお知らせして参ります。心配しておいでですたし、お知らせすればきっと傷の痛みも薄れるはず」

「……イド――？　お前が？　そんなわけはない。イドはもっと子どもで、髪も長くて、そんな妙な格好もしていない」

イド。王宮に仕えていた文官の子どもだ。毎日城にやって来て、宮廷の作法を覚えながら、自分の世話をする、机を並べて授業を受ける。自分の代わりに虫を採ってくれた。お菓子を分け合った。池から助け出してもらった。こんな、背も高くて、声も低くて、大人のようなしゃべり方をして――でも――顔が、瞳の色が――イドだ。

「リディル様？」

怪訝《けげん》な目を向けられても何もわからない。ここはどこだ。イドは本当にあのイドなのだろうか。自分の手は——なぜこんなに大きいのだろう。

頭が激しく痛んで、リディルは両手で頭を包んだ。目蓋の裏で、何も見えないくらい真っ白に何かが激しく光る。そうだ。これはイドだ。でもいつからこうなったのだろう？　間違いない。これは自分の手だ。でもこの傷跡はいつ付けたものだろう——？

「リディル様。本当に？」

「待って。——待ってくれ。ここはどこだ？　お前は本当にイドなのか⁉」

わからなすぎてついていけない。

ここはどこだ。今はいつだ。

「ここはエウェストルムではないのか——？」

イドが愕然《がくぜん》と目を見張る。

それが答えのようだった。

リディルはほとんど呆然《ぼうぜん》と褥に横たわっている。

頭に包帯が巻かれていた。肘をすりむき、あちこちが打ち身で疼《うず》き、関節という関節が軋んでいる。熱が出ていてよく考えられない。

すぐに医師がやって来た。身体はなんとか無事で、骨折などはしていないが、落馬したとき左半身をだいぶん強く打っているようだった。あちこちに青痣《あおあざ》と擦り傷がある。

かなり年配で小柄な医師は、リディルにいくつかの質問をした。そしてリディルにではなく、一緒にやって来たザキハという老大臣に言った。

「妃殿下は、思い出が壊れているようです」

側で聞いていたイドが悲痛に顔を歪める。

「字もお読みになれます。地図もご存じです。ただ、今日より前に何があったか思い出せない。我々が五日前の夕餉《ゆうげ》に何を食べたか思い出せないように、お身体はご無事ですが、この十年ほどの思い出が壊れていらっしゃる」

目が覚める直前の夢。目まぐるしく流れる鮮やかな場面が、脳の奥ですりつぶされるように消えていったあの影像が、完全に思い出が砕けた瞬間だったようだ。

イドのことだけは、壺から石が落ちてきたように、ころりと思い出した。そうだ。これは確かにイドだ。だがそれだけだ。なぜ彼だけが一緒にここにいるかも思い出せない。

「不安でしょうが、幸い気はお確かで、子どものようになったわけではない。生活には差し障りはないでしょう。思い出の継ぎ目に混乱が生じているようですが、それもすぐに収まるはずです」

「な――治るのでしょうか」

イドが身を乗り出した。医師は難しい顔だ。

「頭を打って、思い出が壊れる者は時々おります。治ることもあるし、一生思い出さない者もいる。しかし、お言葉にも問題がありませんし、思い出せなくてもお命に別状はないかと」

「そんな……」

「落ち着く薬と、打ち身の腫れが治まる薬をさしあげましょう。吐き気がしたらお知らせください。——妃殿下。壊れた思い出を治す薬はございませんが、身体が回復すれば自然と思い出すこともありますので、今はご養生専心に」

リディルにやさしく言い聞かせ、医師は席を立った。

恐ろしかった。だが不思議なことにそれ以上ではなかった。やはり何も思い出せないが、今すぐ命の危険はないようだ。ここが現実ならばここで生きていくしかない。

リディルは深く息を吐き、イドに手伝われて褥に積み上げられたクッションの山に背中を預けなおした。ぼんやりと天井絵を見上げる。大きな鳥、重厚な模様が画《えが》かれている。

ここがイル・ジャーナか……。

自分はあのイル・ジャーナに来たというのか。

まだ信じられない気持ちで目を閉じる。

子どもの頃に戻ったのではなく、思い出が壊れているということだ。

もう一度自分の手を見た。もう違和感はなかったが、相変わらず現実感がない。確かに自分は自分であるのだが、朝、どうやって起きたか思い出せない。

だが一方でリディルは少しだけ安堵《あんど》したのだった。身体も動く。言葉も通じる。エウェストルム城での優しい日々や思い出を失うのは残念だが、また作ればいいのではないか。

イドが言うには、優しい王に大切にされて自分はここで暮らしていたらしい。それがもし本当ならば、王にも改めて懸命に仕えようと思っていた。記憶がなくなっても、彼が自分の命の恩人であることには変わりがないのだから。


暗くした部屋のベッド脇の椅子にイドが座っている。

ランプの灯《あか》りを受けて、彼の影が壁でゆらりと揺れた。

「リディル様はお小さい頃から、王女として育てられたのは覚えておいでですか？」

「ああ」

皆、王女とも王子とも呼んだり呼ばなかったり。女物の服を着せられていたこともあったが、木に登るのが好きだったからやめてもらった。数日おきに教育係のエルケリ女官長が来たときだけは女の子の服を着て、王女としての身のこなし、立ち居振る舞いの教育を受けた。リディルはそれが面倒で、こんなことをしている暇があったら明るい庭で、光る葉を摘んだり虫を数えたり、砂場で山をつくって遊びたいと思ったものだ。

「それはなぜだか、わかっていますか？」

「聞いている。いずれ、私が大きくなったらイル・ジャーナという国に、大使に立たなければならないからだ。ああ、……いや、なぜ、それが王女としてかは、わからない……」

疼く頭を抱えてリディルは俯《うつむ》いた。

――私は大きくなったらイル・ジャーナという国に行かねばならないんだ。その国の王と、大切な話をしなければならないんだよ。

幼い自分の声が、昨日のことのように耳の奥に響く。続けて大臣のひそめた囁《ささや》きが。

――リディル様を、王女としてイル・ジャーナに嫁がせるかもしれないそうだ。ロシェレディア様の代わりに――。

――なんとお気の毒なことか。

何かがあるのだろうと、この頃には察していた。ただ陽気に旅をして、イル・ジャーナ王に謁見を願う輝かしい役目ではないのだと、思い知ったのもこの頃だ。

「リディル様は、王女としてこのイル・ジャーナに輿入れなさり、無事、成婚して王妃としてお過ごしでいらっしゃいました」

「男の私が、王妃として……？」

「ええ。王の特別なお許しと慈愛によって」

先ほどからこうして、イドはリディルが覚えていることを確かめながら過去を遡る。

「いくつもの困難を越え、リディル様は王妃としてよくおつとめでいらっしゃいました。国民に慕われ、王とも仲睦《なかむつ》まじくて……」

言葉の終わりが涙に揺れる。

「それがこんなことに――……」

堪えきれないように、イドは膝に震える手を握りしめて、ぽとぽとと涙を零《こぼ》した。

気の毒だとリディルは思った。

こんなに苦しい話なのに、他人の話を聞いているようだ。どうしても現実感がない。

イドが言うにはこうだ。

十七歳になって、自分は王女と身を偽ってイル・ジャーナ王のもとに嫁いだ。初夜の褥に入る前に、長年、自分が王女だと騙《だま》していたことを詫《わ》び、自分の命と引き換えに国民の命乞いにやって来たのだそうだった。イドは命を捨てる覚悟で、護衛として最後まで自分の側にいてくれた。

しかし王は初めから、リディルが王女であることを知っていた。こちらの嘘《うそ》を見抜いた上で、自分を妃《きさき》に迎えたのだそうだ。

思い出の奥のほうまで探っても思い出せない。輿入れしたことも、婚礼の儀式も、王のことも。

「側にいた私にはわかるのです。あなたは本当に、グシオン王と恋に落ちた。お幸せだった」

王妃にとっての王だ。伴侶だ。なのに顔も思い出せない。現実を受け入れるどころか自分は騙されているのではないかという気持ちのほうが強くなってくる。

エウェストルムで生まれ育ったこと。エウェストルムの城のこと、十三歳のイドのこと。時々嫁ぎ先から帰ってきてくれたロシェレディアという兄のこと、そしてステラディアースという二番目の兄にとても懐いていたことは覚えているが、そこからベッドで目覚めたあの瞬間までの思い出がぷっつり存在しない。

イドの容姿と、覚えている出来事から推測すると、七歳頃の思い出が最後らしい。それもある記憶とない記憶があって、マールという侍女のことや、城の裏庭に時計の塔ができたことは覚えていない。

「それで……、私は王と共に戦闘に出て、落馬したということか」

幸せに暮らす自分たちの国に、どこかの大国が攻め込んできたそうだ。リディルは魔法使いとして王と契約をしていて、王に魔力を提供するために陣の一番後ろで働いていた。

それもどうにも腑《ふ》に落ちない。魔力がない自分が魔法使いと呼ばれるものだろうか。それとも、その複雑な婚礼の事情の陰に、魔法使いと名乗らなければならない謀略上の理由があったのか。

一度目の攻撃は辛うじて凌《しの》ぎきったらしい。

武強国であるイル・ジャーナには元々大規模な軍事施設が備わっていて、国境間際の川は越えられてしまったものの、その手前の深い川の橋を落とすのは間に合ったということだ。日も暮れて軍を動かすことはないだろう。工兵たちは今のうちにと防衛施設の建設に出たそうだ。つかの間の静けさだ。陽《ひ》が昇ればまた戦闘が起こる。

「さようでございます。グシオン王は、雷使いの魔法王。あなたの魔力を受け取って、今にも皇帝とならんお立場でした」

「それはおかしい」

違和感を堪えていたが、とうとう言葉が口をついた。

「私には魔力がない。ほんの少しだけ……小さな怪我を治せる程度だ。そんな……他の誰かに、魔力の供給だなんて」

小さな頃、森で盗賊に襲われて大きなくぼみに落ちた。そこには割れたばかりの鋭い岩があり、背中にある魔法の紋をざっくり裂いてしまった。傷は深く、魔力の循環は傷跡に絶たれ、自分の魔法円はただの模様と成り果てた。そしてそれを苦にした我が母は、崖から身を投げて亡くなった。

母が亡くなったのが夢か、それとも魔力があるというのが夢か、考えてもリディルにはわからない。

「それは……長い話になります。また、明日、お話ししましょう」

宥《なだ》めるように言って、イドはリディルの手を撫でる。そうされたとき、左手の指輪に気づいた。ずいぶん大ぶりの立派な指輪だ。この宝石には見覚えがある――。

「これは……母様の宝石《モル》……？　母様は生きているの……？」

肖像画に画かれた、母の指にあった宝石だ。よく描《か》けていると誰もが褒める母の宝石と同じだった。そして口を揃えて皆が言うのだ。『本物はもっと素晴らしかったのですがね』――。

怪我も、母の死も夢だったのか。

「いいえ。それもまた明日に」

悲しげな顔をするイドに続きをねだる気力はなかった。母が生きているというなら話は別だが、どうやらそうではないらしい。

リディルは気を取り直して指輪を眺めた。

「そう。どこにあったのだろう。ずいぶん立派に仕立て直してもらったのだね。……『どの階層に生まれ変わっても……愛し合う』。……これは、王が？」

「はい」

頷くイドの目からは今にも涙がこぼれ落ちそうだ。

愛情深い王のことをなんとかして思い出そうとしてみるが、思い出そうとすると頭が痛く、記憶は紗《しゃ》のように掠れるばかりで何も蘇ってこない。

指輪を見つめる自分にイドが囁く。

「混乱してらっしゃるのです。王にお会いになれば思い出します」

「……王は?」

「手当てをなさったあと、眠り続けているとのことです。酷《ひど》いお怪我だそうですから」

重傷だそうだ。肩裏と下腹を刺されたそうだ。骨もどこか折れているらしく、これが身体の小さいリディルだったら死んでいただろうとザキハが言っていた。

「私を庇《かば》ってくれたそうだね」

「はい。私の目の前で」

ぽつぽつと涙の雫を落とすイドを眺めていると、扉が静かに叩かれた。若く、ほっそりした体つきの、榛色《はしばみいろ》のさらさらした髪の男が部屋に入ってくる。

「今、王の意識が戻っております。リディル様を心配しておいでです。歩けそうですか?」

見たことのない男だ。

「大丈夫だ」

リディルがイドに答えると、イドが「行かれるそうです」と男に答える。

幸い、足は折れていない。肩のところが腫れているのと、頬に擦り傷がある。右耳の上のあたりが腫れて切れていて、医師はこの傷が記憶を失った原因だろうと言っていた。

軋む身体をベッドから起こし、イドに支えられてようやく床に立つ。椅子の背に体重をかけてしがみついた。おそるおそる数歩足を踏み出す。

石のように身体が重かった。不思議なくらいふらふらとした。全身から冷や汗が噴き出す。

壁を探して勝手に手が伸びる。頭の芯を匙《さじ》で掻《か》き回されるように、ぐるりと回転して立っていられない――

「リディル様。無理はいけません」

「大丈夫。支えていておくれ、イド。王に、お見舞いと、お礼が言いたい」

王のことはやはり思い出せないが、命の恩人だ。身を挺《てい》して自分を守ってくれた人だ。

――私の夫――。

そんな言葉が頭を過《よぎ》るが、その言葉の響きに寄り添うような感情が記憶の中に見つからない。

「王のお顔を見れば……、何か思い出せるかもしれない。きっとそうだ」

「リディル様」

自分とイドを励ましながら、壁に手をつき、反対側をイドに支えられて、王の寝室に向かった。

奥から人の声がする。

押し殺した囁きだ。沈鬱なさざめきだった。

王の寝室は明るくランプが灯《とも》っていて、寝台の周りに十名ほどの人がいた。

彼らはリディルの姿を見ると、急に明るい顔をして、寝台の一番側をリディルのために空けた。

大きな寝台だ。天蓋も褥の周りも、びっしりと厚い刺繍《ししゅう》の布で覆われて、金の房が垂れ下がっている。

クッションに埋もれている男がいた。身体のあちこちに布を巻きつけ、血で固まった髪が束になっている。敷布もたくさん血で汚れていて、とても苦しそうだ。

これが、グシオン王——。

褐色の肌に、逞《たくま》しい身体をしていた。若い。ずいぶん身体が大きい。

リディルは音もなく息を呑んだ。恐ろしかった。こんなに血にまみれた人を見たことがない。

彼の優しげな黒い目が、弱々しく開いてリディルを見る。

「リディル——……」

名を呼ばれると、身体の底がそわりと沸き立つ。誰にも感じたことがない温かみと高揚が、心の奥底で音もなく萌える。

きっと特別な人なのだと思いながら彼を見るが、やはり何も記憶は蘇ってこない。

手を伸ばされて反射的に——それは夫だからというのではなく、傷を負った労《いたわ》るべき人だからという理由で——リディルはベッドの縁に身体を預けて彼を覗《のぞ》き込んだ。

指先が仄温《ほのあたた》かくなる。やわらかい新芽が生えるように、指先に光の糸が巡りはじめた。

周りから安堵の息が漏れる。まるで一瞬で彼の怪我が治ってしまうとでも思ったかのように。

浅い呼吸の王は、布を巻かれた腕を伸ばし、覗き込むリディルの頭の布に、そして頬に触れた。熱が出ているのか、彼の手のひらは酷く熱い。

「無事だったか……。我が妃」

「王……グシオン王」

そう呟いたきり、リディルは絶句する。

こんなに酷い怪我を負ってまで自分を助けてくれた人のことを何一つ思い出せない。顔も、声も。今初めて出会う人のように覚えがない。

美しい異国の顔立ちをした人だ。はっきりとした唇の形、若い獣のような艶のある黒髪。潤んだ黒い瞳に吸い込まれそうだった。これを忘れることがあるだろうかと思うくらい、艶《あで》やかな容姿の人なのに、一片の記憶もない。

正直に告げることが彼への打撃になりはしないか。絶望に繋《つな》がるのではないかと思うと、何も言葉が出ない。

自分を呼びに来た若い男が、そっと王に囁きかけた。

「妃殿下はやはり、多くのことをお忘れのようです。一時的なことかと思いますが」

彼の言葉にリディルの緊張は一瞬で解《と》かれた。

この人を騙したくない。そしてこの男の言うとおり、すぐに思い出せばいい。

リディルは小さく頷いて、王の手に手を重ね、精いっぱい癒やしの力を注いだ。擦り傷の血が止まり、疼きが去る程度のヒーリングの力だ。でもわずかにでもこの優しい人が楽になればいい。

「……っ……」

王から返ってくる感覚は、棘《とげ》のある草のようにピリピリとした痛みを伴っていて、リディルは、ひ、と息を止めた。彼の傷の深さだ。身がすくむほど深い。

血が流れ、傷の周りが腫れている。これほどの怪我を自分に治せる気がしない。せいぜい少しばかり疼きが軽くなるくらいの癒やしの力しか持っていない。

わずかにでもと願いながら癒やし続けるリディルはなんとなく、周りの人々が落胆する気配を感じた。

どういうことだろう。まさか自分が来ればこの王の大怪我が一瞬で治るとでも思っていたのか――。

「リディル様、あの――」

怪訝そうな男の声を、王は小さく首を振って止めた。

「無理もない……。酷い襲われかただった。心が潰れるのも当然だ。……そなたも怪我をしたと聞いた。痛むか?」

痛いが、彼ほどではない。

リディルが彼の手のひらに擦《す》りつけるようにして首を振ると、王は少し寂しそうな笑顔を浮かべ、掠れた声で呟いた。

「花を……くれないか」

「……花？」

側の男を見る。花瓶の花か、庭の花だろうか。

ずっと無表情だった男の顔が歪《ゆが》んだ。彼が何も言ってくれないので、イドを振り返った。イドがすぐに側に来て耳打ちをした。

「王は、リディル様がつくった花をご所望です。お見舞いですから、あたたかい色の花がいいでしょう。あなたのご無理にならぬよう、少しになさったほうがよろしいですね」

やはり意味がわからずイドを見る。

「私は……ここで、花を育てていたのだろうか。摘んでくればいいだろうか？」

覚えがある。花が咲きやすいエウェストルムの気候を利用して、城はいつも色とりどりの花で満ちていた。

庭番の老人や、まだ仕事が上手《うま》くない若者たちが、絶えず庭仕事をして花を育てていた。リディルも手伝ったことがある。城の庭の中心に湧く、キラキラ光る親睦の泉の水をひしゃくで汲《く》んで、花に撒いた。花々は喜んで葉を広げ、揺れて蕾《つぼみ》をほころばせた。

「リディル様。それも覚えていらっしゃらないのですか？　ほら、あなたはお小さい頃から指先から花を出すのが得意で、赤や、青や、白い花も、紙吹雪でも撒くように他愛なく、いつだって出されていたでしょう？」

半笑いのイドの言葉にも戸惑うしかない。そうだっただろうか。自分にそんなことができただろうか。

試しに花を出そうと思ってみるけれど、わずかに癒やしの光が指先に輝くだけで、花のようなものが浮かんでくる気配はない。

「あ、あの。造作もないことだと仰っておりました。いつだって、あなたはここに来るとき、さびしい馬車の中でさえ、小さくて可憐《かれん》な花を次々につくっておいでだったのです。簡単なことです。いつもなさっていたのですから」

イドの説得じみた説明を、息を止めて聞いていると王の手がリディルの肩に回された。腕も痛むのだろうに優しい大きな手がリディルを包んで、胸にそっと抱き寄せる。

男が自分とイドの間を分けた。

「……いい」

掠れた声で、王が言った。ぼんやりと宙を見る潤んだ黒い目が、遠くを見たまま細められた。

「いい。リディル。そなたが無事なら」

絶望する――。

この感覚には、なぜか覚えがあった。失望を浴びる。自分に絶望する。恥じ入って消えたくなる。焦った心臓の内がひりひりと熱いのに、皮膚が一息に冷える。

望まれていることが何一つできない。この、傷ついた、優しい王のために。

呼吸が熱く、速かった。

「ごめんなさい……グシオン王——……!」

何を忘れているかはわからないが、何かとてつもなく大切なものを失ってしまったのはわかる。

涙が零れた。忘れたのが悲しいのではない。

自分が持っていたはずの何もかもを、彼のために用意できないのが悲しくてしかたがないのだ。


イドは身体に力を込めて、背骨に走る震えを潰した。

こんなときこそ自分がしっかりしなければ——。

どれほど気持ちを叱咤《しった》しても、力を緩めた瞬間泣き崩れそうだ。

リディルが記憶を失った。記憶も、グシオンへの愛も魔力も失って、彼は今、ただの傷ついた白い鳥のようになっている。

自分の立場がわからないから、縋う方法すらわかっていない。嫁いできたときよりも状況が悪い。だから自分だけでも今まで以上に周りに気を配って、リディルを守らなければ——。

「——イド殿」

呼ばれてはっと我に返ると、カルカが視線でリディルを指し示した。

リディルは泣きながら王の手に縋《すが》り、子どものときよりささやかな癒やしの力を送っている。王の大怪我に対して気休めにもならないどころか、このままではリディル自身が弱るばかりだ。促されて、リディルの側に寄った。

「リディル様。一度お部屋に戻りましょう。王もう、お眠りになります」

王の枕元では薬が用意されはじめていた。傷の腫れを抑える薬と痛み止めだ。眠り薬を兼ねている。

頰を濡《ぬ》らしたリディルをそっと王から離し、立つようにと促す。反対側をカルカが支えてくれた。

「こちらへおいでください。ご気分は？」

カルカは隣にある控えの間に自分たちを連れていった。ここで少し休んでから部屋に戻れということだろう。

カルカには、リディルが記憶を失ったことを話しておいた。思考力は元のままだが、幼い頃から今までの記憶がごっそりなくなっているのだと告げた。

カルカは、リディルを肘かけのついた椅子に座らせると、朦朧《もうろう》とした顔の彼の目の前に跪《ひざまず》いた。

「王妃殿下。覚えておいででしょうか。わたくしは王の側仕え、カルカ・オットマーでございます」

リディルは弱々しく首を横に振って「すまない」と消えそうな声で呟いた。それを聞いて、なぜ気がつかなかったのかとイドは驚いた。リディルは酷く弱っている。周りのことに目を向けられないほど不安で憔悴《しょうすい》している。肩で浅く息をしていて、ほとんどすすり泣きのようだ。当たり前だ。優しいエウェストルムでの七歳の記憶から、戦争中の、見知らぬ国のまっただ中に放り込まれたのだ。

「妃殿下は、ご幼少の頃よりあとのことを何も覚えてらっしゃらないとイド殿に伺いました。間違いありませんか？」

リディルは大理石のように真っ白な顔で頷いた。

「……いずれイル・ジャーナに行かなければならないと聞いたのは覚えている。だが、なぜこのようなことになっているのか――」

わからない、と呟いて、金髪のほつれ落ちた、涙に濡れる顔を手のひらに埋めて肩を震わせた。

カルカはしばらくリディルを見つめてから、片膝をついた姿勢で話しはじめた。

「あなたはエウェストルムから来た王子殿下で、訳あって王女として――王妃殿下として我が国にお迎えし、王妃の位をおつとめいただいておりました」

「……。……何のために？」

「あなたの魔法学の知識を見込んで」

カルカがはっきりと答えたとき、リディルの顔が少しほっとするのがわかった。

冷静な彼は、自分のように現実の何もかもを一気に押しつけず、薬のように、まずは受け入れやすい小さな欠片《かけら》を与えたのだ。

「……そう」

「今は妃殿下にできることは何もありませんが、戦が安定してきたら存分にお知恵を拝借いたします。どうか王のために、よくお休みになって、早くお元気になられてください」

「わかった……。夜が明けたら花を摘んで、もう一度王を見舞おう」

リディルは酷く疲れた様子だったが、先ほどまでのきょどきょどと不安で振り切れそうな様子はなくなり、大きく息をついて前屈みに頭を抱えた。

「誰か、妃殿下にお水を」

カルカが言うと、控えていた女官がすぐに水差しを持って現れた。

王の褥の側に戻ろうとするカルカに、イドはとっさに声をかけた。

「――ありがとう。カルカ殿」

カルカの少し切れ長の目が、軽く動いてイドを捉える。

「王のためにしたまでのこと。あなたは落ち着いて、下手を踏まないように」

「すまない……」

花の件は、リディルの落ち度ではなく自分の失態だ。リディルが花を出せなくなったことに気づかず、うろたえて、助けるどころかなお王を傷つけ、リディルを追い詰めてしまった。真っ先に確認しておけばよかった。

目を閉じて眉を寄せる自分の真横で、カルカが立ち止まる。

「大丈夫なんですか？」

「……ええ、記憶以外は大きなお怪我もなく、打ち身もあるのですが、あのように歩けるくらいで――」

「あなたのことですよ」

冷たい声でカルカは言った。

「頬の傷の血はきれいに拭いなさい。腕の打ち身は隠れるような服を着たほうがいいです。足を引きずっていますね？　冷やしましたか？　布で固定したほうが歩きやすいはずです」

「面目ない」

「あなたが倒れたら、王妃の世話が立ちゆかなくなります。せいぜい休んで、明日にはもう少しすっきりした姿をしてください。王が倒れている以上、王妃を戦場に出してもしかたがありませんからね。それから王妃はあまりこの部屋に近づけないように。記憶もなく、癒やしの力も気休め程度。王が気がかりにするばかりです」

「申し訳ない……」

「緊急事態です。仕方がありません。そして妃殿下には、今以上余計なことを喋《しゃべ》らないこと。

現実は受け止めざるを得ませんが、思い出せないことを押しつけられたって、彼が傷つくばかりだ。それから」

俯くイドにカルカは小さな声で言い残した。

「王抜きでも、イル・ジャーナには武強国として十分な武力があります。相手は強敵ですが、なんとか凌ぎますから安心なさい」

「ありがとう……。カルカ殿」

嫌な男だと思っていたが、こういう優しさもあるのだと彼を見て知ったし、彼自身、あの場面にいて、腕を怪我しているはずなのに、素知らぬふりができるのだ。

劣等感か、尊敬か。だが今はどちらにせよ、彼の存在がありがたい。

無言の彼の背中を見送り、イドは押し殺したため息をついた。

それにしたってなぜ――。

今、王の部屋にいるすべての人が答えを出せずに苦しんでいる。

なぜ、大国ガルイエトが突然、侵略戦争を挑んできたのか。

そしてあのときは、明らかにリディルを狙っていた。その場にいたのだから、イドもはっきりと感じたことだ。

なぜイル・ジャーナが――リディルが狙われたのか――。

カルカの言うとおり、少し頭を休めて考えなければ、何の推測もできない――。

大きな城だ。

王を見舞った帰り、後宮の廊下を進みながら、周りを見渡してリディルは思った。

石造りの大きな城だった。足音が恐いくらいに響く。エウェストルム城よりずいぶん頑丈そうで広い。やはりここにも見覚えがない。

女官とイドに付き添われてリディルは身体を引きずるようにして歩いた。全身が鈍く痛く、打ちつけたところだけが熱い。

まだ部屋は遠いのだろうか。

来たときよりも遠く感じて、ふと顔を上げると、廊下の果てにある居間への扉が大きく開き、灯りが漏れているのが見えた。

廊下には何人もの女官が出ていて、慌ただしくすれ違っていた。皆一様に悲愴《ひそう》な顔をしている。

「何かあったようですね。リディル様はゆっくりおいでください。私がただして参ります」

イドは自分たちを置いて、先に進んだ。

「どうしたのです。こんな時間に何事ですか?」

声をかけながら部屋に入っていく。リディルたちもやがて追いついた。

室内が見える。寝室の奥にあった大きな瓶《かめ》が割れていた。中央あたりから大きく斜めにひびが入ってそのまま滑り落ちるように割れたらしい。

床が水浸しになって、その掃除のために女官たちが集まっていたようだ。先ほども、なぜ寝室に、水を張った大きな瓶を置いてあるのだろうと思ったのだった。そうすることがこの国の文化だろうかと首を捻《ひね》ったが、尋ねる余裕もなかった。

イドが青い顔で振り返った。

「瓶が……キュリが――……」

「キュリ……？」

聞き慣れない言葉にリディルが戸惑うときだ。

窓辺でバタバタと音がして、何か黒いものがリディルに向かって突っ込んできた。

「キュリ！」

イドが先に声を上げる。リディルは一瞬避けようとしたが、それが鳥だとわかったからそのまま抱き留めた。軽いがすごい速さで飛びつかれたから、勢いで扉の縁に凭《もた》れるように床に座り込んでしまう。

きゅうっ！　きゅうっ！　と小さな梟《ふくろう》は大きな鳴き声を上げた。

「こ、これがキュリです！　無事だったのか、お前……！」

イドが、リディルの腕に抱えられるように留まった梟の背に手を伸ばした。

恐ろしい思いをしたように、キラキラ光る目をらんらんと輝かせて、けたたましい鳴き声を上げ続ける。

梟は怪我をしていて、羽があちこちに荒れてボサボサしていた。くちばしのところから血が流れている。目蓋のところに、足にも傷がある。

「この梟は、あなたを助けようとして敵兵にたたき落とされたのです。このように瓶も割れて、もうだめだと思ったのですが、生きていたのか。よかった——!」

「キュリ……」

梟は懸命にリディルを見上げて、何かを訴えている。

抱きしめてやらなければ——。とっさに確信が湧いて、キュリの羽を痛めないようにやさしく抱くと、キュリはふっとおとなしくなった。

「この鳥はキュリと言います。王の鳥で、あなたによく懐いておりました。灯りを見て飛び込んできたのでしょう」

「そうなの」

「ホシメフクロウです。戦のときも……戦場に出ていて、この瓶にキュリが見た映像を送っておりました」

ようやく瓶と梟の関係を理解した。

魔法を介して人のために働く動物がいる。ホシメフクロウも魔法の契約ができる鳥だ。この鳥もこの国のために働いていてくれていたのだろう。

「ありがとう……。ごめんね、キュリ」

怪我をしても必死で戻ってきてくれる健気《けなげ》な子を、忘れている自分が情けなくてしかたがない。キュリは星を湛《たた》えた夜空のような目を潤ませてリディルを見る。頭から背中にかけて、労るように撫でながらリディルはイドを見上げた。

「怪我を診てやりたい。灯りを持って来てくれ、イド」

「はい」

イドは苦笑いをしてから、灯りを取りにいった。

鳥はふくふくと速い呼吸をしている。落ち着かせるように撫でながら、リディルは椅子に座った。

先ほどからずっと、王の癒やしのためにリディルの指先の周りは緑色の光が飛び交っている。その切れ端を使ってキュリを癒やそうとするが、リディル自身、ほとんど効果を感じない。幼い頃の記憶に比べても魔力が下がっている気がする。

身体が成長しても魔力は少しも増えなかったのか。あるいは記憶を失ったせいか、身体が弱っているせいか。

割れた瓶が持ち去られ、床も掃除されて寝室に静けさが戻ってくる。外からは工兵の声や馬の嘶き、何かを叩くような音がずっとしていて、篝火《かがりび》で窓の外が薄く明るい。

キュリを椅子に連れていった。暗いランプの灯りの下、湿らせた布でキュリの汚れを拭いながら、胸に抱いて癒やしの光を送り続ける。助けになっているかどうかはわからない。

キュリは目を閉じてリディルの腕に収まっている。

「ごめん……、ごめんね……」

涙ぐみながら、ようやく落ち着いてきたキュリを撫でていると、イドが様子を見に来た。

「そろそろお休みください」と言われたが、王もキュリも苦しんでいるというのに、自分だけが眠ることなどできるだろうか。

首を振って拒むと、イドが「以前と同じですね」と言った。

「あなたはそうして一晩中、キュリを癒やしたことがあります」

やはりそれも覚えがなかった。


朝、庭に花を摘みにいった。

橋は落とされ、城門は閉ざされているから急に攻撃されるというわけではないが、矢を射かけられたら危険だとして、テラスのすぐ下にある花しか摘めなかった。それでもなるべくきれいなものを選んだ。丁寧に花束にして、王のところに持っていった。

王はまだ眠っていた。指先からはうっすら癒やしの力が立ち上っている。女官に花を渡し、眠っている王の手を握って長い時間彼の治癒を祈った。

「妃殿下。医師が入室いたします。他のお部屋にお移りください」

「……わかった」

グシオンの傷はひどく、リディルに見せられるようなものではないと医師の言づてだそうだ。ただでさえ忘れているのだ。せめてこの現実から目を逸《そ》らしたくないと思うのだが、リディルが傷ついた彼を見ることで、彼に不快な思いをさせてはいけない。痛みや弱音を我慢させることになってはならない。

「――……」

リディルは静かに褥の側を離れた。

このいたたまれないようなつらい気持ちも、どこかで感じたことがある気がする。

女官とイドに付き添われ、治療室の出口のところまで進む。

「あなたは女官長だったね。グシオン王のことを頼みます。私もあとでまた来ます」

「妃殿下もどうかお休みください。あなたもお怪我をなさっているのです」

この感覚にも覚えがあった。役立たずの自分を皆が許し、優しさをくれる。それに甘んじなければならない悲しさ、ふがいなさ。どうにかして何かを返したいと願う気持ち――。

扉を挟んで、女官長と別れた。廊下にぽつんと佇《たたず》み、隣にイドだけが残った。頬に涙が一筋流れた。思い出せと責めているような、ひりつく涙だ。

「リディル様……、何か思い出されましたか？」

「いいや。王を見るとこんなに苦しい気持ちになるのに、彼との間のことが何一つ思い出せないのがつらいのだ」

たった一つでいい。王との思い出を取り戻したい。悲しさと、心の奥底で傷ついて震えている、見えないものの形がほしい。

頭を掻《か》き毟《むし》るほど願っても、何も思い出せない。ずいぶん壮麗であったという婚礼の一瞬でいい、草原を馬で駆けたと言うからそのときの彼の笑顔の刹那でもいい。王との記憶を取り戻したい。

「でも私は確かに、この人を愛していたと思う」

空っぽの記憶を身体が責める。

彼を愛していると鼓動が打ち、喉が震え、心臓が潰れ、涙が零れる。こんなに愛しているのにどうして思い出せないのだと、身体中がリディルの心を責めている。


記憶を取り戻すきっかけになるものがないかどうか、室内を探してみた。エウェストルムの服や陶器、書物が少しあったが、最近のものばかりで記憶の手がかりにはならなかった。

自分は魔法学の研究を続けていたらしく、書きかけの研究があった。めくってみたが他人が書いたもののように覚えがない。だが内容は理解できる。

ずいぶん理解が進んで熱心に研究していたのだな、ということがわかるくらいで、それもやはり直接記憶とは繋がらない。

婚礼から一年と少しなのだそうだ。エウェストルムから持ち込んだものが元々少なく、自分がこの国の文化になじもうとしていた様子が窺える。生活の痕跡も最低限で、目立って印象的なものもない。

「……？」

机の上の文箱《ふばこ》から小さめの紙束が出てきた。青く染めた紐《ひも》で丁寧に綴《と》じられている。特別白い紙で、几帳面に切られていて、薄青の表紙がつけられている。

何だろう、と思って始めのほうをめくってみると、机の上にひらりと花びらが落ちた。桃色の花だ。

それは雪のように儚《はかな》く、机の上でしゅわりと溶けた。

――魔法の花……？

魂《ラウフ》が花を象《かたど》ったもののようだ。主《あるじ》の手を離れると形を保てず、溶けて魂に戻ってゆく。この紙にはどうやら、わずかな魔力が染みているようだ。

またひとひら。今度は淡い、橙《だいだい》色《いろ》の花だった。

中に文字が書いてある。

『王が、木の実をむいてくれた。少し苦いが、香ばしくておいしかった』

次の頁《ページ》からは青い花びらが落ちてくる。

『王と池を見に行った。耳飾りの羽がきれい。とてもよく似合う』

記憶を留めようと花の色を一心に練ったのだろう。多分、王の耳飾りはこのように青かったのだ。

これは自分が挟んだのだろうか。自分の心から生み出した花だろうか。

頁をめくってみた。小さな面積に、他愛ないことがあれこれ書きつけられていた。『王の手が温かかった』『一緒に象を見にいった』『篝火を見た』

そのときの気持ちのままの花びらが、間に挟まれている。

――花をくれないか。

王が欲しがった花はこれだ。記憶を失う前の自分は、こうして花を生み出していた。王との時間の合間合間に、些細《ささい》な出来事を喜び、大切に愛おしんだ。

『星を見た。王と分担して数える約束をした』『仔《こ》を連れたタウザーが庭に遊びに来ていた。白いタウザーは幸運の報せ《しら》』

一つ一つ、思い出のように花が挟まれ、頁を開くと溶けてゆく。

ぱたぱたと、紙の上に涙が落ちた。

自分の記憶のようだ。目の前でこうして失ってゆくのに繋ぎ止める術がない。重傷の床で王が欲しがるのは、こんなに些細な自分の魔力だ。それすら自分は持っていない。

自分が今、すべきことは何だ。

リディルはペンを握りしめた。

何も思い出せなくても王のために、国のために何かができるはずだ。あの花の代わりに、自分にしかできない王妃の仕事があるはずだ。

リディルは書類を見つめた。太い炭の、殴り書きの文字で、読むのが難しい。

——この老いぼれを信じてくださるなら。

リディルの横に座っているのはザキハ大臣だ。先王の頃からの大臣で、白い髪を長く背中に垂らしていて杖《つえ》をついて歩いている。父王よりもずっと年齢を重ねている。

王の代わりにリディルが執政をしなければならない。文字の内容はわかるがそれがこの状況にふさわしいかどうか判断できない。

病床の王とカルカの提案で、ザキハ大臣が助言し、リディルが署名をすることにした。回ってくる書類は、ほとんどが戦に必要な武器や、食料を出してくれという願いだ。もしくは柵を作るための材木、武器に使う油をくれと、乱雑で急いだ文字で書きつけられていた。カルカとザキハが先に読み、妥当とされればリディルが名を書いて許す。後々リディルが糾弾される内容が含まれていないか、終わったものをイドが読み直した。

どうしても判断のつかない書類だけを、カルカが王のところへ持ち込む。王の側には数名の大臣がいて、王の口答の指示を受けているということだった。

そしてリディルの机には地図が用意されていた。大陸の地図と、イル・ジャーナ周辺の地図だ。これらをよく検討して、魔法学的な助言をしなければならない。そしてしょっちゅう空を見て、天候を読み、雨や嵐を避け、あるいは少しでも天気の動きを利用するよう軍に伝えなければならなかった。

不思議なものだ。これほど記憶は欠けているのに空も月もよく読める。

「妃殿下。南棟からカルカが戻るまで、少しお休みになってはいかがか。ご昼食もまだです」

ザキハが声をかけてくれる。

「大丈夫。まだイドも帰ってきませんし、おなかが空《す》いたらいただきます。ザキハ大臣はお休みください。腰を悪くしてらっしゃると聞きました」

王が父親のように慕っているというザキハ大臣は、かなりな高齢だ。普段から王に助言し、これまでのすべての決裁を見届けてきたからという理由でこの仕事に当たっているが、何度も眉間を押さえ、文字を見続けるのもつらそうな様子だった。

そこに別の大臣が入ってきた。扉を叩きもせず、自室のような横柄さで女官を押しのけ、中に入っても礼もしない。恰幅《かっぷく》がいい、禿頭の大臣だ。頭の周囲にだけ白髪交じりの毛が生えている。

確か、メシャム・ヤー大臣と言ったか。

彼はまっすぐリディルの向かいにやってくると唐突に、高圧的に言った。

「こんなところで何をしてらっしゃるのか」

「何を……とは」

「あなたがなすべきことは、誰でもできる書記官のような仕事ではない。魔法円はどうなったのです。アイデース皇妃とは連絡が取れたのですか？　こんな窮地に陥っても暢気《のんき》に書類などを読んで。国の大事に今更大魔法使いになれないとは、どういうことなのです」

「メシャム大臣」

ザキハが腰を浮かして制止しようとしたが、メシャムはひるむ様子がない。

「落馬して記憶を失っているのは本当のようですね。思い出せないなら私が教えてさしあげましょう。記憶を失う前のあなたは大魔法使いになろうとしておいででした」

「大魔法使い……？　私が？」

さすがにこれは失笑せざるを得ない。

メシャムは自分の背中のことを知らないのだろうか。二歳の頃に大怪我をし、それ以来大した魔法は使えない。かすり傷を治す程度の癒やしの力、指先から手遊びのように花を生み出すだけの、誰の役にも立たないことができるくらいの魔力。今はそれすら満足にできない。そんな自分が大魔法使いとは、夢にしたってかけ離れすぎていて、嘘かどうかを追及する必要性すら覚えない。

彼にどこまで話していいものか。この城で自分はどう捉えられているのか。背中の傷のことを大臣たちは知っているのか。とにかくカルカにはできるだけ何も喋るなと言われていて、目の前の彼に説明していいかどうかもわからない。

「あなたは男の身でありながら我々を欺いて王女として輿入れをしてきた。王は見抜いていながらあなたの魔力欲しさに輿入れを許したのです」

「魔法学の知識ではなく、魔力……？　待ってください。私には小さな頃から魔力がほとんどない。その話は成立しません」

「ええ。そうです。それも嘘でした。エウェストルムは魔法使いなどではなく、ただの役立たずの王子を送り込んできたのです。あなたは二度も我々に嘘をついた」

ふざけているとは思えない深刻な顔でメシャムは言った。

「だがあなたは奇跡的に魔力を取り戻した。偶然繋がった魔法円で、王に魔力を供給できるようになったのです。そしてあなたはそれを維持するために、アイデース皇妃ロシェレディア大魔法使いと連絡を取ろうとしていた。そして大魔法使いになろうとしていた」

「そんな……無理です。いくらロシェ兄——ロシェレディア皇妃にも、ただの魔法使いを大魔法使いにする力などない」

ロシェレディアという長兄が、大魔法使いとしてアイデースに輿入れしたのは知っている。兄は持て余すほどの魔力を湛えた魔法使いで、わずか十二歳でアイデース皇妃として、将来を嘱望された大魔法使いとしてエウェストルムを送り出された。

だが途方もない力を持った彼にだって、ただの魔法使いを大魔法使いにできるような力はない。そもそもそんな理屈はありえない。

大魔法使いは外部から力を加えられてなれるものではなく、自らの魂が別空間にある魔力の源と繋がり、力を得るものだ。ネズミを蝶《ちょう》にできないように――芋虫は自ら蝶に姿を変えることが生まれつき決まっているように――自分自身でなるしかないのだ。

「いいや、あなたは魔力を取り戻し、故国エウェストルムの魔法機関から、大魔法使いの器だと保証されたのだ！」

まったく要領を得ないリディルを、苛立《いらだ》たしげにメシャム大臣は一喝した。

「私が……？」

そんなはずはない。だがこの男は「誰にも見せてはいけない」と言われて育ったリディルの背中の秘密を知っていた。極秘とされる魔法機関の内容も知っていた。

本当だろうか。自分はあれから魔力を取り戻したのか？　――そして取り戻した魔力は大魔法使い級だと、魔法機関が診断を下したと言うのだろうか。

――そんな馬鹿な。

心の通りに唇が動いた。夢物語と言うにもあんまりだ。何年も右腕を布で固定されて過ごした。どれほどがんばっても大した魔法は使えなかった。合わせ鏡で見た白く浮き上がった傷跡は、黒い魔法円をはっきりと白く横切っていた。傷が深すぎて治らない痼《しこ》りを残すほどだ。

誰かと人違いをしている。そう言おうとしたとき、メシャム大臣は急に顔を赤くして、くしゃくしゃに表情を歪ませた。

「思い出してください、王妃。大魔法使いになろうとしていたことを、あんなにも、本当の夫婦よりも王と睦まじかったことを。あなたは王をあの忌まわしい呪いから救ってくれた。あなたは王の雷に、奇跡のような力を与えた。あなたがいればグシオン王は皇帝の座さえ、夢ではなかったことを！」

「おやめなされ、メシャム」

ザキハが諫《いさ》めるが、メシャムは机に手をついて激しく首を振った。

「王を、イル・ジャーナを助けてくれ！　そのために迎えた男の王妃だ！　あなたは我々を騙し続けた謝罪のために身を捧げに来たのだろう？　今こそなんとかしてくれ！　墨までここにあるというのに！　もうけっして出来損ないとか、裏切り者の男王妃などと言わないから！」

メシャムの叫び声と同時に、血相を変えたカルカが飛び込んできた。

「おやめなさい、メシャム大臣！　あなたはなんということを！」

駆け寄ってきて、メシャムの腕を掴み、部屋の外に連れ出そうとする。

メシャムはむずがる子どものように身体をあちこち捻って抵抗している。顔を真っ赤にして泣いていた。

「そもそもこの戦も、リディル王妃が大魔法使いかもしれないという噂《うわさ》が漏れたからだ。ガルイエトはあなたを奪いに来たのだ！」

愕然とするようなことだった。だがもし本当だとしても、リディルにはどうしようもない。混乱する頭を振って言い返した。

「ならば違うと伝えてくれ！　私はこの通りだ！　大した魔力もない、王も癒やせず、天候を読み、時間がかかる施策しかできないただの魔法学者だ！」

そのはずだ。小さい頃からイル・ジャーナへ大使として出向く予定と聞かされて勉強してきた。男である自分を王妃として迎え入れたのも、自分が魔法学者だからというのが真相で――。

リディルはとっさに右肩の裏に左手をやった。

触れればこりこりと固くしこっていた傷がない。――失った記憶の中に自分が知らないことがある。

まさか、性別を騙して、姫のふりをして、魔法使いと偽って輿入れをしてきたというのか。

ヴィハーンに書類を届けに行っていたイドが、部屋に帰って来た。カルカに話を聞いて途方に暮れた顔をしていた。

リディルは、隣にある薄暗い準備室で、呆然と椅子に凭れていた。

「……本当なのか。イド」

記憶を失ったのをいいことに、自分の罪を握り潰そうとした。指先から花を生み出せていたこともあの帳面を開かなければ知らないままだった。

「私を騙したのか！」

この世でたった一人、身元がわかるイドだけが頼りだった。異国の人々に囲まれて、この国で信頼できるのはイドだけだった。

イドは、疲れた、だが冷静な表情で答えた。

「昔はそのようにお話をしていたと、聞き及んでおります」

イドの言う「昔」というのは、自分が知る七歳の頃の話だ。

「たった七歳の王子に、敵国に王女として嫁ぎ、死にに行けとは話せません。しかし、リディル様は察していました。許してくれるものだろうかと心配していらっしゃいましたし、婚礼の計画を話したときも、微笑《ほほえ》んで受け止められただけでした」

父王がロシェレディアのかわりに、次の王女をイル・ジャーナに差し出すと約束したこと。実際王女は生まれず、生け贄《いにえ》としてリディルを差し出さざるを得なかったこと。

「あなたは無事、輿入れをなさいました。国のお役目を果たされたのです。今は王妃として、この国においでです。王妃でありながら宰相の役目も果たし、王と幸せに暮らしておいででした」

「王は、私を許したのか」

「ええ」

長年彼を謀《たばか》り、魔法使いとしての力すら持たなかった自分を。

「あなたは《花降る王妃》と呼ばれ、王と幸せにお暮らしでした」

イドは震える手を握りしめて泣くのを堪えていた。

信じがたい話だがリディルには確信があった。

あの王ならきっとそうする――。

今すぐこの席を立って、廊下を走って、彼に心底詫《わ》びたい。庭で花を摘んでいった自分の無神経さを謝りたい。

そんな自分まで庇ってくれるなんて、そんな彼を忘れてしまうなんて。


夕刻、見舞いの時刻となった。

王は、命の危機こそ去ったもののまだ熱が高く、傷も血が止まっただけで起き上がれないそうだ。

リディルの指先から、絶えず癒やしの光が立ち上っている。

消えそうに微《かす》かだ。送る途中で絶えてしまうのではないかと思うほど、心細い魔力だった。契約はまだ生きているのだ。自分のなけなしの魔力は常に王の魂に繫がっている。それがよすがだった。何も思い出せない彼を想っていいと自分に許す根拠だった。

わずかな癒やしと彼の心労を天秤《てんびん》にかけながら、なるべく王の側で癒やしの力を注ぎたい。王に謝りたいとカルカに訴えると、カルカはあまりいい顔をしなかった。「止めはしませんが、王が落ち着いてから改めてになさってはいかがですか?」と、彼特有の冷たい口調で、やさしいことを言った。

カルカの言うとおり、許しを乞いたいばかりに彼に負担をかけてはいけない——。

心を強く抑えつけながら、リディルは王の治療室に入室した。昨日に比べて幾分薄れてはいたが、まだ血のにおいが漂っている。

王の褥の周りには、相変わらず何人もの人がいた。

大臣や、医師や兵。王は重ねたクッションで身体を支えながら褥の中から指示を出している。

「今のうちに、リリルタメルの王子を逃がせ」

だいぶん血が流れていると聞いた。目が落ちくぼんでつらそうだ。声が途切れて掠れている。

大臣たちは相談に、そして兵は報告に来ているらしい。

順番に王の言葉を乞うている。リディルの前にいた兵に王はいくつかの指示を与え、最後に呻くようにこう言った。

「ヴィハーンに……死ぬなと伝えよ」

兵は、親指で涙を拭いながらリディルとすれ違い、部屋を出ていった。

褥の中の王は、リディルを見るとふと明るい顔をして、優しい表情で目を細めた。

「お見舞いに来ました。王よ」

「そうか」

「癒やしの魔力をさしあげてもよろしいでしょうか」

リディルは王の手を取った。

手に触れると、何もしていないのに癒やしの光が多くなる。繋ぎ合った手から、小さな羽虫のように薄緑色の光がキラキラ立ち上る。

王は心地よさそうにその光を眺めていたが、リディル自身、やはりそれが気休めだとわかってしまう。王の、怪我で錆《さ》びた血がほんの少しやわらかくなる。ビリビリとした熱がなんとなくまろやかになる。だがそれだけだ。王の手はひどく熱く、呼吸からも毒がとれない。

どうにかして、と必死になった。今だけでいい、魔力が生み出せないものか。彼を助けたい。自分の身体が損なわれたって彼を癒やしたい。身代わりになってもいい。

それほどまでに願うのに、若芽が揺れる程度の心細い光が立ち上るだけで、王の怪我は治る気配がない――。

まばたきもしていないのに、褥の上に涙がいくつも落ちた。止めようと目蓋を閉じるとなおいっそう溢れて止まらない。肩が震える。呼吸が嗚咽になりそうだ。

心配そうな顔をする王に、リディルの背後からカルカがそっと囁いた。

――メシャム大臣が、話してしまいました。

あのあと食事を運んで来た女官を問いただした。自分はどのようだったか教えてくれと頼み込んだ。

魔法。魔法。

皆に聞く《花降る王妃》とはあまりに違う。あまりに力がない。助けてくれた彼を、少しも楽にしてやれない。

声も上げられずに泣いているリディルの背を、王の手が撫でてくれる。

「いいのだ……。怪我は大事ないか」

やさしく髪を撫でてくれる王がそう言うと、むしろそれが憎らしさを煽《あお》る。自分が怪我をすればよかった。彼の代わりに刺されてしまえばよかった。

泣き続けるリディルの手を、ゆっくり撫でながら王は囁いた。

「そなたは……エウェストルムに帰れ。狙いはそなただ。イル・ジャーナには、そなたを守れる力がないやもしれぬ」

戦況は、まだひと月は保つとザキハが言っていた。だがいずれ、大国と持久戦になればいくらイル・ジャーナといえど最終的に力尽きるのは明らかだ。

「密使はすでに出した。迎えが間に合うかどうか、わからぬが……。エウェストルムに攻め込めば、周りの国が黙っていまい。兄上が嫁いだアイデースもきっと助けに来てくれる」

リディルを逃がすと王は言う。

「そなただけは傷つけぬ。死を覚悟するなど、生涯に一度きりで十分だ」

いたずらっぽい視線をリディルに寄越し、苦笑いをした。

「……ひとつだけ、頼みがある。キュリを連れていってくれ。講和ができなければ、我が国は滅びるしかない。キュリは他のものには懐かぬが、そなたとなら暮らせるはずだ」

「王よ……」

王の慈悲深い提案に、リディルは否とも応とも言えない。自分が少しでも役に立つなら迷わずここにいる。だが何もできず、それどころか戦の種になったかもしれない。自分さえここにいなければ、戦を止める手立てがあるかもしれない――。

王は、天蓋を見上げてひとつ小さな息をついた。ぼんやりとした空白が流れる。

「……なぜ、このようなことになったのかわからぬ。そなたを狙ってきたにせよ、なぜ、突然このように奪いに来たのか、……わからぬのだ」

やさしく真摯な王に、何かを答えたい。解決策を、提案を。だが何も覚えていないのでは、いくら考えても手に触れるものすらない。

王の手に両手ですがりつくリディルの手を、王は優しく撫で続ける。

「もう泣くな。リディル。昔のことは……思い出さなくていい。余がそなたを好いておるのだから、それでいい」

「そんな……！」

「今の余のことだけ、覚えていてくれ。……にしては、みっともない姿であるな」

王は笑って、そして痛そうに身体をすくめた。

慌ててすがりつくリディルを止めるように、医師が割って入った。王に無理をさせるなと視線で制す。

「王よ。少しお薬をさしあげましょう」

名残惜しく繋ぎ合う手を離すとき、王が薄く微笑んだ。

「幸せであった。リディル」

カルカや大臣に肩を支えられて引き離されながら、リディルは手を伸ばした。

王から離れたくないのに、開いた口からは、何一つ言葉が出てこない。


キュリの怪我はだいぶんよくなったようだ。

王に癒やしの力を送った魔力の端切れで少しずつ癒やしてきた。

傷も見えなくなったし羽も広げられる。干し肉も食べるようになったし、夜は空へ出て、城内の林で虫を食べている様子もある。

「もう大丈夫だね。よかった」

キュリを撫でるとくるくるした目が見上げてくる。真っ黒な瞳は奥のほうまで金銀の粉を振っていて、まるで星の夜空を覗き込んでいるようだ。目蓋の傷も治り、瞳がキラキラしている。眼球も傷つかずにすんだようだ。

朝になればまた戦闘が始まる——。

星の消えかけた空を見ながら、リディルはキュリを抱いて静かに立ち上がった。

キュリを止まり木に移し、寝室を出る。

考えて、考えて、用意をした。自分についてわずかな情報しかない今、本当にこれが正解かどうかはわからないが、このままじっとしていても王も自分も、イル・ジャーナも、国民もおとなしく滅びるだけだ。

部屋を出て、薄暗い廊下を歩く。

王の治療室の前には、灯りが掲げられていて見張りの兵が一人立っていた。

彼はリディルの姿を認めると、小さく鋭い声を出した。

「こ、これは王妃殿下！」

「……王に会いに来ました」

内側にいた兵もリディルを見て驚いたが、心配そうな仕草で奥へと促してくれた。

褥の側には、小さな灯りが灯っているだけだ。

王は眠っているだろうか。

顔を覗き込もうとすると、先に声をかけられた。

「――……どうした。もう夜明けか」

「ええ。もうじきに」

寝顔を見るだけだと思っていた。彼の声が聞けてよかった。

かつての自分は、王がとても好きだった。今でさえもうこんなに好きなのに、以前はもっとだっただろうと思うと悲しくてしかたがない。魔力を失うことより、役立たずと言われるより、王を好きだったことを思い出せないのが苦しい。

瞬きのたびに涙が零れた。

王がリディルの頬に手を伸べた。まだ熱いが、燃えるようではなくなったのに少しだけほっとした。

「……思い出せたのか？」

「いいえ」

「余とは、契りで繋がっているから、また慕ってくれるのか？」

「いいえ」

リディルは静かな声で王に語りかけた。

その間も、ひとつ、ふたつと涙が落ちる。

「わかるのです。以前の私がどれほどあなたを好きだったか。私は身体の痛みより、あなたを忘れてしまった痛みがつらい」

絞り出すようにそう呟いたとき、花がぽとり、とシーツに落ちた。

たった一つだけ生み出された白い花は、ほとんど形を保てないまま溶けて、涙の雫のように敷布に小さな染みをつくった。王の手に手を重ねたが、もう花は生まれてこない。

「エウェストルム、から……迎えが来たのか？」

そう問われて、さすが王は聡いな、と感心した。別れの気配を読んだのだ。リディルの心を読むのが上手い。

だが傷の消耗で半分微睡《まどろ》みの中にいる王にできるのは、そこまでのようだ。

王は、リディルの頬を撫でながら微笑んだ。

「戦が落ち着いたら……必ず迎えに行く」

「はい」

「――そのときはもう一度、余のところへ、嫁いでくれるか？」

問いかけに、泣きながら笑った。頷いたが声は出なかった。

胸の上に抱き寄せられる直前、リディルから口づけをした。

自分にこんなことができるとは思わなかったが、嬉《うれ》しいと思うのだから間違いではないはずだ。

王は子どものような顔で笑って、胸に軽く伏したリディルの髪を撫でた。

王はわかっていない。

自分がどれほどの喪失を感じているか、二度目の恋がどれほど前の自分に嫉妬しているかも。

そろそろ仮眠を取ったほうがいいかもしれない。

とれない頭痛にこめかみを押さえて、カルカは静かに王の治療室に入った。

王の傷の出血は止まった。婚礼時にエウェストルムから献上された傷薬はとてもよく、運がよければ膿《う》まずに済みそうだ。

昨日よりはいいとしても、まだ王は熱が高い。身体《からだ》は人より丈夫だが、さすがに血が流れすぎたのだろう、目元が黒ずんで血の気がない。冷や汗か脂汗かわからないもので額を濡《ぬ》らしている。

まだ当分戦には出られない。

ヴィハーンは、王が戦場に出られるようになる前にガルイエトを追い返すと意気込んでいるが、どう楽観的に分析してもそのような戦にはならない。だがどんな結果になろうとも、自分は最後まで王に尽くして死ぬ。それだけははっきり決まっている。

持って来た新しい布で、王の汗を押さえようとすると、王が微《かす》かに目を開いた。

「王よ。お目覚めですか?」

静かに声をかけて、王の額に布を当てる。王は掠《かす》れた声で呟《つぶや》いた。

「……エウェストルムの……使者に……よろしく伝えてくれ」

「さすがにあと三日はかかるでしょう」

戦況が見えた直後、リディルを逃がしたほうがいいと、王は言った。今はイル・ジャーナから、大仰な帰国の隊列を出してやることはできない。だから、わずかな護衛を連れて山中を抜け、途中でエウェストルムに報《しら》せは出した。襲われず無事に山道を抜けたとしても、実際のところあと三、四日はかかるだろう。それに合わせてリディルを城から脱出させる予定だ。

エウェストルムの迎えと合流するのがよいと思われた。

夢見るように、ぼんやりと天井を仰いだ王は呟く。カルカは身体をかがめて王の口元に耳を寄せた。

「先ほど……、リディルが、逢《あ》いに来たのだ」

「そうですか。夢見るほどとは熱烈ですね。正直私は意外でした。あなたがあそこまであの男王妃に惚《ほ》れるなど――」

そう言ったときふと、花の香りがした。

血の臭いが籠もった部屋の中で、一瞬甘い、だが確かに花の香りだった。

カルカは素早くあたりの気配を窺《うかが》い、王が目を閉じる数瞬を待ちきれないようにして、さりげなく王の側《そば》を離れた。

嫌な予感がした。深い傷にうなされた王の夢をまともに受け取るなどおかしいと自分でも思うけれど、なぜか振り払えない。形のない警告がバクバクと心臓を打たせる。

戦に備え、城は眠らない。一日中薄明かりを点《つ》け、薄暗い城の中を気配を殺して人が動いている。

朝が近づき、紺色を薄れさせてゆく空が窓から忍び込んで、城の中を灰色にする。その中をカルカは早足で歩いた。抑えつけなければ駆け出しそうだった。

だから王妃の部屋の扉が閉まり、廊下が静かだったときは、思わずほっと息をつき歩が緩んだほどだ。だがそれも数歩歩く間のことだった。

王妃の部屋の中から、ごそごそガタガタ音がする。ガシャン、と何かが割れる音がした。

カルカが扉を叩《たた》くと急に静かになった。

「妃殿下。カルカでございます」

こんなに物音を立てておいて、眠っていたとは言わせない。

寝室の手前には、居間がある。居間までは鍵がかかっていなければ入っていいことになっていた。

ドアを開けると、いきなり正面でイドと目が合った。

机から紙が落ち、床で花瓶が割れている。

カーテンは嵐の後のように乱れて半開きになり――そのイドは、机に片膝をかけ、這《は》いつくばるような姿勢で自分を見ている。

イドはたっぷりと数秒も、こぼれ落ちそうに見張った目でカルカを見たあと、急に慌てはじめた。机から手が滑り、ごとん、と文鎮を落とす。足先で椅子を蹴り倒す。

「どうしたのです。こんな朝早くから。エウェストルムの従者はずいぶんと働き者なのですね」

「リディルサマガッ！」

ほとんど語尾にかぶせるほど鋭く、イドが人形のような声を出した。

「……は……？」

「リディル様がいないのです。リディル様がッ……！」

ああ、だから彼はこんな朝早くから王妃を捜しているのか。

「――……」

いっそ、失神というヤツをしてみたかった。

頭を抱え、扉の枠に凭《もた》れてずるずるとしゃがみ込むのがせいいっぱいだった。

厩《うまや》の場所を探した。

たき火の前で、こくりこくりと船を漕いでいた白髪の老人に見つかった。

最悪、裸馬を強奪しなければならないか、と覚悟したとき、老人がこちらに気づいて「また偵察なのかえ?」と鷹揚《おうよう》に訊《き》いてきた。とりあえず頷《うなず》くと、なぜか鞍《くら》をかけてくれた。

「あ……ありがとう……」

戸惑いながら馬を受け取ると、彼はポケットから取り出した何かの実を馬に与えながら言う。

「無理はしなさんな。儂《わし》らはもう老い先短いから、戦で死んでもお迎えを待ってもたいして変わらんが、若い命を無駄にしてはならん」

「無駄にはしません。あなたも、大切に」

リディルは馬を受け取ると、裏庭に行って窓から投げ落としておいた荷を拾って馬に積んだ。

頼る人は誰もおらず、できることは何もない。

靄《もや》のような世界を夢のように彷徨《さまよ》うリディルに、光を与えたのはメシャム大臣だ。

——魔法円を繋《つな》ごうとしていた。

——大魔法使いになろうとしていた……!

彼が言うことが本当ならば、魔法円が繋がれば、自分の魔力が戻るかもしれない。

万が一にも大魔法使いになれるなら、世界の《すべて》に触れられると言われている。そこにはリディルが失った記憶ばかりか、全人類の、全世界の、すべての真理と記憶が収められているはずだ。……それが具体的にどうなのか、リディルにはわからないのだが。

でも、王にたった一つきり花を差し出したあとから、ちらちらと、扉のようなものが見える気がする。真っ白な頭の中に、ぽつんと扉だけがある。あれに触れたい。あれを開けたい。そう願うと、頭が痛い――。

そしてもう一つの確信は、花が挟まれたあの帳面だった。

大魔法使いになりたいと書いてあった。背中の魔法円を修復する準備をしはじめていて、エウェストルムから墨が届けられたと書いてあった。夢のような話だが、メシャムだけの妄想ではなかったようだ。室内を探し回ると、重厚な造りの引き出しの奥から墨が出てきた。添え書きを見るに、これで間違いなさそうだ。

イドが言うところによると、イル・ジャーナに嫁いだあと、傷で白く途切れた魔法円を自ら刃物で切り裂いて繋いだそうだ。そのときの傷跡が黒く残っているから、それを足がかりにこの入れ墨で修復しようとしていたらしい。

ロシェレディアと会えささえすれば大魔法使いになれると、記憶を失う前の自分は確信していたようだ。

魔法円を繋いでも、記憶がなければこのままかもしれない。

最悪の可能性を、首を振って打ち払い、リディルは馬に跨《また》がった。

大魔法使いの兄に——アイデースのロシェレディアに会いにゆく。

上着についているフードを目深に被った。森に続く裏門にも見張りはいるが、城から出て行く馬は素通りだ。

地図はここ数日、さんざん眺めてきた。幸い敵の中を正面突破せずに済みそうだ。城の裏側から山道に入り、山中を抜けて途中でさらに北に折れる。

調子よく走れてもアイデース国境まで十日。城まではさらに二日かかるだろうか。

そんなに長く、自分は馬に乗ったことがあるだろうか。

厳しい道のりになるだろうと思いながら、服はたくさん着込んできた。戦だから万が一に備えて、部屋にはいつもより多く食べ物が置かれているとザキハに言われた。日中の食事以外に、干したパンや果物、薄切りにして干した果物や、蒸して乾燥した野菜が部屋の数カ所に分けて置かれていた。敵の手が城に及ぶようなことがあれば、テーブルの敷物でそのまま包んで逃げ出すためだそうだ。

机に置かれていたのは全部持って来た。栓がついた水の入れ物も。これがあればしばらくは生き延びられる。

この期に及んでエウェストルムに帰れと言う王を残して、記憶を取り戻すために、魔力を取り戻すために。

始めの森だ。リディルは目を閉じて大きな呼吸をした。

急がなければ追っ手がかかる。

「頼むよ？」

馬に声をかけて、踵《かかと》で軽く腹を叩くと馬がゆっくりと踏み出した。

それと、後ろから突かれる感覚は同時だった。どん、と肩に衝撃があって、耳元でバサバサと羽根が羽ばたく。

「――キュリ！」

引っかかるように肩に留まったキュリだ。勢いで前のめりになって、バサバサ羽ばたいている。

「駄目だ。城に帰って」

手で追い払っても、何度でも肩に戻ってくる。

「戻って！　キュリ！」

キュリを腕に乗せて空に放つと、ようやく木のほうへ飛んでいったが、そこからじっとこちらを見下ろしている。馬が動けば木を渡ってくる。

木立を振り返りつつ、心配しながらリディルは馬を前に進めた。

兄皇妃ロシェレディアがいるアイデースに向けて旅に出る。

「なんとなく胸騒ぎがして、リディル様の寝室を開けたのです——」

頭を引きちぎりそうに強く摑《つか》んで、イドが呻《うめ》いた。

彼は昨夜眠っておらず——というのはこの男の性格上信用していいだろう——この扉が開くのを見逃したつもりはないのに、なんとなく嫌な予感がして扉を開けたらリディルがいなかったとイドは言った。

部屋を離れたのはいつだ、と、カルカが尋ねると、明け方、はばかりに立ったほんの短い間だけ、と答えた。意図的にその隙を突いたのだろう。部屋の窓から旅の荷物を下ろした形跡がある。王に会いにいってそのまま城を出たと推測すると辻褄《つじつま》が合う。

これで本当に誘拐の可能性はなくなった。リディルがいないと聞いた一瞬は、戦の混乱に乗じて紛れ込んだ間諜《かんちょう》が、弱った彼を攫《さら》ってどこかから逃げ出したのではないかと思った。だがイドは、違和感のあるこの部屋に入って真っ先に、机の上に置かれた書き付けに気づいたそうだ。

短い書き付けには、『必ず帰る。王を頼む』とあり、署名があった。カルカは、リディルの署名をここ数日でさんざん目にした。偽物ではない。

「あなたは王妃のお召し物を確かめてください。食事と、上着も。私は廏に行ってみます」

どこへ行ったかわからない。エウェストルムの迎えを待ちきれなかったか、それとも逃げ出したか。それこそ間諜に何かを囁《ささや》かれて連れ出された可能性だってある。

普段なら「そのような王妃ではない」とカルカも答えるが、何分今《なにぶん》の彼には記憶がない。王妃の判断がどこまで正常か、まったく想像がつかないのだ。

「あと、何か王妃が口にしていたことがあったら教えてください。戦が怖くて逃げ出したいとか、どこかの国が安全だとか」

「いいえ」

混乱しきった彼は、こめかみの髪を摑んで前屈みになりながら、絞るような声で言った。

「魔力を取り戻したいと……、それくらいしか」

リディルと別れる覚悟はしていた。

イル・ジャーナが滅びる可能性は高い。愛する者を殉死させる趣味も、グシオンにはなかった。

もしも、いよいよ城が落ちるときは、自分を残して逃げろと城中に命令を出すつもりだった。狙いの王妃が見つからない以上、自分の首を討てば片がつくのだから、誰一人として無駄に死ぬことはない。

リディルがいなくなったという。自分の意志で出ていったらしいとも聞いた。

滅びる国から逃げ出したいのは当然だ。それを咎《とが》めるつもりもなかった。ただし、道中と行き先が安全ならばの話だ。

カルカが耳打ちをする。

「部屋の簡易食が全部、なくなっております。男用の服が一式、上着やズボンが何枚も見当たらないそうです。王妃用の胸当てもありません。剣も」

聞くだけで目の前が暗くなる。

「近場ではないということか」

「馬を出したようです。これは私の失敗でした。王妃が記憶を失っていると、馬番の者に言わずにおりました」

カルカは自分を責めるが、普通だと王は評価する。王妃の一大事だ。外働きの従者にまで言いふらすことではない。ましてやリディルが記憶を失い、魔力を失っていることが城の外に漏れたら、新たに何の不都合が起こるとも限らない。

「城を出たのは間違いないのだな？」

「はい。キュリの姿も見えません。王妃が連れていったのかと」

「瓶《かめ》は覗《のぞ》いてみたか」

キュリが側にいるなら、周りの景色が見えるはずだ。

「戦のときにキュリが怪我《けが》をいたしました。そのときに瓶が割れております」

「どこへ行ったのだ」

「わかりません」

「なぜよく見ておかなかった。ガルイエトに捕まったらどのようなことになるかわかっているのか！」

ガルイエトはリディルが魔力を失っていることを知らない。自分と契約しているリディルから魔力を搾り取ろうとするならば、彼を縛り、犯して、身体の中に魔力を吸い上げる植物を植えつけ、強引に魔力を吸い上げるしかない。

——石で頭を殴ったり。

過去、拷問と聞いてもその程度しか想像できない、残酷なことに触れずに育つことができたリディルに、少しだけ苛立《いらだ》ったことがある。

植物の命を絞ったような、震えるような緑眼《りよくがん》を潤ませ、命を捨てるつもりでやって来たと彼は素直に言ったが、簡単に死ねるのは幸福だ。そして彼には人の何倍も、引き裂かれ、生かされたままむさぼり食われる理由がある。伴侶を失った魔法使いを捕らえて、死なないように魔力を搾取する事件はこれまで何度もあった。大陸全土で共通の罰が用意されている重罪だが、実際地下牢《ちかろう》にでも押し込められていたら発覚しない。

「——余が捜しに行く。三日で戻る」

脇腹を押さえて、ようやく身体を起こした。全身の関節が軋《きし》み、皮膚の中に焼けた鉛を詰め込んでいるように身体が重い。

「無茶です。普通の兵なら死んでいます！　はらわたが出るところだったのですよ⁉」

「布で絞めればなんということはない。戦場はヴィハーンが指揮する。砦《とりで》だけでもまだひと月は保《も》つ」

実際怪我を負ってから、自分は何の指揮もしていない。戦場はヴィハーンに一任し、特別な要請があればそれに許可を出す。今この身体でできることはそのくらいだ。

そしてこの戦には魔法使いが来ていない。イル・ジャーナごときに出すまでもないと思ったのか、ガルイエトの遠征軍には魔法使いが含まれていなかった。これならイル・ジャーナ軍は戦える。少なくともガルイエトが抱える大魔法使いたちがやってくるまで、遠征軍程度ならイル・ジャーナの本隊で凌《しの》ぎきれるはずだ。

「馬鹿なことを。砦はひと月保ちますが、あなたは三日も保ちません！」

「頼む、カルカ。必ず戻ってくるから」

「いいえ、三日もうろついたら、戻ってくるのは死体です！　リディル王妃は自らの意志で出ていかれたのです。あなたが捜す必要がありますか⁉」

「戦に怯《おび》えて逃げ出すような心根ならば、余とて捜しになどいかぬ！」

あのように細く、少年らしさを残した身体の中には、兵士が舌を巻いて逃げ出すほどの勇気と勇敢さ、素直な正直さが詰まっている。そして一番始末が悪いのが、彼の優しさだ。見ず知らずになってしまった自分の怪我を嘆き、やつれるほど苦しんでくれた。困ったふりをする悪人に手を伸べる。グシオンのためになると言う誘拐の言葉に耳を貸す。すでにその手に落ちているかもしれないのに。

「そなたはここにいよ。人は少ないほうがいい」

「おやめください、王よ！」

腕を押されるだけで腹に激痛が走る。右腕はまだ上げることもできない。

痛みの悲鳴を奥歯で嚙《か》みつぶすと、カルカが「ほらご覧なさい！」と高い声を上げる。

非力なカルカさえ押しのけられない自分に苛立ちながら、さらに手を伸ばそうとしたとき、側に人影が近づいた。

ザキハ大臣だ。

「説教なら聞かぬ」

「いいえ。行っていらっしゃいませ、我が王よ」

「ザキハ大臣！　正気ですか⁉」

金切り声のカルカを手の先で軽く制し、ザキハはグシオンの前に立った。

「ザキハ……」

「どうせ今のあなたは戦に出られぬ身体。『いつもの通りにしておけ』とお命じくだされば、おおむねそのようにいたしましょう」

ザキハは長く、長く自分を見守ってきた大臣だ。父王の代の大臣からほんの数名、身の回りに残した重臣だった。彼以上にイル・ジャーナの「いつもの通り」を知っている人間はいない。

自分が生まれる前からこの国で、自分の側で、イル・ジャーナの政治を――グシオンの采配をつぶさに見守ってきた。

ザキハは、老人らしく少し震える声で言った。

「あなたは十の頃から我慢しすぎだ。先王亡き後、呪いを抱え、城を整え直し、イル・ジャーナを平和に戻すために、ずっと国のために生きてこられた。十のときから王妃を娶《めと》るまでの間、あなたのために少しも人生を使ったことがない。……このようなときだからこそ、一度くらいは王のお好きなようになさってはいかがか。ガルイエトがあなたの首を討ちに来たら、ここでお待ちいただくよう、茶でも出しておきますゆえ」

「しかし――」

ザキハなら、王は療養中だと偽って、空《から》のこの部屋を護《まも》りながら自分そっくりの治世を行うだろう。だがもし、それが露見したとき、あるいは予定より早く国の生死にかかわる判断を仰がれたとき、ザキハに責任を押しつけられない。

ザキハは、若者のような仕草で首をかしげた。

「とはいえ、戦はこの老骨には少々荷が重すぎます。――デルケム様をお呼びしても？」

問われて、グシオンははっとした。デルケムというのはグシオンの叔父で、グシオンが成人するまで後見人として強い助言の権利を持っていた男だ。彼はあまりにも政治権力に対する野望が強かったので、グシオンが成人すると同時に、城下の外れに贅沢《ぜいたく》な屋敷を持たせて退官させた。

「ああ……。ああ、そうしてくれ……！」

その手があったかと、少し驚いた。自分の留守を任せるのにあれ以上の人材はいない。

「それは無理です、王よ！」

カルカが激しく嫌な顔をする。それもグシオンは理解する。

デルケム叔父はとにかく嫌みで我《わ》が儘《まま》で傲慢で、頭ごなしに権力を振り回し、気に入らなければ怒鳴り散らし、終わった話を蒸し返す。横やりを通し、それを咎めると開き直る。

「叔父は……確かに面倒な男であるが、伊達に余が成人いたすまでこの国を守ってきたわけではない。叔父が一番、地理に長《た》けている。軍をよく動かすだろう。敵が一番嫌がることをする」

その能力だけは未《いま》だ叔父に敵《かな》わぬと、グシオンは思っている。治世をさせると国民を飢えさせ、見えるところばかりを華美にしてやたら国威を示したがり、浪費し、見栄を張り、一方で落ちた橋を放置するが、敵が嫌がる戦をさせたら天下一品なのだった。

「——才能、で、あろうか」

常に人が嫌がる最悪の一手を、息をするようにたやすく思いつく。終わった後が少々面倒だが、叔父もイル・ジャーナが滅びたら困るのだ。嫌がらせ以外あまり長所のない叔父は、家臣に逃げられ、外交に出せば喧嘩《けんか》をし、常に寂しく信望がないから、王族としての保障と特権がなければ生きていけない。

そのとき扉の向こうで大声がした。

こんな朝早くから重傷で苦しむ王の部屋の前で配慮もなく怒鳴り散らし、兵に止められている様子だが、それもかまわず扉をダンダン叩いている。

「おやめください、デルケム様！」

「王がお休みです、お静かに！」

「うるさいわ！　兵隊風情が余に何を言う！　余だぞ。余！　先王と同じ血を引く唯一の男だ！　グシオン、起きろ。外は戦だ。王ならば、しゃんとして戦わぬか！」

蹴破る勢いで扉を開けて中年の男が入ってくる。白髪の交じったくせ毛の黒髪。朝っぱらから金色のよそ行きの衣装に身を包んでいる。

「我が兄、偉大なる先王ならこの程度の軍勢、風と共に唐芥子《とうがらし》をまき散らし、ついでに火を放って夜明けの前に焼き殺してくれるところだ！」

カルカが真顔で噴き出した。

ザキハも俯《うつむ》いて妙な顔をしている。

まさに、デルケム叔父、その人だった。

そろそろ来るとは思ったが、廊下の途中で聞いていたようなタイミングだ。

笑うと腹が痛んだ。痛すぎて息ができない。

引《ひ》き攣《つ》る脇の傷を押さえながら、カルカに身体を支えられて、グシオンは褥《しとね》の上で体勢を整えた。

「ほら見よ、何が怪我か！　元気ではないか！　嗚呼《ああ》、このていたらく！　だから若い王は舐《な》められると常々申しておるのだ！　すぐさま窓からこの無様を見てみよ！　みっともない！」

「これはこれは叔父上、わざわざの見舞い、いたみいります」

「いいや！　見舞いになど来ておらぬ！　軟弱な我が甥《おい》を叱咤《しった》激励に来たのだ。見よ、このだらしない軍隊を！　屁《へ》が出るほど嘆かわしい！　だから青二才はつまらぬと言われるのだ！」

「ご鞭撻《べんたつ》、恐悦です。──そこで、到らぬ私から──ひとつ叔父上にお願い事が」

なるほどまったく衰えておらぬ。妙な頼もしさを感じながら、グシオンは話を切り出した。


歩く振動でさえ、しゃがみ込みそうに痛いのに、馬の早駆けに揺られると、血が噴き出すのではないかと思うくらい腹の傷が痛む。

──デルケム様は、ご機嫌でしたね。

──代理とはいえ、十三年ぶりの玉座だ。座り心地がよかろうよ。

見送りに出たカルカが歪《ゆが》みきった笑顔でそう言うのに、王も口を曲げて答えざるを得なかった。

デルケムはグシオンの留守を歓迎してくれた。『軍神たる余の采配をしかと目に焼きつけよ、若造め』と意気揚々だった。もちろんリディルを捜しにいくとは言えず、砦が丈夫な今のうちに、縁故を求めてエウェストルムとその近隣国に助勢を求めにゆくという口実にした。

エウェストルムには武力がない。助勢と言ったってせいぜい終戦後の食糧の助けや、農作物の回復が得意な魔法学者を寄越してくれるか、薬を持った医師を派遣してくれるというところだろう。エウェストルム自身には、婚姻関係がある武強国が武力を貸してくれることになっている。しかしエウェストルム出身のリディルの嫁ぎ先が戦争だからといって助けてくれる国はない。関係国ならではの慈善と正義を期待しようにも、相手が帝国ガルイエトという時点でほとんど望みはなかった。加勢に来ると言ったって、アイデースなどの、ガルイエトと対等以上の国でなければ焼け石に水だし、もしそれがきっかけで自国が報復されたらと考えれば、どの国も火中の栗を拾うような真似《まね》はしないだろう。

城を出て五日。大陸のあちこちに潜ませている間諜と連絡を取り、馬を替えてもらいながらエウェストルムを目指す。イル・ジャーナはすでに肌寒いが、エウェストルムに近づくほど空気が潤い、あたたかい気配がする。

イドともよく話し合った結果、リディルはエウェストルムに向かった可能性が高いという結論を出した。

一人で出かけたからには戦乱地域ではないはずだ。どこか知らない国が突然リディルを招き入れたとも考えられない。記憶がないリディルには情報が少ない。それにリディルは元々将来において――幼い頃からイル・ジャーナで死ぬことが決まっていたから――外遊の予定がなく、外交は一切させていないという話だ。

となると、残るはアイデースの兄のところしか考えられないが、それは実質不可能だ。

メシャムが真実を話した際に、ロシェレディアとはずっと連絡がつかず、アイデースは国境の手前から広い氷河になっていて、一度装備を調えた使節団を送って様子を見なければ、到底城まで辿《たど》り着けないと話してある。

城の周辺を捜させ、馬で抜けられそうな山道も捜させた。主要な道はすでにガルイエトに押さえられている。ここから行ける国はやはり、エウェストルムかアイデースだった。

――魔力さえ戻ったら――。

今の状況で、リディルが魔力を取り戻そうと考えるなら、さしあたりエウェストルムだ。

そしてもう一つ、大変なことが発覚した。

魔法円を繋ぐための墨が持ち出されていた。

魔法機関を頼るつもりかもしれないと、イドは言った。魔法機関ならもしかして一人くらい大魔法使いの居場所を知っているかもしれない。その大魔法使いをエウェストルムに招いて、魔法円の修復をさせるつもりかもしれない。

ならなぜ迎えを待たなかったのか。エウェストルムには事情を伝えてある。どうしてもリディルが今、魔法円の修復を受けたいと言うなら、エウェストルムの魔法機関が、大魔法使いを連れてイル・ジャーナに来るのが一番安全で早い。

──魔力を取り戻そうと焦っておいでですした。

だからといって、単身エウェストルムに戻るだなどと危険すぎる。

他に大魔法使いの居場所などわからない。リズワンガレスを探すのは今は無理だ。

「もうじきです。王よ。一度休憩を入れましょうか?」

「いいや。いい」

イドの案内で、他に兵を二人連れてきた。輿入れのときに使った道ではなく、抜け道で、近道にもなる険しい山中を走った。

リディルを危険に晒《さら》している詫《わ》びをかねて、エウェストルムに行かなければならない。

どうか、そこにいてくれ。リディル。

祈りながらエウェストルムへ向かい、ようやく辿り着いた。

エウェストルムは雨だった。

雨期の初めのような細い雨がさやさやと注ぎ、城下に続く緑を光らせている。雲間から光が差して、地上に輝く反物を転がしたようだ。

別世界のように平和だ。以前、王太子だった頃、見学に来たときの風景とまるで変わらなかった。

王城が見え、門が見えたとき、イドの馬が飛び出した。

イドは門番の前で馬を降り、門を開けさせた。

「オライ大臣を、女官長とアニカを呼んでくれ！」

王が、息も絶え絶えに門に辿り着いたときは、にわかに入り口あたりが騒がしくなっていた。

門の内側は、さらに緑が溢《あふ》れていた。遺跡のような門塀からは雫《しずく》を載せた蔓花《つるばな》がかかり落ち、葉の表面が雨に洗われてピカピカしている。常緑樹は鉱石の結晶のように力強く天を指している。乾いたイル・ジャーナからすれば別天地のようだ。

花が溢れ、見渡すだけでも水路が輝き、噴水がキラキラと吹き上げている。濡れた大地のにおい。喜ぶ若芽の香り。あちこちから誘うように手を伸べる花の蔓。

リディルはこのような国で育ったのだ。

頬を雨が伝い、顎で雫を結んで馬に落ちる。

あまりに豊かで静かな風景を眺めていたら、ふっと気が遠くなりそうだ。腹を強く巻き締めてきたし、自分が走る訳でもないのだからと思ったが、やはり想像以上の辛《つら》さだった。雨で身体が冷えてしまった。知らないうちに腹の布が血に染まっていた。布が水を吸って腹全体が真っ赤だ。身体が震える。腹を腕で抱えたまま、馬から下りられずにいる。

迎えに出てきたエウェストルムの従者たちの手を借りてやっと馬を下り、あちこち支えられながら、びしょ濡れのまま城のテラスに入る。足を引きずって歩いた。途中で踏んだ水たまりに、赤い血が滲《にじ》む。

「まずはここでいい。敷布と水をください、そして新しい布を！」

イル・ジャーナに行ったはずのイドが、血まみれの王と共に突然訪れたものだから、城の中は大騒動だ。

「兄様、どういうことなの⁉」

床に広げられた絨毯《じゅうたん》に、崩れるように横になろうとしていると、若い女の悲鳴じみた声が上がった。

「アニカ！」

「リディル様は⁉　そのかたは⁉」

「イル・ジャーナ王だ。早く敷布を持って来てくれ！　たらいに水も、新しい布をどんどくれ！　魔法機関から医師を呼んで！」

そう言っている間にもやわらかい敷布が運ばれて、何枚も重ねられたところに、両手をついてようやく息をする。身体の中が焼けつくようだ。寒気がして震えているのに、口の中も喉も、粘膜同士が張りつきそうなくらい熱く渇いている。

すぐに水が運ばれた。喉に伝わせ、零《こぼ》しながら飲んでいると、階段から恰幅《かっぷく》のよい男が転がるように下りてくる。

「王よ。イル・ジャーナ王！」

見覚えがある。リディルの輿入《こしい》れのときについてきた男。そしてエウェストルム王と共に、イル・ジャーナ城を訪れた大臣だ。彼は蛙《かえる》のようにベタベタと床に四つん這いになりながら、グシオンの顔を覗き込んできた。

「書簡は拝見しました！　迎えは四日前出たところです。どうして、なぜ、あなたが。あなただけが……！」

ガルイエトと交戦状態になり、リディルを逃がすための迎えを寄越してほしいという手紙は無事に届き、すでに出発したという。

王は声を絞り出した。二度目にようやく音が出た。

「リディルが……いないのだ。ここに、リディルが来ていないか？　第一王女——ロシェレディア皇妃に会いたいと言っていた。皇妃とはまだ……連絡がつかないのか？」

もしここにロシェレディア皇妃が来ているのなら、すべてが解決する。リディルをここに預けてイル・ジャーナに帰る。戦が終わったら必ずもう一度会わせてくれと、約束を取りつけて——。

悲愴《ひそう》な顔をしたオライ大臣は大きく息をつくと、満身創痍《そうい》で長い髪を床に垂らして、ほとんどうずくまっている王を血走った目で凝視した。

「いいえ。リディル様は来ておりません。てっきりイル・ジャーナで迎えを待っているものと思っておりました。ともかくまずはお休みください。事情はイドから聞きます。褥を準備しております。お部屋まで板で運ばせていただいてもよろしいでしょうか」

「大丈夫だ……。歩こう。厚意には甘えるが、まずはスマクラディ陛下のお目にかかりたい」

リディルの父王に会って、不手際を詫び、そしてここにリディルがいないというなら他に、行きそうな場所を教えてくれと乞わなければならない。心当たりがあるならば、すぐにそこへ向けて旅立たなければ――。

オライ大臣は、あれこれ落ち着かない様子で周りを見てから、困った顔で言った。

「王はただいま伏せっております。様子を窺ってきますので、どうかお部屋で休んでお待ちを」

「いいや、どうか、このまま」

「王よ。お気持ちはわかりますが、お待ちください」

止めたのはイドだ。

「……。……そうか」

びしょ濡れで血まみれだ。埃《ほこり》にもまみれていて、とても他国の王に謁見を願い出られるような姿ではない。

敷布の上で少し休んだ。数人がかりで身体を支えられながら、案内された部屋で着ていたものを脱ぐ。雨を吸った布は重く、泥で汚れていて、思ったより何もかも血まみれだ。

濡れた布で身体を拭いていると、イドが新しい服を持って現れた。

「王には異国の装束となりますが、お身体には合うはずです。どうぞお召し替えください」

血で汚れた腹を拭き、新しい布で縛り直す。エウェストルムの服に袖を通した。驚くほど軽くてやわらかい。やはりここにもリディルの生い立ちを見た気がして、どうしているだろうと心配をなお深めていると、扉が叩かれた。

入室してきたのはオライ大臣だ。

「王はやはり起き上がれる様子にはないようです。イル・ジャーナが襲撃を受けたと報せを受けてからずっとこの様子で、到底お話は無理かと思われます。それでもだいぶん落ち着かれたのですが——」

イドが小声で「この雨も」と訊く。オライは沈鬱な顔で頷き「昨夜までは雹《ひょう》と竜巻が」と答えた。エウェストルム王の精神状態は、国の天候に響くとリディルが言っていた。

それでもなんとかして、王と話をしなければならない。縋《すが》る場所が他にない。リディルの行き先に心当たりはないか。アイデース皇妃は、リディルだけでも助けてくれないものかと乞わなければならない。

オライ大臣は、ぐっと強い表情をしてから王を見下ろした。

「代わりに第二王女——いいえ、あなた様の前で今更偽りを申しても仕方がありません。エウェストルム第二王子、ステラディアース様がお会いになると申しております。いかがなさいますか」

リディルに話は聞いていた。

魔力と生命力を身体の内に留めておくことができず、たまごのような殻の中から出られないリディルの兄。第二王子。

「ぜひ、お目通り願いたい」

一番親しかったと、母親のいないリディルの側にいて、いろんな勉強を教えてくれたのがその兄だと聞いている。

彼なら、父王よりもリディルの心に近いことを教えてくれるのではないかと、祈るようにグシオンは思っていた。


話はなるべく短くしてくれとあらかじめ言われていた。挨拶も不要。王子は承知しているから、機嫌も伺わず、いきなり用件を切り出してくれと念を押された。

第二王子は身体が弱く、部屋に外の日常を過ごす者が入るだけで弱るそうなのだ。

普段は決まった者としか会わず、部屋の中に魔力と命を包むような籠を下げてその中で暮らしていると言うのだが、話を聞いただけでは想像できない。

第二王子の部屋は、城の一角にあり、大きな空間で注意深く遠ざけられている。

扉をくぐれば、また扉。その扉をくぐったところで、イドが「わたくしはここまでです」と言って扉を通過しなかった。

その先にまた扉。そこには一人の体格のいい短髪の騎士が待っていて、オライ大臣と案内役を代わった。オライ大臣もそこで止まる。中の音声は聞こえるようだ。

薄衣《うすぎぬ》のカーテンが掻《か》き分けられた。

中に現れた景色に、グシオンは息を呑《の》む。

人をすっぽり包める高さの白い繭のようなものが、無数に天井から下がっている。百か、二百か。天井から繭を吊《つ》り下げている蔓を数えればそのくらいだろう。

正面には穴の空いた繭があり、その中には小さな紅《あか》い椅子が置かれている。

繭の横には両側に穴が空いていて、繭同士の中を迷路のように進めるようだ。

正面の繭は茨《いばら》に包まれ、幽玄な佇《たたず》まいをしている。

きし……と繭が軋んだ。

どこから現れたのかわからない。

目の前の繭にすっと人影が入り、椅子に腰を下ろした。

菫色《すみれいろ》の瞳。――繭のような、乳白色の波打った長い髪。

細い腕は、真っ白な皮膚に覆われていて、まさにこの繭から生まれた人の様子だった。

彼は、正面に立つグシオンをまっすぐ見据えた。

「初めまして。イル・ジャーナ王よ。リディルの兄、ステラディアース第二王子です」

一目で、彼がここを出られないのがわかった。この繭から彼を引きずり出したら、扉一枚くぐる前に死んでしまう。

北の岩陰に芽吹く、弱々しい若芽のような人だった。

どこを見ても色素が薄く、陽《ひ》が差せば雪のようにしおれて蒸発しそうだ。リディルとはまったく違った色の白さだ。リディルは髪も肌も、春の日に愛されたような目映《まばゆ》い金色だったが、花びらのように健康的だった。この人は深い森の洞《ほら》に生える、日を浴びたことのない薄透明の植物のようだ。頬も薄紅を透かすリディルのようではなく、この繭で織られたような、ただただ白い半透明の皮膚で覆われている。

騎士がグシオンに椅子を運んだ。これ以上近づいてはならないという合図なのだろう。

グシオンが腰掛けると、ステラディアースは、優しい、だがしっかりとした視線でこちらを眺めた。弱々しいが、想像よりも落ち着いた人だ。

「リディルが、あなたがすてきなのだと、たくさん手紙を寄越しました。毎日が幸せなのだと」

リディルの書簡はザキハが目を通す。問題ないと判断されれば相手に送られるが、ザキハはそのようなことを一言も言わなかった。

ステラディアースは続けた。

「話は聞きました。イル・ジャーナが襲撃をしかけられていること。リディルが記憶を失ったこと。そして姿を消したこと」

「行き先はここではないかと思ったのです。だが違っていた。もしも、リディルがここに来ていないというなら、行き先の心当たりを教えていただきたい」

王が問うと、ステラディアースは感情がわからない、静かな目でグシオンを見た。

「あの子には、行き先がない。行きたいところを持たせぬよう、育ててきたのです。ここに帰ってこないというなら――愛したあなたを置いて姿を消したというなら――兄、ロシェレディアのところへ向かったのだと思います」

「しかし、皇妃は――」

グシオンの言葉を、目を伏せてステラディアースは遮った。

「もうすぐ魔法機関の者たちが城に到着します。傷はここで治したほうが早い。消毒と解毒くらいしかできませんが、リディルでなくとも、いくらか治癒は早いでしょう」

「いいや、そのような時間はない。リディルは辿り着けない。リディルを捜さなければならない。アイデース皇妃のところへ行くとしても、リディルは辿り着けない――なぜなら本当は誰も、アイデース皇妃の居場所を知らない。誰もそれを追えるはずなどない！」

ほとんど確信を持ってグシオンは言い返した。

ロシェレディアのことについては薄々気づいていた。彼はリディルに返事を書かないのではない。書けないのだ。

確証がない以上リディルの前では口にしなかったが、この期に及んでリディルのためにロシェレディアの助けを乞えないという時点で、推測は確信に変わった。

今、リディルの居場所がわからないように、誰もロシェレディアの居場所を知らない。出奔か、病死か。あるいは殺害された可能性を公表できずにいるのか。いずれにせよそれが真実だと思う。ロシェレディアは行方不明だ。アイデースを取り巻く氷河が、何を意味するかはわからないが――。

ステラディアースは、悲しげに薄い眉をひそめた。

「……いいえ。居場所はわかっています。それでもロシェ兄様は見つかりません。手紙の返事も来ないでしょう。――これまでも、これからも」

「どういうことだ」

ステラディアースは、白銀色《しろがねいろ》の睫《まつげ》が見えるくらい、深く目を伏せた。

「リディルには話しませんでした。あの子はもう、死ぬ予定だったから、これ以上悲しませる必要がなかった」

目の前の彼の代わりにイル・ジャーナで殺されるはずだった。彼は淡々と話を続けた。彼の口調は静かだが、恐ろしい秘密であることはわかる。

「兄はもういないのです。しかし、死んだのではありません。身体がないだけです」

「わからない」

思考の問題なら今はやめてくれとグシオンは思う。万象の捉えかたを吟味している暇はない。今この瞬間にもリディルが助けを求めているかもしれないのだ。

ステラディアースは、グシオンの訴えが聞こえていないように静かに続ける。

「リディルは大魔法使いになりたいと言っていましたね」

「ああ」

予感がしたのか妙に焦っていた。身体が欲しているように、普段無欲なリディルが何度も大魔法使いになりたいと繰り返した。

「大魔法使いには階級があります。大魔法使いというのは《扉》を開けて《世界のすべて》に触れた者の総称です。しかしその中にも能力の差がある。扉を開けられるだけの者、覗き見るだけの者、扉の中に入れる者、中から魔力を引き出せる者。――アイデース皇妃は最も後者でした」

ステラディアースは膝の上に指を重ねた。

「大魔法使いの力は、ヒトの身体の中に入れておくにはあまりに大きい。普通は身体に収まるほどの魔力しか扉の中から取り出さないものです。アイデースは三年前からガルイエトと戦をしていました。戦は長引き、総力戦となりました。兄は――アイデース皇妃はアイデースを守るために、アイデース王に、限界を超えて魔力を与えました」

「そんなことができるのか」

「ええ。アイデース皇妃は、最高位の大魔法使いですから」

彼は空中に、沫《あわ》のような小さな息をついて続けた。

「彼の魔力をすべて出し切るためには身体が邪魔で、兄は、彼の王のために身体を捨てたのです」

「身体を……？」

「文字通り、彼の肉体は消滅しました。今は、彼自身が魂《ラウフ》で、あるいは扉の向こうにあるものそのものです。第二の月《エーテル》がともに満ちる数日間だけ――その力を借りてかりそめの肉体を得る。肉体を持った我々とは、その日だけ会える。そのわずかな時間を何に使うかは、兄の自由です」

身体がなければ手紙は書けない。誰かに書かせるとしても――リディルにその成り行きをどう伝えるか、容易に決められないのはわかる。

「私は正直なところ、リディルが記憶を失ったと聞いて安堵《あんど》しました。リディルが兄以上の大魔法使いの器だと、父王から聞きましたね？」

「ああ」

「つまり――リディルが大魔法使いになるということは、そういうことです、グシオン王よ」

震える声で訴えて、ステラディアースは堪《こら》えきれなくなったように席を立った。

反射的に動こうとした騎士を止めたのもまた、彼自身の声だ。

「いつかあの子も望みのままに身体を捨ててしまう。母はそれを怖れ――そしてリディルは死ぬ予定でしたから、そんな運命は来ないと思っていました」

菫色の視線がひたとグシオンに当てられる。

「もうリディルを捜さないで。そしてリディルのことは諦めてください。けっしてリディルを大魔法使いにしないで。あなたの国が滅びるときは、それが運命だったと思ってください。――アイデースが力を貸してくれるよう、私からも兄に伝えます。あなたはこの国で治療をしていってください。聞き及ぶかぎり今のリディルではあなたを治せないでしょう。そしてイル・ジャーナへお戻りください。リディルを捜しにゆく。リディルは我が国の者に捜させます」

「いいや、余は、リディルを捜しにゆく。リディルがどのようなことになろうとも、我が妃はリディルだけだ」

真実を聞いてなお、自分の決意は変わらない。リディルの兄がどうなろうとも、リディルを捜さない理由にはならないのだ。

「余は国に戻らねばならない。だが、許された時間の終わりまで、この命を国に捧げる直前までは、余は一人の男として、リディルの番《つがい》でありたい」

グシオンが訴えると、ステラディアースはゆっくりと、水に映った菫の花のような瞳を揺らした。大きく驚くことができないくらい、彼はか弱い。痩せた白い指が口元を覆う。

「――……ありがとう。弟を頼みます」

そう言い残し、堪えきれないようにして、彼は奥の繭玉へ行ってしまった。きしきしと音がして、繭玉の揺れが奥へと進んでいく。

騎士が側の紅い紐《ひも》を引くと、りんと扉の向こうで鈴が鳴った。

外からオライ大臣が扉を開けた。

「恐れ入ります。会見はここまででございます。何か言い残されたことがありましたら、わたくしめが承り、ステラディアース様に伝えます。めったなことでは人に会われぬお方です。ご無礼はお許しください」

「わかっている」

リディルのために、彼は自分と会ったのだ。

見るだけで生きるのに精一杯だとわかる彼が、他人に会う負担は察しても計り知れない。

民族衣装の腰布を広げ、深々とお礼をしてみせるのは、見覚えがある若い女官だ。

「イル・ジャーナ王よ、先ほどは失礼いたしました。改めて、ご機嫌麗しゅう」

「……久しぶりだな、アニカ」

先ほど気がつくべきだった。が、自分は限界だったし、アニカはあのぼろ布のような自分を見て、一国の王だとは思うまい。改めて見るとイドと顔がよく似ていた。

「再びの拝謁を賜り、恐悦至極に存じます」

相変わらず肝が据わった様子で微笑《ほほえ》み返してくるアニカは、隣にいる女官長らしい女性に視線で何かを合図した。

「こちらへ」

彼女が一言そう告げたとたん、急に部屋に連れ込まれた。

中には、寝台にしては素っ気ない白い台があり、女官たちとは違う服を着た、帽子を被って口元に布を垂らした男女がいた。

リディルに墨を届けに来たあの者たちだ。だが顔ぶれと厳格さが違う。こちらのほうが見るからに年嵩《としかさ》で、衣服のしつらえも権威がありそうだ。

「初めまして、イル・ジャーナ王よ。我々は魔法機関と申します」

敵意はないが、やけにギラギラした目の彼らを、王は呆然《ぼうぜん》と眺めるしかなかった。

——王よ。神官としての御身《おん》の上に差し支えあらば、今お知らせくださいませ。

「……余は服か」

馬上で思わず声が零れた。

「は。痛み止めを預かってきております。召し上がりますか?」

馬を並べたイドが問う。

「いや。服のように腹を縫われたので、もうよくなった」

本当はまだかなり痛むが、今にも腹が破れそうな不安がない。

魔法機関と名乗った彼らは、エウェストルムの澄み切った水をふんだんに流して傷を洗い、

縫い物のように黒糸で傷を縫ったのだった。イル・ジャーナでも傷を縫うことはあるが、留める程度で、服のように縫われたのは初めてだ。そして巻き布の長いこと。確かにエウェストルムは上質な綿花の産地だが、廊下に転がせるほど長い、織りたての綿で腹を巻き締めた。やわらかく薄いのにしっかりした布で、腫れて壊れそうになっていた腹のあたりがすっきり元に戻った感じがする。

リディルがエウェストルムにいないとわかったからには長居はできない。

前に偵察の兵を走らせながら、グシオンはイドを連れて山道へ向かった。そこには入れ違いにイル・ジャーナに走った偵察兵が新しい馬を従えて戻っている。

「王よ。ご無事でしたか」

「ああ。イル・ジャーナはどうだ」

「膠着《こうちゃく》しております。もしかしたら出立前よりいいかもしれません」

「……なに?」

戦力差は歴然だ。魔法使いの投入に怯えながら、じりじりと押される時間をどれくらい引き延ばせるかという戦だ。それを一時的にとはいえ、押し返したというのか。

「はい。投石機で粉辛子をまき散らしたり、硫黄や糞尿《ふんにょう》を飛ばしたりで、敵が嫌がって乱れております」

「なん……だと……？」

「砦の外は不潔を極めた有様。異臭がしすぎて目に染みるとのこと。しかしさしあたり上手くいっております。敵方の罵声もものすごいですが……」

地味でせこい作戦だが、成果は上がっている。どうやら戦況と引き換えに、イル・ジャーナの品位を売り渡したようだが――。

「品位は捨てられるが、人の命は捨てられぬ。さすが叔父上」

これで、リディルを捜せる時間が、少なくとも数日延びたはずだ。

例えばステラディアースの言うことが本当だとして。

グシオンが知るリディルのすべてが彼の羅針盤だとするなら、ロシェレディアに会うために行く場所はアイデースしか思いつかない。

――はっきり言って不穏だ。

アイデースに偵察に行ったヴィハーンはそう言った。

——雪が多すぎる。

あれからたったひと月足らず。

馬が嘶《いなな》く。口から漏れる息が白かった。この時期にしては異様な冷え込みだ。年《とし》による誤差程度の気温ではない。

アイデース国境はまだあの山の向こうだ。

山は雪を被り、森林は白く丸く輪郭を溶かされて、ほとんど形が見えない。

「こんなことが……あるでしょうか……」

隣でイドが呻いた。

ヴィハーンの報告通り——いや、そのときに比べてもまだ雪の地帯はずいぶん手前まで広がっている。

これでは軍隊は近寄れない。使者もどこまで進めるかわからなかった。山から流れ落ちた氷雪が、平原に流れ落ちて広大な氷河になっている。獣の咆吼《ほうこう》のような低い音で地吹雪が吹き荒れ、山の裾野は白くかき消えて何も見えない。

——日頃にない悪天候に見舞われて、長い間身動きが取れずにいる。

ヴィハーンはアイデースの状況をそう予想したが、もしそうだとしたら助けの手を差し伸べることすら容易ではない、猛烈な寒気だ。

城へ帰らずこのままアイデース方面へ行く旨、イル・ジャーナに伝令を出した。入れ替わりに護衛が三人追いついてきた。

彼らも驚いた顔をしている。明らかに気候がおかしい。

「この先は、進めそうにありません、王よ」

唇を嚙みしめ、イドが絞るような声で言った。

イドが言うのだからその通りだろう。誰よりもリディルを助けたいはずだ。無茶をして叶《かな》うくらいならそうするはずだった。

雪は深く、単なる厚着程度ではこの寒気を凌げそうにない。何の道具もなければあっという間に吹雪に巻かれるだろう。馬の足は雪に沈む。ソリもなくどうやって荷を運べばいいのか。白い世界の中で何を頼りに進めばいいか。

どれほど野原の向こうを見据えても、今、あの山を越えられる策がない。

陽が昇ると同時に、半日の強行軍に懸けてみてはどうか、それともこの近隣で資材を調達し、人足を集めてみてはどうか、あるいはあちらから帰ってきた人を見つけて、案内を頼むのはどうか——。

「——……」

エウェストルムで治療を受けた腹からはまた血が流れ、痛みと寒さで左下半身が痺《しび》れている。携帯食を口にすると吐き、熱で上手く考えがまとまらない。物が二重に見え、手が震えて、手綱を握る手がおぼつかない。

「お気持ちは尊いのですが、もう無理です」

誰よりも無念なはずのイドが言う。リリルタメルの山中から回り道をして戦況を伝えに来た兵が控えめに囁く。

「もう砦が保ちません。時間がありません、王よ。一番外の砦が破られました。攻め込まれます」

「わかっている」

国に戻らなければならない。せめて王として首を差し出さなければならない。

グシオンは絶望的な吹雪の氷河に目を細めた。

今からでもいい、気が変わってエウェストルムへ向かってくれまいか。どこかに身を潜めているのなら、イル・ジャーナが滅びたあとでいい、エウェストルムに迎えを求めてくれないだろうか――。

握りこぶしを額に押しつけるグシオンに、慰めるようにイドが囁いた。

「王、あそこに宿があります。引き返す前に布を巻き直しましょう。何かスープがあるのなら、それだけでもおなかに入れて」

「いいや、このまま帰ろう」

グシオンは首を振った。

リディルを捜さないのなら、一秒たりともここにいる必要がない。少しでも早く戻って、戦を続けるにせよ、降伏するにせよ、一人でも多く国民や兵が助かるよう、一刻も早く戻って采配をせねばならない。

「——……いや……」

そう思ったが、もしかしてという心残りがある。

あれより先に宿屋があるとは思えない。アイデースに行くならこの道を通るしかない。万が一にもリディルが立ち寄った可能性があるかもしれないと思うと切り捨てられない。

「行ってみようか」


宿屋は寂れた風情で、女主人が店番をしていた。

まん中に出したテーブルで編み物をしている。部屋の隅に鉄の薪《まき》ストーブがある。イドが部屋を借りたいと申し出ると、自分たちの姿をじろじろと見てから、「部屋ならあるよ。この寒さのおかげでさっぱりさ」と嫌そうに王に言った。

「見慣れない格好だね。あんたたち、どこから来たんだい？　サバラ？　ミシュワットのほうかい？」

「いいや、もっと西だ」

「へえ。西のほうは暖かいんだろうねえ。客はそっちに流れちまったかねえ」

こんなところに一国の王が来るとは思いもしないのだろう宿屋の女主人は乱雑に「あっちの部屋を使いな」と言って、廊下の奥を指さした。

「この先に進んでも雪野原だし、休憩なんて言わずに泊まっていきなよ。安くしておくよ？」

「いや、少し休んだらすぐに発つ。――それより数日前ここに、長い金髪の、緑色の瞳をした、色白の青年が来なかったか？」

「来ないねえ。――なあ、アンタ！　この人たちが金髪に緑色の目をしたかわいこちゃんが来なかったかって訊いてるんだけど！　そんなの来たかい⁉」

女主人は、奥の暖炉で手を炙《あぶ》っている老人に大声で呼びかけた。

「……知らんね」

ぶっきらぼうな返事が返ってきた。

「わかった。部屋を借りる」

やはり、駄目だったか。

一縷《いちる》の望みを絶ちきられ、激しい絶望が諦めになるのを感じながら、借りた部屋で布を巻き直した。きれいに縫い合わせてもらった傷は、糸で引っ張られてひどくなっていた。痛みと発熱がひどい。

イドが湯を貰《もら》ってきてくれて、それを飲んで部屋を出た。入り口の部屋にいくと、編み物をしていた女主人がびっくりした顔を上げた。

「あらまあ、もう出ていくのかい？」

「ああ。そなたにひとつ、頼みがある」

「ソナタ……？」

妙な顔をする女主人の前に、王は二つ折りにした紙を差し出した。

「長い金髪に、緑色の瞳をした若者がここを訪れたら、この手紙を渡してもらえまいか」

「あ……ああ。いいけど。でも夜とかだったら、気がつかないかもしれないよ？」

「大丈夫だ」

夜闇ごときで輝きが薄れる金髪ではない。あのきらめく緑色の瞳に見つめられて、心臓が止まらぬ者はいない。

「世話になった」

王が机を離れるとき、背後でイドがテーブルの上に、バラッと音を立てて金の粒をいくつか置いた。

「ひ、ひえ！」

驚く女主人を置き去りにして、寒い外に出た。

ここも風が吹きはじめていた。

空は薄曇りだ。見上げているとパチリと頬で小さな感触が弾け、いくつも当たらないうちにそれは雪の破片に変わった。

「王。馬に乗れますか？」

「ああ。夜通しになるやもしれぬが、馬が走らなくなるところまで走る」

ここで終わりだ。時間が尽きた。万策が尽き、——そして自分は国を捨てるわけにはいかぬ——。

馬が潰れるのが先か、自分が落ちるのが先か。とにかく時間は最後の一滴まで使い尽くしてしまったのだから、死力を尽くしてイル・ジャーナに戻らなければならない。

もはや馬に乗るのも一苦労だというのに——。

手綱を握る王の隣で、涙を溜《た》めて目を赤くしたイドが胸の前に手を握った。正式なエウェストルムの様式で地面に膝をつく。

「——……ありがとうございました——」

グシオンは曖昧な笑顔を返して、馬の鐙《あぶみ》に足をかけ、重い身体を馬の上に引きずり上げた。冷たい虚《うつ》ろで満ちた身体は、どこも耐えがたいほど痛く、繰り返し衝動的な吐き気がする。

もし、——もしも。

戦が終わったあと、自分が生きて、イル・ジャーナが生き残ったら、王位を捨て、金銀の鎧《よろい》を捨てて、リディルを捜す旅に出よう。何年かかっても、命がつきるまで、荒れた野山を、熱の砂漠を、氷の海を、世界中を巡ることになっても、リディルの名を呼びながら魂の半分を捜し続けよう。

そんな夢想が気休めでしかないことはわかっている。

鈍色《にびいろ》の空に、嘲るように無情な雪の粒が舞う。

王は奥歯を強く噛みしめた。微かな血の味がした。

馬に揺すぶられなければ、冷えた身体で癇癪《かんしゃく》を起こしたような傷が熱く痛まなければ、嗚《お》咽《えつ》していたと思う。

王は馬の脇腹を足で叩いた。

あの忌まわしい獣の呪いをかけられたときですら、これほどの痛みではなかった。

† † †

キュリがいなければ、到底無理だった。

「待って。待って、キュリ。私たちはお前のようには飛べないのだから」

馬上から手を伸ばしてリディルはキュリを呼んだ。

あるとき、たまたま澄んだ水たまりに映った景色がおかしいことに気づいた。

すべての水たまりがおかしいのではなく、自分が見るところ見るところに、不自然な何かが映っている。下を見ているのに梢《こずえ》がある。足元の水たまりに遠くの山影が映っている。気をつけて眺めると、少しずつ先を飛びながら枝に留まって自分を待つ、キュリの目玉が映す絵だと気づいた。

馬の鞍に、磨き抜かれた金の飾りがついていた。それを鏡にして映し出すことにした。キュリに見せるとその光り具合が気に入ったのか、鏡に映った自分の姿をさんざん眺めて、それにずっと景色を送ってくるようになった。

おかげで一度も山の形を見失わず、深い山中を、多分——まっすぐアイデースへ目指している。

人目につかない山道を、キュリに探させながらここまで来た。

森が自分に優しかった。食べられるキノコがそっと光った。岩から染み出る清水がキラキラ光って場所を教えた。寒さで熟れきらない実が落ちて、硬いながらもリディルの腹を満たした。

だが食糧が限界だ。十三日目までは数えていたけれど、嵐の日に洞窟で休んだあと日付がわからなくなった。剣は大蛇と戦ったとき、岩の割れ目に落としてしまった。

そろそろ山を降りなければならない。それにアイデースへ向かうには、平原を進まなければならないはずだ。

そして寒い——。

リディルは馬に抱きついてぬくもりを得た。

アイデースは寒いと聞いたから、ありったけの服を着込んできた。だがそれだけでは耐えられそうになかった。今夜森の中で眠ったら死んでしまいそうだ。昨夜だって、キュリが起こしてくれなければぼんやりしたまま動けなかったかもしれない。

自分は旅をしたことがあるだろうか——。

旅人の物語を読んだことはある。だが食糧の得かたがわからない。火の熾《おこ》しかたを知らない。枝から雪がどさりと落ちてくる。森の奥のほうで雪が渦巻いている。梢の高いところで笛のような北風が鳴っている。

「う——……」

心細さに涙が滲むが、つらいと思うたび病床のグシオンを思い出した。あの甘い声を、大きな手のぬくもりを、彼の優しい瞳を——。

行かなければならない。

滲んだ涙を手の甲で拭って、リディルは馬の上に泣き伏すのをやっと堪えた。顔を上げると木立の向こうにチラチラと白いものが見えた。

「あれ……か……」

林の梢の隙間に雪山が見える。あれを越えればアイデースだ。

方向は間違っていなかった。予想よりはずいぶん遅かった。キュリに安全を確かめさせながら山道をうろうろしたせいだ。

　これ以上山道は無理だ。平地に降りて、追っ手がいないことを確認して、食べ物をもらえるところを探さなければならない。

「キュリ。おいで」

　手を伸ばすと、梢の高いところからキュリが降りてくる。

　リディルはキュリの身体を大切に撫《な》でると、空に向かって右手を差し伸べた。

「もう帰りなさい。キュリ。これ以上イル・ジャーナを離れたら、帰る方角がわからなくなってしまう」

　何度もキュリを帰そうとしたけれど、キュリはずっとリディルから離れなかった。キュリもイル・ジャーナ城には帰れない。戦が終わるまで、城から少し離れた森で暮らすしかない。なのに追い払っても追い払っても付いてきて、偵察の役目をしてくれた。

「本当に、もうダメだ。これからもっと寒くなるんだよ？」

　そう言ってキュリを空中に放り出すと、羽ばたいて空へ飛ぶが、梢の高いところに留まってこちらを見下ろしている。

　どうすればいいのだろうと思いながら馬を歩かせ、山が見えるほうへ向かう。

　山は雪を被っているようだ。雪のことをリディルはよく思い出せない。知らないのかもしれない。

あれをどうやって越えるか。

遠くを見ながら馬を歩かせていたリディルは、はっと手綱を引いた。

山が急に途切れている。崖だ。乾いた枯れ葉で見えにくくなっている。

「止まって。危ない！」

馬に足踏みをさせて止まる。崖下にパラパラと土砂が落ちる。——なんとか間に合った。

リディルは馬を降り、馬を下がらせて崖のほうに近づいた。

崖の下は平地で、雪に霞《かす》んだ向こうのほうに小さな屋根が見える。煙突から煙が上がっている。人が住んでいるようだ。

崖の高さは人の三人分くらいだった。何か綱のようなものを使えば降りられそうだ。

馬を連れて降りられる道は——と、あたりを見回すが、両脇は崖の続きでなだらかな坂はない。

「ここまでありがとう。お前もお帰り」

心配そうな馬の顔に抱きついて、頬を撫でた。

馬の足なら戻れるだろう。それに馬ならたとえ、ガルイエトに捕らえられたって殺されはしないはずだ。

リディルは用心深く崖の端まで行って膝をついた。そっと身を乗り出して、下を覗き込んでみる。

蔦を編んで縄のかわりにすれば降りられそうな高さだ。この崖を降り、あの家々のどこかを訪ねて食べ物を分けてもらう。アイデースに行く方法を訊く。

「……よし」

膝を立てようとしたとき、足の下がふわりと沈んだ。ぬかるみではなく、そこからもろく崖がわに向かって土ごと滑った。

いけない。

そう思ったが遅かった。リディルは斜めに滑るもろい土に乗ったまま、崖から滑り落ちた。

「……ん……」

寒さで意識が戻った。リディルが目を覚ますと空が見えた。

ここはどこだ――。首だけ巡らせてあたりを見ると、顔のすぐ横に土塊《つちくれ》が見える。むこうに襟巻きが投げ出され、蔓が絡まった枯れ枝がバラバラと落ちている。上を見ると、凹《へこ》んだ崖が見えた。

地面に倒れていた。あそこから落ちたらしい。

リディルはぼんやりと空を眺めた。

風がやんでいた。

灰色の空から雪が沈んでくる。海の底にいるように、無数に、無限に落ちてくる。馬の姿はない。ただ、きゅう、と鳴き声がしてキュリがすぐに降りてきた。くちばしには虫が咥《くわ》えられている。リディルのために探してきてくれたのだろう。

「大丈夫。……大きな怪我はないみたい」

リディルは、腹のあたりにとまって心配そうに覗き込むキュリの頭を撫でたあと、ゆっくり上半身を起こした。

何度か枯れた蔓を摑んだから、ひどい怪我にはなっていない。足も折れていないし、血もたくさん流れていない。腿《もも》を擦《す》り剝《む》き、膝と手のひらに擦り傷がある。肩を打ったようだ。痛い——。

「いいよ……。お前がおあがり。そして帰らなきゃ」

そういう間にも、またごう、と風が吹いて、リディルはキュリが飛ばされないよう胸に抱き寄せた。

地鳴りのような風の音が近づいてくる。また吹雪になるのだ。

「寒いだろう？　上へ戻って、エウェストルムに行くんだ。無理だったらもっと暖かいところに住める森を探して。いいね？　向こうに人の家が見えた。私はそこに行くから大丈夫」

キュリを説得するが、キュリは去らない。もしかして足を捻《ひね》ったかもしれない。座ったまま左足を地面に立てると、関節の奥がじくりと痛む。

このくらい大丈夫だと自分に言い聞かせ、リディルは抑えた深呼吸をした。興奮と、不安と、寒さが身体に渦巻いて引き裂かれそうだ。震える指に癒やしの力を呼び出す。リディルの望み通り、指の周りにチラチラと緑色の光が飛び交った。

熱を持ちはじめた足を撫でさする。冷えと相まって骨に染みるように痛い。

上から見たときは近いような気がしたが、ここからその民家は見えない。馬は崖から下ろせない。

歩かなければ――。

そう思いながら足の傷を癒やしてみるが、すぐに痛みが引く様子はなかった。歩けるようになるまでどれくらいかかるだろう。ここで夜を迎えてしまったら、今度こそ凍え死んでしまう。

それでも行くしかないんだ。

目をぎゅっとつぶって、涙を塞ぎながら足をさすっていると、遠くからガラガラという音が近づいてきた。

小さな荷馬車だ。小柄な馬が二頭で牽《ひ》いていて、黒い布を頭からすっぽり被った人が乗っている。

助けを求めていいのか、それとも逃げなければならないのか。

寒さと空腹、怪我の衝撃で思考が鈍く、すぐには身体が動かない。

呆然と見ていると、馬車はこちらに近づいてきてリディルの前に停《と》まった。

「どうしたんだい？　旅の人……じゃないみたいだね？」

女性の声だ。ガルイエトの兵ではない。

彼女は泥だらけで地面に座り込んでいるリディルを眺め、ローブの下で、怪訝《けげん》そうに首をかしげる。

「おやまあ、春の精のような人が、こんなところで何をしているの？　おうちはどっち？　ぼうや。もうじき陽が暮れる。こんなところで泥遊びをしていたら、風邪を引くよ？」

「違います。旅の者です。どこか、家を借りられるところを知りませんか？」

女はいよいよ奇妙そうに身体をかがめて、リディルと周りに散らばった土塊を見回した。そして崖を仰ぐ。

「大丈夫？　頭でも打ったのかい？　ああ、大分高いねえ。おいたをせずにお家に帰りな。ママが心配しているよ」

心配しているのは王とイドだ。

「待って。待ってください！」

また馬車を出そうとしている女に向けて、リディルは叫んだ。

「アイデースはこちらの方向で合っていますか!?」

「アイデース？」

「私はアイデースに行かなければならないのです」

女は肩を上げて驚く仕草をしたあと、声を立てて笑った。

「アイデース？　そんな格好でアイデースに行こうとしたのかい？　どこから来たんだ、坊や。この崖の向こうの村――にしては上等な服だね。まあ、ぼろぼろだけど」

答えられない。リディルは首を横に振り、続けて女に問いかけた。

「あなたは旅の御方なのですか？　アイデースへ？」

「そうね」

「私を一緒に連れていっていただけませんか？」

「お断りよ。急いでるの」

「私も急いでいるのです！」

女性はローブの下からじっくりとリディルを眺め、少し黙ったあと、乗りな、と言った。

急いで立ち上がり、くじいた足を引きずって、擦り傷からも血を流したままリディルは荷馬車へ近づいた。隣に乗れと言うから、女の隣に乗り込んだ。そこにバサバサと羽音を立ててキュリが飛び込んでくる。

「慣れてるね。あんたの鳥？」

「え、ええ」

キュリは特定の人にしか懐かないと言っていた。助けてくれた人を嚙んだりしては大変だと思いながら懐に入れる。

「特別に宿屋まで連れていってあげる。見捨てた怪我人に死なれたら夢見が悪いだろ。そこに泊まって傷を治して考えな」

「親切な家があるのですか？」

「は？　宿屋だよ。金は持っているんだろうね？」

「カネ？　……財源のことですか？」

橋を架けたり聖堂を作ったりするときの費用を、カネと呼ぶことをリディルは知っている。でも家を建てるつもりはない。たった一晩、寒さを凌ぐ場所を与えてくれればいいのだ。

「うわ。どこかの貴族のお坊ちゃんなの？　あー、やだやだ。嫌なの拾った」

女は初対面のリディルにひどいことを言ったが、馬車から突き落とすようなことはしなかった。

灯《あか》りのついた家に着き、女は伺いもせずにその家の扉を開ける。

「早く入んな。ぼっちゃん」

リディル、と、名を名乗っていいかわからない。リディルは言われるまま、足を引きながら女の後を追った。

家の中にはテーブルがあり、ふくよかで白髪が多い女性が座って編み物をしている。

「二人だ。ふた部屋貸しとくれ」

「いいよ。一番奥と、その向かいの部屋を使っておくれ。食事はいるかい？　別料金になるが」

「いらない——いいや、一人分。あったかいものをちょうだい」

リディルをチラリと見て、女はそう言う。

「お湯があったら分けておくれ。あっちを借りるよ？」

と言って部屋の隅のベンチを指さす。古そうな木のベンチと、傷と汚れだらけの粗末な木のテーブルがある。

女は自分をそこに連れていった。

「今日は私がおごってあげる。明日夜が明けたら家に帰りな。どうせお母様と喧嘩でもしたんだろう」

「いいえ、どうしてもアイデースに行かなければならないのです。連れていってください。お礼なら、アイデースについてから、私の名において、あなたが望むものを」

城にさえ着けばロシェレディアがいる。幾ばくかの、お礼のための金品を貸してもらえるだろう。

女は噴き出した。

「ああこりゃいいや、景気のいい話だね。これはよほどの箱入りと見える。だがアイデースへは連れていけないね」

「何が足りないのでしょうか」

食い下がるリディルを、彼女はローブの下から眺める気配を見せた。コップに入れて運ばれてきた湯の容れものに、長い爪がついた細い指を伸ばした。

「アイデースは今、氷漬けだ。城もその周りも、ぜえんぶ」

「王は？　ロ――皇妃は!?」

思わず腰を浮かせて尋ねたが、女は面倒くさそうに細い肩をすくめるだけだった。

「わからない。だって、国まるごと氷漬けなんだもの」

この激しい冬の様子が王宮にまで――連絡が取れなかったのはそのせいだったのか。


――だから、あんたなんかが行っても無駄。私はこうして準備をしてきているからね。

女の荷車にはソリが載せられていた。馬も雪道を歩く、足の太い小柄で丸々とした特別な馬だ。

帰れと言われた。この先は氷河で、国境に近づくためには雪山を越えなければならない。越えた先がどうなっているかもわからない。ただの温かい服を着ただけのリディルでは、明日の夜には凍った死体になるだけだと女は言った。どうしても行ってみたければ、ソリと従者を用意して出直しな、と。

陽が暮れると同時に外は吹雪になった。今夜外にいたら凍死していただろう。湯に塩と野菜くずを入れただけのスープと薄くて硬いパンが部屋に運ばれてきた。

足首が腫れて歩けそうにない。

キュリを裏窓から中に入れた。うとうとしながら、足首を癒やし、久しぶりに硬いベッドで横になって眠った。

だが見るのは悪夢ばかりだ。

血まみれの褥《うず》に埋もれる苦しそうな王の姿が見え、もう一度嫁いでくれと言う、彼の声に応えようとするがどうしても声が出ない。偽物の自分が彼の側で勝手に何か喋っている。

彼の唇が、自分の名を呼ぶ形に動く。

遠ざかる彼に手を伸べた。

グシオン。——グシオン！

必死で呼びかけるが、自分の声は彼に届かない。自分が偽物だからだ。本当の魂でなければ、この声は彼に届かないのだ。

グシオン——！

それでも諦めきれずに、泣きながら彼を呼んだ。この声を彼に届けたい。この指で彼に触りたい——！

必死で手を伸ばすと、ふっとあの《扉》が見えそうになるのだが、踏み出そうとするとかき消える。もう一度、扉を探そうと思ってもなかなか現れてくれなかった。

眠ったか眠らないかわからないような苦しい時間を過ごし、朝の気配を待ちきれずに身体を起こす。目元が涙で湿っていた。

リディルは身を整え、夜明け前に女が泊まっている部屋の扉を叩いた。中から咳《せき》が聞こえていた。夜中もずっと咳をしていたようだ。病んでいるのだろうか。

大丈夫かと声をかけようとしたとき、黒いローブを被って、眠たそうなあくびをしながら彼女が出てきた。

「昨夜はありがとうございました。無事に国に帰れたらお礼をしたいと思っています。どこを訪ねたらいいでしょうか」

「そんな上等なものはないよ。名前はガルー。それだけさ」

「ありがとう、ガルー。無事だったら必ずお礼に行きます」

「ちょっと。——ちょっと待ちな。本当におうちに帰るんだろうね⁉」

いいえ、と答えたら止められると思ったから、リディルは曖昧に笑って、入り口の部屋に行った。「ちょっと」と言ってガルーが付いてくる。

入り口側の椅子では、昨夜の女主人がうとうとと船を漕いでいた。リディルの足音に気づいてすぐに目を覚ます。

「もうお出かけかい？　ずいぶん早いね」

「ありがとう。とても快適に過ごせました」

「カイテキ？」

顔を歪めた女主人はそのままじっとリディルを見つめた。髪や目、服装までも遠慮なくじろじろ眺めてくる。テーブルに身を乗り出し、覗き込むようにリディルを見上げる。

「……なあ。あんたも金《きん》を持っているのかい？」

「金？」

カネのことだろうか。それとも本当に金のことだろうか。ここに入るために必要だとガルーは言った。奢《おご》ってやるよと言われたはずだ。何が必要なのかよくわからない。

年老いた女主人は、曲がった指先でリディルの襟元を指した。

「そう。その、ボタンのようなのだ」

「これですか……？」

襟を留めるボタンだ。上の布と下の布を留める金具で、布を上手く引っ張れば簡単に外れる。リディルはそれをテーブルの上に置いた。さっと音がしそうな素早さで、女主人はそれを摘《つま》み、明るくなりはじめた窓に翳《かざ》した。

「うひゃ！　これ。これ、金だよ！　金箔《きんぱく》じゃなくて、金！」

「……いりますか？」

「くれるのかい⁉」

「はい」

「ちょっと待ちな」

早速懐に入れようとした女主人の手を掴んで、テーブルの上に押しつけたのはガルーだ。

「そいつはくれてやるから食料をくれ。水を積んで、その薬缶もおくれ。そっちの酒もだ。それと、古くていい。あったかい服を山ほど寄越しな。宿屋の品物全部出したって、おつりが来るだろ?」

「え。ええ、そりゃもう。金があるなら、昨日のスープにだって肉を入れてやったのに。残念だ。ああ残念だよ」

大袈裟《おおげさ》に嘆く女主人の顔を覗き込むように、ガルーは身体をかしげた。

「それで――『あんたも金を持っているのかい?』ってのはどういうことだ?」

「あっ、いや、あんたたちが来るちょっと前にね? 妙な金持ちが来たのさ。そいつらがたんまり金の粒を置いていったものだから」

「一日二回もそんな客が来るはずないだろ」

「来たよ。ほら、来たじゃないか、この坊ちゃんがさ! あんたたちのが二回目なんだ。――ああ、そうだ。――なあ、アンタ! あの紙! あの変わったお大尽が置いていったあれだよ。ストーブに放り込んじゃいないだろうね!?」

「紙?」

「そうだ。そのお大尽が、金色の髪に緑色の目をした若者が来たら渡してくれって置いていったんだよ。あんたのことだろ、すぐわかったよ！」

部屋の奥から、眠たそうな顔の主人がのっそりと出てくる。彼は無言でテーブルの上に紙切れを置き、黙って部屋に戻っていった。

「これは……」

「どこの国の文字だい？　あたしは少ししか字は読めないけど、コイツにはひとつも読める字がない」

これは王族や宮廷貴族、大魔法使いにしか読めない文字だ。もし、この手紙が道ばたに落ちていて、誰が拾ったところで城門の外にはこの文字を読める者はいない。

――入れ墨を完成させてはならぬ。何も心配しなくていい。故郷へ帰れ。愛《いと》しい我が妃《きさき》――。

署名も何もない手紙にはそう書いてあった。間違いない、グシオンだ。

はっとしてリディルは身を乗り出した。

「これは……これはどのようなかたが書いたのですか⁉」

「さあ。見知らぬ国のお金持ちだったねえ。背の大きい、それはそれは立派な旦那でね。長い黒髪に、見たことがないような耳飾り、なめし革みたいなきれいな褐色の肌に、腕にはじゃらじゃら腕輪をつけていてね。嗅いだことがないような、いーい匂いの香水をつけてた。お供も何人もいたね」

「そのかたはお元気でしたか⁉」

「いいや。具合は悪そうだった。だからてっきり数日泊まっていくかと思ったら、部屋に入ってあっという間に出て行っちまったんだ。うちのベッドが気に入らなかったのかね」

身体が震えはじめる。

探しに来てくれたのか？　――グシオンが？

戦の合間を抜け出して――あの、ひどい怪我を押して――？

リディルは紙を引き寄せた。彼のぬくもりが残っている気がした。握りしめたいのを歯を食いしばって我慢した。

今すぐ帰りたい。彼の元へ、鳥のような翼で、この瞬間にも空へ駆け上がって彼の胸に飛び込みたい。

今にも声を上げて泣き伏しそうなのをなんとか堪えて、手紙を胸のあたりに押し当てた。

「……心当たりがあります。これはいただきます」

「やっぱりあんた宛てかね」

「ええ。間違いなく」

リディルは大切に腹の帯の間に押し込んだ。

「何なの？　それ」

ガルーも奇妙そうに首をかしげている。

リディルは目を閉じて、熱を発しているようなその紙の上に両手を重ねた。

「私を強くする、心の書です」

リディルは女主人に丁寧にお礼を言った。ガルーが命じた品々は、外で主人がまとめてくれるらしい。

戸口のところまでガルーが付いてきてくれた。

「本当にアイデースに行くのかい？」

「ええ。色々教えていただいて、ありがとうございました。足も歩けるくらいにはなりました
から、少しずつ歩いてみようと思います」

何日かかるかわからない。吹雪の中無事でいられる可能性は低い。だが自分はこうするしか
ないのだ。万に一つの望みをかけて、グシオンに奇跡を齎《もたら》すには進むしかない。

ガルーは腕を組んで、大きな息をついた。

「連れていってやるよ。どこまで行けるかわからないけどね」

「どうして急に……？　昨日まで帰れとあれほど」

「気が変わったんだ。そこで待ってな。化粧くらいさせて」

そう言って宿の奥に入っていく。

ありがたかった。あの雪原を歩いて山へゆくと考えると、本当に途方に暮れてしまっていた
から。

リディルたちは雪の積もった庭にいた。バケツに薪《たきぎ》が何本も刺され、たき火の代わりになっている。鉛色の空にカンカンと金槌《かなづち》の音が響く。白いひげを蓄えた男が、馬車の車輪を外す作業をしているのを、椅子に座って眺めていた。

外は一面の銀世界だ。一晩ここに着くのが遅かったら山の中で凍死していた。

宿屋の紹介で道具屋に来た。馬車の車輪をソリに換えてもらうためだ。

――できなくはないがね。うちは道具屋だからね。

宿屋の先には店はないと、宿屋の女主人は言った。

――こないだまではあったさ。宿屋も、鍛冶屋も、酒場も、肉屋も、みんなこのあたりで準備を調えてからアイデースに入るからね。繁盛してたんだよ。それなりに。

季節外れの雪がきたのだそうだ。

――去年の夏の終わりだったかねえ。ある朝突然、外が真っ白だったのさ。客がね『もう雪が積もってら。話と違ってここいらはずいぶん寒いんだね』なんて言うから、馬鹿言うんじゃないよ、確かに今日はちっとばかし寒いけど、雪だなんて大袈裟《おおげさ》な、って外を見て仰天だよ。

それでもその頃は、うっすら雪が積もったり溶けたり、という具合だったということだ。

国境手前の山の頂が雪景色になったらしい。どうやらあの雪が風に飛ばされてこのあたりに積もったのだろうと言っていたら、雪はだんだん麓に下りて山全体を真っ白にし、足元に流れて雪原をつくり、氷河になってこの村へと迫ってきているそうだ。

氷が迫ってくるところから店が立ち退き、人が引っ越し、あの宿屋もこのあと客が十日も来なかったらもっと南に屋を移すと言っていた。鍛冶屋もいなくなっていて、ソリに換装できないと困っていたところに、道具屋があるからそこで換えてもらえるかもしれないと教えてもらった。普段はバケツや鋤《すき》やランプを売っているのだが、そこの主人が「あんたたちよりワシのが得意だろう」と、訝《いぶか》しそうにリディルとガルーを代わる代わる眺めたあとに請け負ってくれた。

道具屋の息子が、離れて住んでいる長男のところに道具を取りに行くから三日はかかるということだ。それから、できるかどうかやってみる、ということだから何日かかるかわからない。急いでくれとリディルは懇願した。だが雪もソリも、リディルの願いではどうにもならないことだ。ついでだから足の怪我《けが》も治していきなとガルーは言った。

もしソリが動いて、雪原を渡れたとしてもどこまで進めるかわからない。少なくとも国境手前の小さくて急な山は歩いて越えるしかないのだから、くじいた足では登れない。

泣き出しそうに気ばかり焦るが、ソリを待つしかない。貸してもらった小さな小屋で起居しつつ、毎夜このささやかな魔力がグシオンに届くよう祈った。そしてキュリを帰さなければならない。キュリは今日もリディルの見張りを務めているつもりか、頭上高い空で旋回している。

「そうか、それは気の毒だね。崖から落ちて、記憶は取り戻さなかったのかい？」

「残念ながら、何も」

たき火に当たりながら、改めて、なぜアイデースを目指すのかとガルーに訊《き》かれた。初めは警戒してなるべく自分のことを喋らないようにしていたリディルだが、ガルーはどうやら信用できる人のようだ。口は悪いし少々乱暴だが、面倒見がよく、とても優しい。無愛想な道具屋の主人とも明るく口を利いて、リディルも話しかけやすいよう水を向けてくれる。

落馬して、記憶を失ったこと。アイデースに兄がいること。理由は言えないが、アイデースに行けば記憶を――大好きな人についての記憶を取り戻せるかもしれないこと、それは死んでも取り戻したいものだということを話した。

「忘れちまえばいいじゃないか。門番の合い言葉でも忘れたかい?」とガルーは旅人らしいことを言ったが、少し黙ってから「帰りたい場所があるってのはいいことだよ」とも言った。

帰るために、行かなければならない。悲鳴を上げて駆け出しそうになる心を抑えつけ、膝の上に手を握ったときだ。

ぴいっ! ぴいっ! と空で声がした。

はっと空を仰ぐと、ものすごい速度でキュリが飛び回っている。

「キュリ!?」

キュリを五羽ほどの黒い鳥が追い回している。キュリより大きく、長い翼でキュリを取り囲んで摑《つか》みかかろうとするのだ。

ない。

「やめて！　降りておいでキュリ！」

リディルが空に手を伸ばしてキュリを戻そうとするが、黒い鳥は先回りしてキュリを逃がさない。

「キュリ！」

足元の石を摑んで投げた。ずいぶん高くて届きそうにない。

「キュリ！　早くこっちに！」

黒い鳥をかいくぐってキュリは降りようとしているが、意地の悪い黒い鳥は代わる代わるキュリにたかって許さない。

「……いくら鳥でも、弱い者いじめは感心しないねえ」

嫌そうにガルーは言うと、片方の耳飾りを外して立ち上がった。

ガルーは手に耳飾りを握り込み、親指でそれを強く空に弾《はじ》き出した。ぱしん！　と音を立てて、一羽の黒い鳥に当たる。黒い鳥は、ぎゃあ！　と赤い口を開けた。

「すごい！」

思わずリディルは歓声を上げる。驚いた黒い鳥たちがキュリから離れた。キュリはその隙に素早く空を滑り降り、リディルの胸に飛び込んでくる。

「キュリ！　キュリ、大丈夫⁉」

リディルは慌てて覗《のぞ》き込む。呼吸はものすごく速いが、怪我はしていないようだ。

「ありがとう、ガルー!」

彼女は首をかしげて反対の耳飾りを外しているところだった。七色の、彩雲色の貝の耳飾りだ。

「ありがとう。何とお礼を言えばいいのか……。ガルーの耳飾りをダメにしてしまいました」

「いいよ。特にお気に入りじゃないし」

「ありがとう」

もう一度お礼を伝えて、キュリを抱きしめた。

「……やっぱりダメだ。お前は帰らなきゃ」

鳥には鳥の縄張りがある。寒さで細った森で、見知らぬ鳥がエサを探せば先住の鳥だって怒るだろう。早くもっと暖かい、食べものが多い森に戻って、安全に住める場所を探すべきだ。

――ずっと、ずっとそう言い聞かせているのに、キュリはリディルから離れない。

「鳥のことだ。そいつが納得しないかぎり、言い聞かせても無駄だよ」

「はい。でも、やはり、帰さなければ……」

吹雪の収まったところを見計らって、何度でも空に放してみようと思っている。ソリを待つ時間が幸いした。キュリが帰る気になってくれるのを祈るしかない。

「それにしても、先ほどのはすごかったですね。あんなに当たるものなのですか?」

「これかい?」

ガルーは片方だけになってしまった耳飾りをリディルに摘まんで見せた。

「はい。まるで弓のようでした」

見たところ、細工のきれいなただの耳飾りだ。特殊な仕掛けが施されているようには見えない。それを親指で弾いて、あんな高いところを飛んでいる鳥に当てるなんて、どういう訓練をしたらそんなことができるのだろう。

「特技さ。海鳥の多い、田舎のほうから来たからねえ」

本当かどうかわからないことを言って、フードを目深に被ったままのガルーは笑った。


あそこでソリに換えて正解だった。

雪原のところまで、普通の道をソリで進むと馬に負担がかかると心配していたが、翌日には道具屋の周りはすっかり雪に覆われていた。

そのせいで、谷向こうに住む道具屋の長男がやってくるのが遅れ、結局出発できるまで十日もかかってしまった。

先に歩いて出発すると言い出したくなるくらい焦ったが、それを取り戻すくらいソリの足は速い。

そしてガルーの荷馬車は快適だった。小さな馬は力が強く、積もった雪の中を分厚い蹄《ひづめ》でしっかり歩く。厚い布と革の服を着ていて吹雪もものともしない。

荷馬車に乗ったリディルの懐から、キュリがぴょこりと顔を出す。キュリは大きな目でじっとガルーを見つめ、そろそろとリディルの懐を這《は》い出てきた。

リディルの腿《もも》から下り、ガルーを間近で見上げている。細長くなるほど縦に伸びて、どうするのだろうと思っていたら、手綱を握るガルーが、ニッとキュリに笑いかけるのがわかった。

キュリはきゅっ！　と鳴き声を上げ、さっとリディルの懐の中に戻る。

先ほどからもう何度目だろう。しばらくするとまた窺うように懐から顔を出し、首を伸ばしてガルーを見る。首が伸びきるところを見計らって、またガルーは鋭くキュリを振り返った。

きゅ！　とキュリが声を上げて、リディルの懐深くに隠れる。面白そうにガルーが笑った。

「半月も一緒にいるのにちっとも懐きやしない。あたしはアンタの命の恩人だ。そしてアンタがこの寒い吹雪の中飛ばずに済むのはあたしのおかげだよ？　愛想のひとつも言ったらどうだい？　恩知らずは焼いて食っちまうよ？」

ガルーが脅すと、きゅー……と鳴き声がして、リディルの懐の中がぶるぶる震える。

「いいえ、キュリはとても人見知りなのです。この子がこんなに見知らぬ人に近づくところを見たことがない」

短い間だが、キュリがかなりの人見知りなのがわかる。カルカなどは噛《か》みまくられていたし、ザキハが来れば部屋の隅で背を向け、イドなどには正面から膨らんで威嚇《いかく》をしていた。

「あなたが助けてくれたことは、キュリはちゃんとわかっています」

「慰めはいいよ。坊ちゃんは優しいね」

結局、ガルーに名を名乗らないままだ。ガルーはいい人だが、リディルの身分は明かさないほうがいい。偽名を上手《うま》く答えられなかった自分をガルーは面倒くさがって「坊ちゃん」と呼んでいる。

ガルーはずっと咳《せき》をしていた。咳が出るときは寒くしてはいけないはずだが、こんな雪の中にいても彼女は大丈夫なのだろうか。

ローブの下でガルーの横顔が言った。

「このあたりでいいかい？」

「はい」

リディルもちょうど声をかけようと思っていたところだ。

キュリはリディルの隣で背伸びをしながらガルーを見ている。よほど興味があるようだ。彼女も香水をつけているから、王のことでも思い出したのだろうか。

ガルーが馬車を停《と》めた。驚いてキュリが懐に戻ってくる。

リディルはそのままキュリを抱え、馬車を降りた。

「キュリ。ここでお別れだ」

あれからもずっとキュリを説得していた。何度も空に放ち、そのたびにキュリは戻ってきたが、ここ数日、心配そうに背後を振り返るようになった。戻るべきかと悩んでいるようだ。

腕の中に抱きしめて、ガルーに聞かれないように囁《ささや》く。

「エウェストルムに行きなさい。一人でイル・ジャーナに帰ってはいけないよ？　遠いけれど、森を伝っていけば必ず辿《たど》り着けるはずだ。方角はわかるか？　エウェストルムは緑の多い国だ。森も大きいから、近くに行けばすぐにわかる」

そう囁くと、キュリは特別に悲しい顔をしてリディルを見上げた。小さな光がチラチラ瞬く夜色の瞳が潤んでいる。

思い出してくれと言っているようだった。そういえばキュリとどこで出会ったのだろう。誰かに聞いておけばよかった。

「さあ、お行き。大きな鳥に襲われないように」

リディルが空に手を差し出すと、キュリはバサバサと羽ばたいて空に舞い上がった。

少しの間、リディルたちの上を旋回していたが、今度は飛び去ってくれたようだ。この寒さと雪と、キュリたち身体の軽い鳥にとって余計大変な吹雪に、キュリもこの先は共に行けないと理解してくれたのだろう。

小さな点になって、吹雪の中に消えてゆくキュリの姿を見送っていると、ガルーが馬車の上から声をかけてきた。

「ホシメフクロウ。ずいぶん上等な鳥を飼っているじゃないか」

「よくご存じですね。ずっと旅をなさっているのですか？」

「不本意ながらね」

「言葉がきれいです」

「あたしがかい？」

「口は悪いですが」

嗜《たしな》みは滲《にじ》み出るものだ。発音がきれいだ。言葉の並べかたも上品だった。

リディルたちを乗せてまた馬車は走り出した。ガルーは相変わらず咳をしている。

「宿屋で出した金といい。どこの貴族の坊ちゃんなんだい？」

「貴族ではありません」

王族で、王妃だ。黙っている理由はあっても、嘘《うそ》をつく理由が見つからない。

「……どうしても喋《しゃべ》りたくないってわけか」

リディルの沈黙を曲解してくれたガルーは更に馬車を走らせる。

宿屋でもらった風を通さない分厚い布に包《くる》まりながらうしろを振り返った。

雪は、雲が砕けてこぼれ落ちてくるように、音もなく淡々と降り続ける。

キュリが追ってくる気配はなかった。無事にエウェストルムに着いてくれることを心の底から祈った。

馬車はよく走った。

道具屋が仕立ててくれたソリはとてもよく滑り、馬たちは深い雪をものともせず、単調に、だが確かに、雪の中を歩んでゆく。

山の麓の目前で猛烈な吹雪となった。ちょうど小屋が見えはじめたところだったからそれを目当てに走った。

雪に埋もれて放棄された馬小屋だ。

馬たちを入れ、簡単に壁で仕切られただけの部屋で休んだ。竈《かまど》、テーブルとベンチがある。ここで、旅人に馬を貸す商売をしていたのではないかとガルーは言った。捨てた小屋とは思えないくらい薪《まき》と牧草の蓄えがある。小屋の持ち主は、本来ならここで冬を越えるつもりだったのかもしれない。

吹雪が収まるまで数日休んだ。ガルーが火打ち石を持っていた。見たことがないのか忘れているのかは思い出せなかった。

宿で仕入れてきた食べ物が尽きる頃、吹雪が収まったので出発することにした。

山は徒歩で越えるしかなかった。荷物を手ぞりにまとめ、馬にありったけのエサを与えて小屋を後にする。

ガルーの足跡を踏むようにと言われ、それを守って歩く。膝下まで雪に埋まるが、その下はもっと深そうだ。

山の傾斜は急だった。足首を治してきてよかった。

はあはあと、自分の呼吸の音を聞きながらリディルは雪の山道を歩いていた。

本当に、大丈夫だろうか。

山は小さく、吹雪《ふぶ》かなければ二日あれば越えられるだろうとガルーが言った。山中で一晩。次の日暮れまでに山を下りられなければ生きていられる気がしない。

それに、寒さが酷《ひど》い――。

リディルは雪の積もった細枝を掴んで、深い雪に足を踏み出した。

こんな寒さを知らない。

元々エウェストルムは常春の国だ。多少の寒さ、ちらちらと舞うくらいの雪は見たことがあるが、野山の輪郭を白くまろやかに削り、伸ばした手の指が掠《かす》れて見えなくなるくらいの雪に襲われたことはない。

寒さもそうだ。もう寒いという感覚ですらない。皮膚が痛い。息を吐くとキラキラした氷の欠片《かけら》になって落ちてゆく。綱が凍って折れる。湿った布がすぐに板きれのようになる。

アイデースに近づくほど明らかに寒い。

どこまで寒くなるのだろうか、寒さに終わりはあるのか。これは本当に天が行う仕業なのかと疑わしくなるくらい、底なしに気温は下がり続ける――。

ガルーは「寒いね」と言って山道を歩く。しかも荷物を載せた小さな手ぞりを引きながらだ。うしろを歩くリディルに「無理だと思ったら引き返しな」と言った。

ガルーは具合が悪そうだ。その彼女が歩いているのだ。少なくともガルーが諦めるまで、諦めるものか。そう思いながら小高い山を登る。

山は傾斜があり、歩くと心臓がバクバクとしてとてもきつい。肌は痛いほど寒いのに、服の中は汗ばんで脱ぎ出したくなるほど暑い。だが坂が緩んで楽になると、今度は冷えはじめて身《から》体《だ》の芯まで寒さが染み通ってくる。

氷になった雪が、キラキラ光りながら山の傾斜を流れ落ちてゆく。光る川のようだった。

吹雪の中を、ためらわずにガルーは歩いた。獣道すらわからないくらい、深く積もった雪にガルーが足跡をつけてゆく。リディルはそれを追って歩く。

もうすぐ日暮れだ。夜はまだだというのにこの寒さだ。

綿《わた》の中に落ちたような白い世界だった。

森は死んだように凍っていた。葉が凍って、風が吹くとパキパキと音を立てて雲母《うんも》のように砕け落ちてくる。蔓《つた》からつららが下がり、雪に揺れてはきらめいた音を立てていた。足元に埋まった枯れ葉は薄い硝子《ガラス》を敷き詰めているように、踏むと儚《はかな》い音を立てて砕ける。春は死んだままだ。雪が溶ける気がしない。

空気が冷たすぎて喉が裂けそうだ。息を吸い込む肺が痛い。空気が凍っているのがわかる。

埃《ほこり》はとっくに凍って地に落ち、ここは冷たい水のにおいしかしない――。

歩きながらふっと気が遠くなる気がした。疲れていて、身体が重かった。手足が冷えていて自分のものではないようだ。呼吸で外に出て行く体温さえ惜しい。……苦しい。

このまま眠りたい――。

はっと我に返り、砕けかけた膝に力を込める。

だめだ。眠ったら――ここにうずくまったら、地面と共に氷に取り込まれる。

リディルはふと、指先だけがあたたかいのに気づいた。癒やしの力――これが巡るところがあたたかい――。

リディルは指先に纏《まと》う力を、身体に回るよう想像してみた。傷を治すときと同じだ。体中の血管に癒やしの光を流す。あたたかくなれと命じながら――。

もう白くもならない息をはあはあと零《こぼ》しながら呼びかけた。

「ガルー。あなたは引き返したほうがいい」

この先は魔力無しでは危険だ。リディルが身体に癒やしの力を回してようやく体温を保っているのに、体調を崩しているガルーが無事でいられるとは思わない。

ガルーはリディルを振り返った。そして驚くべきことを言った。

「エウェストルムの出身なの？」

「はい……。知っているのですか？」

「昔、行ったことがある。果物が美味《おい》しい、花がきれいないい国ね」

「あの――」

それは嘘だ。

確かに彼女はエウェストルムに来たのかもしれない。だが、目に見えるほどの魔力を持つのは王族だけだ。彼女が言うことが本当ならば、彼女は王家の誰かと会ったことがあるはずだった。

自分ではない。ステラディアースでもない。父王の知人か、それとも母か――。

問いかけようとしたとき、ごう、と吹雪に巻かれてリディルは身体をすくめた。

太陽が落ちる。森に染みこんでくる夜の気配に乗じて寒さがぐんと強くなる。風はもはや針のようだ。枝から降るつららの矢。刃のように薄く凍った葉が落ちてくる。雪が氷になる。氷に支配される。凍結する。自然というにはあまりにも不自然な力で。

「ここは……だめだ、ガルー。あなたは山を下りるべきだ」

普通の人間にはここでの夜は越えられない。癒やしの光と共に体内を巡る魂《ラウフ》が囁く。ここは駄目だ。ここは危ない。今すぐ逃げなければ。

夜になれば完全に氷結の世界になる。すべてが凍る。ありとあらゆる生き物の侵入を許さない。呪いのように、絶壁のように、時間の流れから切り離された深い地中の棺《ひつぎ》のように。

ガルーは咳をしている。音からしてかなり胸の奥深くまで病んでいるようだ。

日暮れまで時間がない。ガルーを守らなければ。この山から下ろさなければ。

「ガルー……！」

まだ吹雪いて巻き続ける雪の中で、リディルは手先に癒やしの光を集中させて、ガルーの手を握った。身体の中から魔力を掻《か》き集め、彼女の手に注ぎ込む。

自分は進むしかないが、彼女を死なせるわけにはいかない。

死にたくない。王に会いたい。

脳裏にグシオンの姿が細切れに走る。ベッドの中のやつれた姿、思い出さなくていいと笑う笑顔。

頭が痛い。

王の指先、王のにおい。だがその奥を思い出そうとすると、断ち切ったように何も映像が浮かばない。出会った日のこと、言葉を交わしたときのこと、褥《しとね》も共にしたと聞いた。そのときのことも何もかも。

――もう一度、余のところに嫁いでくれるか――？

あなたがいいと、言ってくれるなら。

あのとき答えられなかった言葉をリディルが心の中で返したとき、ふと、思い出の間に、《扉》が見えた。

ぽっかりと白い空白に扉がある。

それは誘いかけるように少し開き、中から光を放ってくる。

「――……!」

手の先が、今までと比べものにならないくらいふわっとあたたかくなって、一瞬で身体に魂のぬくもりが回る。冷え切っていた血液が温かくなる。はっ、と息を吐いた。体温が回って息が白い。

何かが見えた気がした。あの《扉》の向こうに何かがある。

だが今はそれを追求する余裕がなかった。

「ガルー」

今のうちに。自分の魔力が増しているような気がする今のうちに、ガルーだけでも、早く山を下ろさなければ。

ガルーはリディルを見ていた。

吹雪など、少しも寒くないような様子で、わずかに覗くローブの奥の目を細めもせず、ただただいぶかしげにリディルを見る。

「――お前は誰?」

黒いローブの下の、ガルーの目が光る。

「宿屋では気のせいかと思ったけど、間違いないわ。今、《扉》が開く気配がしたの」

「ガルー……?」

「お前は誰？」

ガルーは声に警戒した色を増しながら、リディルに問う。

「……あなた、は？」

この寒さの中で平然としていて、《扉》の存在を知る者。

「私は大魔法使い。氷漬けのアイデースを見に来たの。そしたら大魔法使い《めずらしいもの》のたまご《もっとめずらしいもの》が見られるなんて」

「大魔法使い……？　あなたが？」

「ああ。ここから遠く離れた、海のほうからきた魔法使いさ。アイデース皇妃に用事があってここまで来たの。お前がいなければ、寒がる振りなどしなくてもよかったのに」

厚着を取り、吹雪に髪を嬲《なぶ》らせながら、黒いフード付きのローブ姿を膨らませる。

「ア——アイデースがどうなっているか、ご存じなのですか⁉」

「事情は知っているが、どうなっているかは知らない。だから見に来たんだ」

「事情……？」

「まあ、普通の人間は知らないだろうね。国民も知らない。ましてや外《と》つ国の人間は想像もできやしないだろうさ」

ガルーはアイデースの方角に顔を向けた。

「三年かかった戦が終わった頃のことだ。アイデースはガルイエトに勝利した。そしてその直後から、何を思ったか、ロシェレディアが国全部を氷漬けにしている」

「これは……全部、に……ロシェレディア皇妃が⁉　何の理由があって⁉」

「そりゃあたしが訊きたいよ。だが奴《やつ》の仕業には違いないさ。こんなことができるのはロシェレディアだけだ。この馬鹿みたいに広い大帝国を、たった一人で凍らせているんだ。そんなヤツが二人といてたまるものか。見なよ、この有様を。さすが『氷の大魔法使い』ロシェレディアだ。どんどん力を増している。アイデースどころかその周りまで、この調子だとこの国は永遠に冬だ。侵入者を取り込みながら、どんどん氷河を厚くする」

「『氷の大魔法使い』？」

「なにも知らずにこんなところに来たのかい？　はは、ひよっこ大魔法使いらしいや。いいよ。教えてあげる」

ガルーは、永遠に沈み続けるような雪を見上げて、両手を広げる。

「大魔法使いの中で、自然の名前をつけられる者は限られている。ヤツは先の戦の最中に『氷の大魔法使い』の大称号を得たのさ。扉の向こうの力を自由に引き出し、この世の魂と結びつけられる。その名を讃えてこう呼ぶんだ。ロシェレディア――氷の大魔法使い、と」

「皇妃を助けてください！　こんなに魔力を使い続けたら死んでしまう！　あなたも大魔法使いなのでしょう⁉」

これほどの氷を支える魔力がどれくらいのものかリディルにもわかる。そして魔力を使えば魔法使いが消耗することも。氷を張り続けるという負担がどれほどのものか、ひとときも絶えず魔力を放出し続ける行為がどれほど命を蝕《むしば》むのか。特別な大魔法使いと言っても身体は人だ。わかっているなら助けてほしい。せめて助ける方法を教えてほしい。記憶の中のロシェレディアは、少女と見間違われるような、線の細い、月光のように微笑《ほほえ》む兄だった。

ガルーは、ローブの下からリディルを眺め、そして、静かにフードを外した。

吹雪に夜色の髪がなびく。

美しい人だった。

水底《みなぞこ》のような深い青色の髪に、同じ色の瞳。ただ、白い肌には紫色の痣《あざ》があった。額から目にかけて、首から頬にかけても。わずかに口と鼻の周りにないだけで顔には——多分、身体にも腐った唐草が巻きついたような痣がある。

「私は病に冒されていて、もう大した魔法は使えやしない。生きられるのもせいぜいあと半年がいいところだ。だから助けを求めてロシェレディアに会いに来たらこの通り」

ふざけんなよ、と独り言のように毒づいて、痣をむき出しにしたままの顔でリディルを見た。

「それで、あなたはなんなの？」

彼女の秘密は、自分の真実と交換するに能《あた》う。

リディルは、はっきりと彼女を見据えて名乗った。

「リディル・ウニ・ゾハール・スヴァーティ。元エウェストルム第三王子、今はイル・ジャーナ王妃。そしてロシェレディア皇妃の弟です」

「ロシェレディアには妹しかいないはずだ。いや、生まれたばかりの赤ん坊が王子だとか？

それで王妃だって？」

「私はロシェレディア皇妃の代わりに、イル・ジャーナに王女として嫁ぎました」

「ああ、そいつは聞いたことがある。ロシェレディアをアイデースに横取りされて、前イル・ジャーナ王が床で転がり回らんばかりに激怒したとか。確か協定を破って攻め入ったとかなんとかいう話を聞いたね。——次の王女が生まれたと言って黙らせたのかい？　あんたのオヤジ殿もたいがい肝が太いね」

ははは、と笑って、ガルーは目元に手を当てて天を仰いだ。

「……何てことだい」

「私の魔法円は、古い傷跡で途切れています。それでも辛うじて魔力は回っていたのに、記憶を無くし、魔力がほとんど得られなくなってしまいました」

縋《すが》るようにリディルは打ち明けた。何でもいい、可能性がほしい。ガルーが大魔法使いというなら、方法を、助言を乞いたい。

「兄、ロシェレディアに、入れ墨で魔法円を修復してほしいのです。傷が肌の奥に残っているうちに、入れ墨で魔法円を繋《つな》がなければならないのに、兄と連絡が取れなくなってしまったのでここに来ました。他に大魔法使いが見つからなかった」

「それで、一人でこんなところまで？」

「はい」

「イル・ジャーナ王は？　エウェストルムで悶《もだ》えた癇癪王《かんしゃくおう》はともかく、新しい王は賢王と誉れの高い王と聞く。王妃をこんな雪山に一人で放り出すような人使いの荒い王様なのかい？」

「私を庇《かば》って、ガルイエトに討たれて重傷です。魔法円を繋いで彼を治したい。今の私では彼の傷ひとつすじすら容易に治療できないのです。彼を治したい。生きさせたい。戻ってきてほしい。私の元へ――」

訴えている途中で、胸に涙が詰まった。力を得るように、胸にしまった手紙に手を当てた。

ガルーがふと、思い当たったような顔をした。

「あの手紙は？『入れ墨を完成させてはならぬ。何も心配しなくていい。故郷へ帰れ。愛《いと》しい我が妃《きさき》』。……あれはカンチャーナ文字。王が書いたのか」

ガルーは手紙を読んで態度を変えたのだ。自分が王か、王族に連なる者と知って興味を持った。

リディルは溢《あふ》れるように白状した。

「我が夫からの――恋文です」

たったこれだけを口にするのに、涙が溢れてとまらない。

グシオン。グシオン。

忘れていてもこんなに恋しい、我が唯一の伴侶からの、手紙だ。

話を聞こうかとガルーは言った。さすがに少し休みたいとも。「木を探す」と言ってガルーは歩いた。リディルもうしろを歩く。

「皇妃ロシェレディア――男だったのか。『氷の皇妃は絶世の美女』だと評判だがね。……ああ、それで納得がいったよ。あのバカ体力」

「会ったことはないのですか？」

ロシェレディアをよく知っている口ぶりだった。ガルーはエウェストルムの王族の誰かを知っているらしいから、てっきりエウェストルムで会ったのはロシェレディアだと推測したのだが。

「あると言えばある。ないと言えばない。大魔法使いの精神は《扉》で繋がっている。魂に男だとか女だとか関係ないさ」

言葉の終わりでガルーはまた咳《せ》き込んだ。

「ガルー。大丈夫なのですか？」

ガルーは先ほどから酷く咳き込んでいる。出会ったときからずっと咳をしていたが、今ではぜいぜいと湿った呼吸の音と咳が交互に聞こえるくらいだ。

「大丈夫なわけないだろう？　でなけりゃ、こんな豪雪の、面倒くさいところになんか来るわけないよ。ソリ遊びは趣味じゃないんだ」

ガルーは大きな木を見つけ、枝から三角のテントを吊《つ》るように氷の幕をおろした。

「便利だね。水をおろせば勝手に凍る」

凍った木々から水を搾り取って枝から垂らしているらしい。この低温の中で無理矢理水を得るだなどと、さすがに大魔法使いの所業だ。枝から水が滴るほど、見る間に凍ってゆく。蜂の巣のようなものがぶら下がったと思ったら、あっという間に半透明の天幕になった。

中に入ってみた。二人が横になれるくらいの天幕だ。吹雪に晒《さら》されないだけでずいぶんほっとする。氷の天幕の中は驚くくらいあたたかい。

ガルーは雪の上に、布を広げながら言った。

「ガルイエトがねえ……。アイデースにやられたっていうのに、さらにイル・ジャーナを襲ったって？　行きがけの駄賃っていうには離れてるね。時間も空きすぎている。わざわざ出直したってこと？」

「はい。城の皆も理由がわからないと言っていました。たぶん狙いは私なのだと」

「大魔法使いを欲しがったってこと？」

「周りはそのように言っていました」

「わからんでもないが、ずいぶん乱暴じゃないか」

ガルーに背中を見てもらうことになった。

何らかの助言を求めるにせよ、今どうなっているかがわからなければ、ガルーだって教えようがない。それに、幸運なことにガルーは大魔法使いだ。万が一――万が一にも、ガルーに修復してもらえる可能性がある。

敷物の上に座り、厚着をしていた上着を脱ぎ、背中が見えるように襟を外した。

「きれいな魔法円だわ」

ガルーは見るなり、ため息のように漏らした。

――御母君譲りの美しい魔法円でございますよ――。

母の記憶がほとんどないリディルには、そう言われるのが自慢だった。母が側《そば》にいるようで、かたみのようで嬉《うれ》しかった。

背後に膝立ちになっていたガルーは、氷で乱反射して明るいテントの中で、顔を近づけてリディルの魔法円を眺める。

「……途切れているだけね。肌の奥に色素が残ってるし、墨の材料を集めてくればどうにかなりそう。ただ、材料集めに何年かかるかわからない。魔法の植物を探して干したり、発酵させたり、少なくともこの雪山で、今日明日どうにかできるものじゃない」

「あ。あの、これ」

リディルは慌てて胸から取り出した小袋の中から、陶器の入れ物を差し出した。

「墨ならあります。これでいいでしょうか。元々兄に渡そうと思って、持って来たのです」

ガルーは顔を歪《ゆが》めて失笑した。

「誰がつくったんだい？　イカの墨や松ヤニだったらどうするの？」

「エウェストルムの魔法機関が調合したと聞いています」

「それを早く言いな。話が早い」

ふうん。と、まろやかな声を出して、ガルーは魔法円を見ている。

「……確かに傷跡は深いけど、切れてる部分は短いのね。これならなんとかなりそう。一晩
……と言ったところか」

「ガルー。あなたに修復をお願いしたい。頼めますか⁉」

「いいけど、痛いよ？」

「平気です」

「子どもを泣かすのは趣味じゃないんだが」

「泣きません。王が助かるなら――」

と言うだけで涙が零れてしまった。さすがに呆《あき》れたようにガルーが見ているが、どうにもできない。

「泣き虫王子――いや、王妃か。あんたは確かに泣き虫かもしれないが、弱虫はこんなところまで来やしないだろ。試してみるかい？」

「はい！　お願いします！」

「そうか。だったらあんたのすることはたったふたつだ、王妃殿下。途中で止めたら二度とやり直しは利かない。あんたが逃げ出さないことと、あたしが最後まで保《も》つよう、祈ることだ」

そう言ってガルーは湿った咳をした。


記憶を失ってからと限っても、痛い思いは何度もした。

そもそも目を開けた瞬間から、落馬と頭の怪我が痛かったし、食糧が尽きて木の実を取ろうと木に登って滑り落ちたときも、手をすりむいてしまった。崖から落ちたときなど言わずもがなだ。あのときは、本当に自分は王妃なのかと疑ったし、擦り傷も足首の捻挫も宿屋に泊まった夜はひりひりしたり、疼《うず》いたりとさんざん自分に痛みを喚《わめ》き散らした。

「大丈夫？　王妃殿下」

「……はい」

敷物に座り、脱いだ服を抱いて、ガルーに背中を向けていた。

針はガルーの髪だった。髪に魔力を通し、鋼よりもまっすぐ硬い針にして、それに墨を取って皮膚に刺してゆく。

細い針が皮膚に入っていくのがわかる。しかも全身の神経に走る鋭い痛みをもってだ。朦朧《もうろう》と氷の壁を映していた視界が歪み、堪《こら》えきれずに目を閉じる。感情ではなく痛みから零れる涙は血のようだ。

「ずいぶん我慢強いね。ほんとにできてるかどうか、心配になるじゃないか」

「とても痛いので……、できてると思います」

そしてとても熱い。

「そりゃそうだ。この墨は肌に色をつけていくだけじゃない。あんたの全身の血と、神経と繋がらなければ意味がない。だから魔法で刻むんだ。針を刺せる一番奥までね」

ガルーが言うには、墨はなるべく深いほうがいい。だがそれ以上刺すと内臓に刺さって死んでしまう。皮膚と内臓の境を流れる魔力の層。その際を見極められるのが大魔法使いなのだそうだ。

魔法で練った針を墨に浸して肌に刺す。墨に反応した魔力が集まり、血管と神経が繋がりに来るのを待つ。結んだところを魔法で繋いで固定する。その繰り返しで、入れ墨を入れていく。魔力の均等な維持と精神集中が必要になる。いわば墨と神経を皮膚の一番奥で編んでいるということなのだ。

ガルーの魔力の針を刺している間は痛かった。針の先端に纏った墨に反応した魔力がぴりっと集まってくる。血管に触れ、神経が絡んだところを魔力で焼きつける。そのたび悲鳴を上げそうな、鋭い痛みが全身に走る。

「眠り薬を嗅がせてやりたいが、そんなことをしたらそのまま凍死だし、起きてるほうが神経の繋がりがいい」

「大丈夫です」

ガルーの針には、リディルの神経の感触が返ってくるそうだ。それを確かめながら繋ぐから、目覚めていたときのほうが確実だとガルーは言う。

それにしても痛い――。

リディルのこめかみには、汗が流れている。腕に抱いて顔を乗せている服は、リディルの汗で濡《ぬ》れていた。神経に触れられるたび、身体の中が悲鳴を上げ、血管が膨らんで汗が出る。肌がビリビリと震えている、腕から汗が流れ落ちる。全身の毛根が開く。俯《うつむ》いて服を噛んでいないと悲鳴を上げそうだ。背中を刺しているというのに、足のつま先から手の甲までが無数の針を刺されているように痛い。針が抜かれると、途端にまた刺されるのかと恐くなる。もう嫌だと氷の天幕を飛び出して逃げたくなる。

王の手紙を指輪のついた手で握り、それを反対の手で包む。こうでもしなければ耐えられない痛みだ。あまりの痛さで身体がずっと震えている。

ガルーがぽつりと言った。

「どうしてあなたは私を信用するの？　魔法円を繋ぐどころか、呪いを刻みつけるかもしれないのに」

「あなたは私を助けた。キュリが噛まなかった。キュリはめったに人に近づきません。あなたが特別いい人だからだ」

ふう、と息をついて、針が抜かれる感覚を耐える。キュリは多分、ガルーの魔法の気配が好きだったのだろう。だがそれだけでなつく鳥ではない。

「それにもし、あなたが悪人で、私の背中に短刀を突き立てたとしても、あなたが今ここで魔法円を修復できなければどのみち私はここで死ぬ」

ここで凍え死ぬか、山を下ったところで凍え死ぬか。ロシェレディアに会えず、イル・ジャーナに戻ることもできず、アイデースの領内でさまよって、息絶えて凍り漬けになる。

ガルーは希望だった。望みが断ち切られたと思ったところに差したひとすじの光だ。それがどれほど彼方遠くから差す星の光だったとしても、手を伸ばして、星に触れられないことを恨む人はいない。

死なないくらいの痛みなら、逃げ出す理由にならない。痛みが修復の確実さを表すものなら、もっと痛くてもいい。

「私は……どうしても心を取り戻したいのです」

「立派な心があるじゃないか。そんなへっぽこ魔力でこんなところまで来るなんて、よほどの気持ちがなければ無理だろう」

「いいえ、私は大事な人の大事な記憶を失っているのです。どうしても取り戻したい。命を引き換えにしても、王からもらった気持ちを失いたくない――」

痛みではなんともなかった涙が、グシオンを想うだけで簡単に零れる。握った手紙が汗と涙でぐしゃぐしゃになりそうだ。

施術前に、ガルーと泣かない約束をした。なんとか泣きやまなければと思っていると、背後でガルーがため息をついた。

「そういうのが嫌。期待とか、信頼とか、大魔法使いとか」

「ガルー……？」

「あんたのその健気さが嫌。あんたのその美しさが心配でたまらない。利用されて、搾取されて、用が済んだら捨てられるのよ。おだてられて有頂天になってた。魔力欲しさに身体の中に虫を入れた。望み通り大魔法使いになったけれど、虫は私を蝕んだ。もう、虫はいなくなったけれど、毒が残った。おかげでこの通り」

ガルーの過去だ。ロシェレディアが大魔法使いだったから、悲しいことをたくさん聞いた。誰もがロシェレディアを欲しがるのだって、彼が可愛《かわい》いからではなく、その魔力が目当てなのだと。

「昔のあたしを見てるみたい」

だがそうではない人もいると、リディルは知っている。

――入れ墨を完成させてはならぬ。愛しい我が妃――。

魔力よりリディルが大事だと、王は言ってくれた。ガルーはそういう人にまだ出会えていないだけだ。

「出会った人が悪かっただけ。あなたは何も悪くない。少なくとも、私が一生あなたに感謝するよ。ガルー」

王を想うようにはできないけれど、ガルーは恩人だ。もし魔法円を繋ぐことに失敗しても、リディルが生きている限り、彼女に同じ感謝を捧げ続けるだろう。

苦笑いの気配があった。そしてひとしきり咳き込んだ。

はーはーと息をしながら、ガルーは言った。

「イル・ジャーナ王がもしもあんたにひどいことをしたらあたしが許さない。必ず言っておいでよ？　あたしが直々に呪ってやるから」

いつもの威張った口調でそう言って、ガルーは笑った。

身体の奥まで痛みが刺さり、さんざん神経を焼いたあと抜き取られる。また新しく針は刺さる。震えが治まらない。痛さを通り越して、頭がおかしくなりそうだ。汗は流れ続け、身体は冷え切っている。歯を食いしばりすぎて、口が二度と開かなくなりそうだ。

金の台座に刻まれた誓いと、短く優しい手紙の言葉を代わる代わるに読み続ける。呪文のように、心の核のように。

「夜明けまでには終わると思う。頑張れる？」

「はい……。あなたは？　ガルー」

ガルーの咳は酷くなっている。声も掠れてつらそうだ。

止めるべきかと尋ねたら、ガルーは「やりたいことはやるし、やりたくないことはやらない」と魔法使いらしく気まぐれに言ったのだった。彼女の言葉に甘えることにした。痛みのあまりふさわしい言葉が出なくって、あとでよく礼を言おうと誓いながら。

「……まあなんとか」

彼女の強がりかもしれないが、今は任せるしかない。

吹雪の音がしている。

氷の天幕を軋《きし》ませ、甲高い風の音で叫んで空で暴れ回っている。

魔法円が繋がる気配はない。最後の一針が終わるまでわからないと言われていたから、今の自分にできるのはやはり、手紙を握りしめて、王の無事と魔法円の完成を祈ることだけだ。

「——針を抜くわ」

夜明け前、ガルーが言った。

氷の膜の向こうがほの白い。

「……」

痛みと疲労で、頷《うなず》けたかどうかもわからない。爪が食い込んだ手首から血が流れて固まっている。服の布を噛んだところは、噛みちぎれて穴が空いていた。

寒い。痛みが酷すぎて痺《しび》れたように身体が動かず、自分の身体ではないようだ。

「……成功したかどうかはわからない。でもこれが私の精いっぱいよ」

ありがたいことを言って、ガルーは静かに最後の針を抜いた。

「どう？」

どう、と言われても——と、ガルーを振り返ろうとしたとき、背中がわっとあたたかくなった。

「……！」

リディルは目を見張り、生き返ったように思い切り息を吸った。

息ができる。痛みが遠のく。身体に血のような力が巡っている。身体の中の光の粒、生命の源が急に血に温められて息を吹き返すようだ。

「寒く……ない」

皮膚がおかしいのではない。全身の血管に乗って魔力が巡っている。気温が低いのはわかる。でも寒くない。

この吹雪の中でも生きられる――！

驚いてガルーを見るリディルに、ガルーは「よかった」と子犬を見るような目で面白そうに笑った。そして不意に手から、緑色の光が溢れたのだ。

「あっ……！」

癒やしの力だ。指先から、手から、手首の先からとめどもなく溢れては、空へ立ち上り、どこかへ消えていく。

リディルははっとしてガルーを見た。

「この魔力は王に届いているのでしょうか⁉」

「さあね。身も心も契ったのならそうじゃないかしら。扉を通じて、そこに繋がっているはず」

「ガルー」

とっさに彼女の手を握ろうとした。自分のために病が酷くなってしまった。少しでも彼女を癒やさなければ。

だが、彼女はリディルの手を軽く払った。

「王の癒やしを横取りするつもりはないんだ。馬に蹴られたくないからね」

「しかし」

「あたしは大魔法使いだよ？　あんたの魔力なんて貰《もら》わなくても自分でなんとかする」

そう言われて、失礼だったと、リディルは恥じ入った。

「《扉》は開けられるようになった？」

「いいえ。今は何も。何も見えません」

「ふむ」

ガルーは首をかしげてリディルの光る手の先を見た。

「魔法円は修復できた。でも大魔法使いの力はそんなものじゃないはずだ」

「記憶が戻っていないから……？」

「そうね。扉は開かない？」

「はい。開きかける……気はするのですが」

感覚的な話だ。扉は見えない。だが魔力はそこからリディルの背中に流れ込み、リディルの体内で癒やしの力に変換されて溢れている。

「七割、ってところか……。魔法円もずいぶん変則的な使い方をしていたようだし、傷ができる前はずっと古傷で閉じていたんだろう？」

「はい」

「コツが摑めれば、きっかけがあれば——記憶が戻れば元々の力を引き出せるようになるかもしれない」

「その記憶を取り戻すために、扉を開けたいのですが」

「そっか、ややこしいねえ」

具合が悪そうに頭を抱えながら、ガルーは咳き込んだ。

「一休みといきたいが、ぼやぼやしてたら天幕ごと雪で埋まりそうだ。宿屋で貰った服は置いていきな。もういらないだろう？」

「はい」

着込んでいた服を一カ所にまとめて立ち上がろうとしたとき、またひときわきらめいて、癒やしの力が立ち上った。

リディルは氷の膜ごしに、吹雪に覆われた明け方の空を見た。

この山を下ればアイデースの国境だ。その先——王城まで何日かかるだろう。王は、イル・ジャーナは、今どうなっているだろうか——。

考えてもしかたがない。歩かなければ。

†
†
†

リディルが、胸に挟んだ手紙に手を当てて決心したとき、ガルーが言った。

「早速だが王妃。肩慣らしだ。あんたが引き返さないとなると、がんばって進まなきゃならない」

「城門を閉じよ！　一人も入れるな！」

城の跳ね橋についた綱が巻き上げられてゆく。ギリギリと軋んだ音が響く。悲鳴が上がる。一斉に矢が射かけられる。必死に橋に飛びつくイル・ジャーナ兵とガルイエト兵。持ち上がってゆく橋に投石器で石が投げつけられては跳ね返されて、どぼんどぼんと水しぶきを上げて壕《ほり》に落ちている。

城の庭は、両軍の兵で入り乱れている。

「生かしたまま捕らえよ。捕虜にするのだ！」

「投降しろ！　もう逃げられぬ！　死にたくなければ投降せよ！」

鋼を打ち合う音、悲鳴と怒号が飛び交っている。

大軍に攻め込まれる前に、イル・ジャーナ城は橋を上げることに成功した。城壁は高く、周りに壕があるために橋を上げればあと半月は保つ。城内に侵入した敵兵を一掃すれば息がつける。

イドは、剣士用の鎧《よろい》を着てヴィハーン隊として戦っていた。

——我が城と、我が王を助けてくれ。高貴なるエウェストルムの剣士よ。

王が留守中の戦闘で、ヴィハーンが大怪我をした。まだ戦えると言い張るヴィハーンを引きずって戻ったのはヴィハーン隊の手柄だ。彼こそがイル・ジャーナ軍の要。雷王グシオンを欠いた戦場がなんとか保っていたのも、彼の采配によるものだった。そのヴィハーンに頼まれた。

――門を閉じよ。籠城いたす。

病床の王の決断はそうだ。

イル・ジャーナ軍はもう戦えない。籠城し、小規模の奇襲を繰り返しながら、相手が諦めて引き返すのを待つしかない。

幸いイル・ジャーナ城は籠城に向いている。堅実な蓄えがあり、武強国だけあって城門が堅い。山城ほどではないが、十日から半月、運がよければひと月以上、ここに籠もって戦うことができるだろう。

だが籠城というのは基本的に、援軍を待つための時間稼ぎだ。その見込みがないイル・ジャーナにとってはわずかな延命を意味するだけだった。相手の兵糧が尽き、空腹に耐えかねて国に帰る可能性はどのくらいだろうか――。

「おおお！」

敵城の庭に閉じ込められて、死に物狂いな兵と打ち合う。

「投降しろ！　私に斬られたら必ず死ぬ！　投降すれば帰れる可能性がある！」

呼びかけながら戦うが、敵は応じる気がないようだ。

イドは大柄な兵士と打ち合って、その肩口に剣を振り下ろした。肩の付け根――鎧の上からでも関節を叩けば腕が痺れて上がらぬはずだ。目算通り、敵兵はイドの目の前に剣を放り出した。急いで拾おうとしたところに剣を突き出す。背後から、仲間の兵が彼を羽交い締めにして、腕に縄をかけた。

「お見事です、イド殿！」

「……私は一応、文官なんですが」

肩で息をし、引きずられてゆく敵兵を眺めながらイドは呟《つぶや》いた。文官だが今はそうも言っていられない。そもそも文官として仕える我が主《リディル》がここにいない。

息つく間もなく視界の端に、敵兵二人と斬り合う味方が見えた。そこに飛び込んでイドは叫ぶ。

「こちらは引き受けた、離れて！」

背中合わせに戦おうとする彼らを引き剝がし、壁際に追い詰めて剣を弾き飛ばした。味方の兵がそれを拾うのを見てから、次に揉《も》めているところに走ろうとする。そのとき背後から腕を摑まれた。

「イド殿！」

「カルカ殿……？」

「あなたは城を出て、リディル王妃を捜しに行きなさい」

「何だって？」

「王の命令です。あなたか、さもなくば私が」

突然の、そして目のくらむような誘いだ。

リディルを捜しに出かけていいと王が言う。心底心配だ。王も、自分もアイデースの手前の宿屋を断腸の思いで去った。だから——だからこそだ。

「いいえ。リディル様捜しにはエウェストルムから兵が出ました。私は私の責任を果たします。我が主《あるじ》に代わって、グシオン王に恩を返します！」

グシオンは体力と時間の限界までを尽くしてリディルを捜してくれた。その上で、自分たちは城に戻ったのだ。それを今更この窮地のイル・ジャーナを離れ、リディルを捜しに行くことはできない。

本当は、今すぐリディルを助けに行きたい。だがイドはアイデースの手前の雪野原を見た。あの雪原を、雪山を越えて、当てもなくアイデースへ踏み込んで、リディルを捜し出せる気がしない。

諦めよう。限界まで捜したはずだ。これ以上はもう。

振り払おうとする脳裏に、リディルの小さいころの泣き顔を思い出した。

——イドーぉ……！

膝を擦《す》り剝《む》いたと言って、大泣きをしていた心細い声を思い出した。泣いているだろうか、雪の中で迎えを待っているだろうか。だが捜す宛てがない。見当もなしに彷徨《さまよ》うには、アイデースは広すぎる——。

この戦場には王もヴィハーンもいない。一人でも剣士は欲しいはずだ。

「馬鹿ですか。責任を取るべきはあなたです。それに、ここは——もうだめだ」

「カルカ殿」

カルカらしくもない弱音に、眉をひそめたとき、彼の背後から襲いかかる人影があった。

「あああ！」

雄叫びを上げて、剣を振りかぶってくる。

イドはカルカを押しのけ、敵兵の剣を受けた。

「下がりなさい、カルカ殿、あなたが勝てる相手ではない！」

確かにカルカは剣を操る。だが城内で暴れてこいと送り込まれた兵たちは兵の中でも屈強で、剣技に優れた者たちばかりだ。本格的に剣技を積まなければ、嗜み程度の腕では弾き飛ばされて終わりだ。

カルカは逃げたのかと、気配を探ると別の誰かと剣を交えていた。もう一人潜んでいたのだろう。気づかなかった。

「逃げ、ろ、カルカ殿！」

敵は兵に任せてカルカは逃げたほうがいい。そう判断しながら目の前の敵の脇腹を突き、肩裏を叩いて剣を落とさせる。

振り返ったとき、ちょうどカルカが剣を弾き飛ばされたのが見えた。

「！」

イドは大きく敵に踏み込み、真上から敵兵の腕を叩きつけた。

「ぐああ！」

鎧はあるが、骨を砕いた感触がした。剣も地面に落とした。それをカルカが遠くに蹴りやる。

ほっとした瞬間、その兵がいきなり飛びかかってきた。避けきれず押し倒される。兵はイドに馬乗りになり、殴りかかろうとする。

「イド殿！」

味方の兵が駆け寄ってきて、数人がかりで敵兵の背中に飛びついた。

敵兵は呪いの言葉を吐きながら、腕を掴まれイドの上から引き剝がされた。唾を吐き、卑猥《ひわい》なことを喚きながら引きずられてゆく。

「イド殿！」

引《ひ》き攣《つ》った顔でカルカが飛びついてくる。

イドは地面から起き上がるとき、感触を確かめて、やはり、と息をついた。

膝を痛めた。足首を折ったかもしれない。思いがけない方向から飛びかかられて、身体を捻《ひね》る暇がなかった。イド自身と、鎧を着た重たい兵士の体重を、全部左足にかけて捻ってしまった。

「ん――……！」

立ち上がろうと思うが膝を立てることすらできない。足が動かない。こうしている間にもドクドクと膝から下が脈打って、皮膚の中で血液が漏れるのがわかる。

痛みからか、不安からか、身体の中で抑えつけていた震えと本音が吹き出した。

「……頼んでもいいか。リディル様をお願いしても……？」

本当は――城に紛れた兵たちを一掃したら、王の言葉に甘えるつもりだった。もう一度だけ、リディルを捜させてくれと頼み込むつもりだった。

「イド殿」

「この城の中で、王と私の次に、リディル様をよくご存じなのはあなただ。お願いしてもいいですか」

カルカは嫌そうな顔をした。

「……捜さなかったらどうするのです。この機に乗じて、役立たずになった王妃を暗殺したらどうする気なのです」

「あんたはそんなことしない」

そうするつもりならいつだってできた。婚礼の前も、あとも、リディルを殺すつもりなら、カルカにならいつだってできたはずだ。そうしなかったのは『王が望んだから』だ。王の幸せに尽くす。それが彼の望みだからだ。

その王が、自分かカルカ、どちらが捜しに行ってもいいと言うのならカルカに頼みたい。この足では長い距離を歩けはしないが、庭で剣を振り回すことくらいはできる。

カルカは、憂鬱な顔をした。

「こちらとしても、私がいない城にあなたを残して離れるのは心配です。王が重傷なのをいいことに、あなたが王を暗殺しかねない。王の首を土産に、リディル様の命乞いをするかもしれない」

「カルカ殿」

「でも、私と同じ。だから、しない」

カルカはまったく自分と同じ結論を出した。王の、王妃の心を誰よりも知るから、自分たちは互いが仕える主の伴侶を殺したりしない。主の苦しみがわかるからだ。主の希求がわかるからだ。それが一生取り返しのつかないことだと知っているからだ。あなたのためだとどれほど言い聞かせても、彼らは自分たちを許さないだろうし、そのせいで自分たちは己の主を失うことになるのがわかりきっている。何より彼らの幸せを祈っている。

イドは地面に這いつくばったまま、カルカの手を両手で包んでそこに額を押し当てた。

「リディル様を、頼みます――……」

自分の代わりはカルカしかいない。もし、この城で誰でも好きな人に頼んでいいと言われてもカルカを選ぶ。

カルカなら捜せる。その知識と頭脳で、自分よりもうまく、自分よりも辛抱強く。

救護の兵が走ってきた。

「イド殿。お怪我ですね。足ですか？」

イドが、左足を捻ったようだと告げると、兵はイドを背負った。背中にしがみつく動作でさえ容易ではない。左足をまったく地面につけない。

兵の背中ごしに見るカルカは、いつも通りの面倒くさそうな冷たい表情をしていた。

「わかりました。それにしたって何でこんなじゃじゃ馬に育てたんですか」

「……面目ない」

「あなたの苦労が少しわかりましたよ」

「カルカ――」

カルカは、地面に落としていた剣をしゃん、と音を立てて鞘《さや》に収めた。

「城を――王を頼みます。イド」

背中を向け、準備のために城内に帰ってゆくカルカに、イドは答えた。

「……命に代えても」

† † †

あのあとガルーが目の前に壁を立てはじめた。天幕を降ろしたときのように、木の枝から水を滴らせ、大きな鏡のように丸い氷の板をつくった。大きさは二人の全身がゆったり映るくらいだろうか。

風よけにでもするつもりだろうかと思いながらそれを見ていると、その鏡に魔力を注げとガルーは言った。理由を訊いたら「なんでなんでって、子どもなの？」と叱《しか》られた。

できるだろうかと思いつつリディルは手を伸ばした。注ぐも何も、半ば吸い取られるようにリディルの魔力がその氷の板に吸収されてゆく。森を大きく振動させるほどの強大なガルーの魔力も注がれて、氷の板が光りはじめた。

木々に積もった雪が滝のように落ちてくる。雪崩《なだれ》が起こりそうな地鳴りがする。

光る瞳を青く揺らめかせながら、ガルーは厳しい横顔を見せた。

「結界があるのは王城の周りだけのようだね。ロシェレディア皇妃には国全部を守る余裕がないと見た」

ガルーの見立てに不吉な予感を覚えていると、「いくよ」と言ってガルーが光る氷の鏡の中に入ってしまった。

驚いてリディルが鏡に手で触れようとすると、手はそのまま鏡を突き抜け、前のめりに雪の地面に手をついた。

氷の壁を突き抜けた。

あっと背後を振り返ると背後に鏡はなく——ただ果ての見えない雪原が広がっている。

雪山はどこへ行ったのだろう。

池の中に放り込まれたようにまったく違う世界が広がっている。森がない。山がない。同じなのは一面の銀世界ということだけだ。

呆然《ぼうぜん》とうしろを眺めていると、驚く時間は終わったとばかりに頭上からガルーが言った。

「さっきの山はそう。そっちだ。そっちの果ての果ての果ての果て。吹雪でまったく見えやしないけどね」

さらに驚くべきことをガルーは続ける。

「ここはもう城下町のすぐ手前さ。と言っても見なよこの雪。何が何だかわかりゃしない」

まだ信じられずにリディルは口を開けたまま周りを見回す。

ガルーが言うとおり、本当にここは街だった。

地面は平らで両脇に雪に埋もれた家があり、吹きさらしになった風車がある。井戸だったらしい塔もある。地面にまっすぐ凹《へこ》んだ筋は、道なのだろう。

あの山からここまで一瞬だ。何日も——下手をすれば十日以上もかかるはずの吹雪の氷河をたった一瞬で飛び越えた。

「本当に……？」

雪の中によろめきながら咳をするガルーが呻《うめ》いた。

「……もう看板だ。店じまいだよ」

顔が本当に疲れている。青い目の化粧の周りは黒くくすんで、髪の毛先が雪につきそうなくらい背中を丸めてふらふらしている。

カンバンという意味はわからないが、力を使い果たしたと言いたいらしい。

「不完全だが、あんたの魔力が回復したからできたことだ。今のあたしじゃ、二人は連れて飛べないからね」

「飛ぶ、とは？」

先に歩きはじめたガルーを追いながらリディルは尋ねた。

「見ての通りだ。山とここを繋いで間を渡ってきたのさ。国境の向こうから城下町まで、真面目に歩けば五日、いや吹雪だから八日はかかるね。そんなに歩くわけないだろう」

それをあの一瞬でくぐってきたというのだ。

感覚的には、紙の両端を持ち上げ、近くなった両端の間を飛び移ったという感じだろうか。

「飛び地って言うんだよ。聞いたことはないかい？」

「……いえ。初めてです。兄が、何らかの魔法を使って、皆より短い時間で移動できるのは知っていましたが」

兄はこうしていたのか——。

リディルが小さい頃、時折ロシェレディアから『帰る』と短い手紙が届いたものだ。それを持ってリディルがステラディアースの元に走ると、ほとんど同時にロシェレディアはエウェストルム城に現れるのだった。王妃らしく（でもたった一人で）王城の正門から入ってきたり、誰もいない玉座にぽっつりと座っていて女官を仰天させたり、ずっとそこにいたように窓辺に現れたり。

ステラディアースと『本当はロシェ兄様が自分で手紙を持って来ているのだ』とか、『自分がアイデースを出発して、しばらくしてから手紙を出しているのだ』とか、『女官が直前まで手紙を隠しているのだ』とか色々秘密を探ってみたが、ロシェレディアは笑って唇に指を立てるばかりで、彼が突然現れる絡繰りを教えてくれなかった。

「すごい……！　これならもう時間はかからないはずです！」

「バカをお言いでないよ。さすがに王城付近は結界がある。あとは歩きだ。二日はかかるか」

「えっ⁉」

リディルははっと王城のほうに目を向けた。

吹雪の向こうに山のような白い盛り上がりがある。王城の影だ。大きさからして近いと思ったが、吹雪で距離感が狂っているらしい。リディルの想像にはないくらい、大きな城のようだ。改めて見ると遠いのがわかる。たまたま雪がやんでいてあのくらい見えるのだ。雪が降ればかき消えてしまうほど遠い。

リディルは城を眺め、ゆっくりと身の回りに目を移した。

時間が止まったような白い世界だ。人も、馬も、植物さえも動いていない。

「王城の城門は開いているでしょうか」

ふと不安になった。

そこまで歩いたとして、無事に城に入れるだろうか。城門は、跳ね橋はどうなっているのだろうか。

ガルーが咳をした。リディルははっとして彼女の背中をさすった。何か言い返したそうなガルーは、咳が続いて口が利けない。無理はさせられない。

「いいよ……。大丈夫だ。行こう」

リディルたちは、踏み出せば粉が舞い上がるような、さらさらした雪の上を歩きはじめた。身体の中に魔力を回していても凍えるほどに寒い。

雪がせせらぎのように、積もった雪の上を流れる。深い雪は、ガルーが固めてくれた。魔力が血管の隅々まで循環し、肌を薄く包んでいるからなんとか堪えられるくらいだ。引き剝がすように寒風が体温を奪うほど、同時に魔力で体温を生み出す。

王城の影は少しずつ近くなっている。雪に埋もれた建物も大きくなっていた。滑らない歩きかたも覚えた。

陽《ひ》はだいぶん傾いたが雪がやんだ。代わりにぐんと気温が下がった。

紺色の空が現れる。月は二つ。

「魂《ラウフ》の月が出ている。あれから力を貰おう。光を縒《よ》ってひとすじ引き寄せ、胸の辺りで渦を巻く想像だ。できる？」

「……はい」

ガルーに教えられながら、リディルは空に昇りかけた二つの月を見上げる。

大きなほうが『天体の月』。小さなほうは、この世界の魂が空に昇り輝く『第二の月』。星のない夜に顔を出した月は、凍った世界でなお白く、しんしんと音がしそうに強く、リディルたちを照らしている。明日は満月だ。降り注ぐ魔力が強い。

リディルは空に手を伸ばした。

魂の月は毛糸玉のようにほどけ、ひとすじリディルの中に流れ込んでくる。ガルーが言ったように、光るそれを胸の中で渦巻かせ、身体に染みこませてゆく。

身体が温かくなり、空腹感が薄れる。眠気が去る。疲れが溶けて身体が軽くなる。

「上手い上手い。そんなによくできるのに、本当に扉が開かないのかい？」

「はい」

これは扉を開けた者にしかできないのだそうだ。魂《ラウフ》の力で寝食をしなくても大丈夫らしい。慣れれば数カ月、リディルは身体が慣れていないから数日と見込んだほうがいいだろうとガルーは言う。

だから休まず歩けた。普通の地面のように、まわりの吹雪が他人事《たにんごと》のように、銀色に凍った世界の中で二人は歩く。ただ、ガルーの具合が急に悪そうになってきた。「無理はしなくていい、ゆっくり歩いてくれ。休んでもいい」と伝えたのだが「急がないとあたしが死ぬだろ⁉」と叱られた。

音を吸い取られたような雪の夜に、自分とガルーの足音だけがある。

本来なら関所が何カ所もあるのだが、建物は雪で埋まり、人の姿も見当たらない。

「こんなに静かだと気味が悪いね。本当に誰もいないのかい？」

どこにともなくガルーは呼びかけて、ポケットから取り出した耳飾りの片方を握り込んだ。ぱしん！　と親指で弾くと遥《はる》か遠くの塔に当たって、月夜の下にパン！　と雪を飛び散らせた。リディルはあっと声を上げた。

キュリの周りから黒い鳥を追い払ってくれたときは、てっきり本当に耳飾りを飛ばしたのだと思ったが、魔力が回復した今なら見える。あれは耳飾りを包んだ魔力だ。耳飾りはただの核で、ガルーが飛ばしたのは魔力の礫《つぶて》なのだった。

「耳飾りが飛んだと思ったのかい？」

ガルーがからかうように笑うのに、はい、と照れくさくリディルも笑った。

そんなことをしても、雪の世界からは何の反応もない。

誰もいない。何も動いていない。吹雪の中には影さえ生まれない。動いているのは雪の破片とリディルたちだけだ。

月影で光る銀色の世界を歩いていると、やがて建物が増えはじめた。相変わらず誰もいない。暮らしの様子があるだけに、無人が際だって奇妙だった。

そしてとうとう人の姿を見つけた。リディルは大きく息を呑《の》んだ。

「尋常じゃないね……」

何もかもが白く凍りついている。

家も、井戸も畑も、人も、兵士は刀を打ち合った形のまま凍りついている。馬も片脚を持ち上げたままだ。

普通の寒さではない。意図的な魔力がしみ通った寒さだ。

「急に凍ったんだ。逃げる間もなく」

あまりの風景に、絶句しながらリディルはアイデース城を目指した。

街のそこここに凍った人は増えていった。石膏《せっこう》の像のように白く、鮮明に、一瞬の動きを止めている。兵士、街の人、逃げ惑う様子の物売り。翼を広げたままの鳥が落ちている。

兄に、何があったのだろう。

この冷たさはロシェレディアのせいだというが、本当だろうか。

城の方角を見たとき、向こうから誰かが駆けてくるのが見えた。

白い、少年くらいの大きさだ。だがものすごい速さでこちらに近づく。

「……下がりなさい、リディル」

ガルーがリディルを庇うように手を出した。

息を呑む間に目の前に駆け込んできたのは、十五歳くらいの少年の人影だ。

身体が氷でできていて半透明だ。

彼は氷が打ち合うような、震えない声帯で言った。

――立ち去りなさい。さもなくば凍る。

そう言い残して身を翻す。止まった世界の中で、白い影は来たときよりも速く、城のほうへ消えていった。

「あ……あれは……兄です……」

呆然とリディルは呟く。

リディルの記憶のいちばん底にある、若い頃の兄だ。

ロシェレディア新皇妃。そう呼ばれていた頃の兄の顔と同じだ。

銀髪の美しい兄で、『月光さま』というのが兄のあだ名だった。氷のような薄青の瞳、白い肌。本当に雪と月光でできているような姿の人だった。

「あんたのお兄ちゃんは氷なのかい？　リディル」

ガルー特有の苦笑いでそう言ったあと、ガルーは身体を折って咳き込んだ。先ほどからだいぶんつらそうだ。

「ガルー。大丈夫ですか？　城までもう少しあります。休みましょう」

両脇には家や小屋が並んでいる。中の人は凍っているだろうが、扉の中に入れてもらえるだけで楽になるはずだ。少しだけでも横になったほうがいい。

「いいって。急がないと、あたしも多分、もうそんなに――」

ガルーは激しく咳き込んだ。リディルが背中をさすろうとしたとき、ガルーは雪の上に、黒い液体を吐いた。

墨が混じっているような血だ。彼女の病は皮膚だけでなく、身体の中も冒しているのだ。

「ガルー！」

ガルーは苦しそうに、白い地面に何度も何度もぼとぼとと血を吐いた。肩で息をしながらアイデース城がある方向を見つめる。視線が弱々しかった。

「私のせいでしょうか。飛び地をしたから――！」

「いいや……。あたしは鏡を用意しただけ。越えたのはあんた自身の力だ、王妃。七割しか出てないっていうのに、大した力だよ」

「でもガルーは私の魔法円も修復しています。疲れたのではないでしょうか」

「かもしれないね。でもそれはあたしが選んだんだ。それでいい」

彼女にどうお礼を言えばいいかわからない。少なくとも自分のせいで、ガルーは余計に消耗してしまった。なんとかして彼女を助けなければ――。

　また雪が降りはじめた。

「まだ……ずいぶんあるね」

　口元を血で汚し、弱々しい声でガルーは呟いた。見えにくそうに目をすがめている。

「ガルー。あなたはここにいて。もし、城が無事なら、必ず迎えに来ますから」

「馬鹿だね。これが無事だと思うかい？」

　ガルーは袖を挙げてリディルに見せた。

　布が白く凍っている。はっとして自分の袖や、裾を見るけれど、皮膚から少しでも離れているところには、霜がついて白くなっている。大魔法使いのガルーにも、こんなに身体に魔力が巡っているリディルにもだ。氷の力は自分たちの力を完全に上回っている。

「城に行けば何があるか、わからないよ？　魔物がいるかもしれない。一人で入るつもりなのかい？」

　諫《いさ》めるような問いかけに、リディルはしっかりと頷き返した。

「……大丈夫。兄が中にいるようです」

　先ほどの使いで確信した。この世界を支配しているのはロシェレディアだ。

　雪は、あっという間に激しくなった。

　満ちかけた月の下に吹雪《ふぶ》く、ありえない雪だ。キラキラ光りながら飛び去ってゆくのは、雪と言うよりほとんど氷の粉だった。

「ここで待っていてください、ガルー。私が帰ってこなかったら、あなたは引き返して」

すぐ側の小屋を覗いてみた。扉は開いていて、いろんな道具が置かれていたが、中には誰もいなかった。

ベンチがあったからガルーをそこまで支えながら歩かせた。今まで気がつかなかったが、ガルーはかわいそうなくらい痩せている。こんな身体で、自分の魔法円を修復してくれ、飛び地を使ってここまで連れてきてくれたのだ。

風から守られるだけでもだいぶん楽だろう。まだ身体を温める力くらいはあるはずだ。

「気をつけて。魂《ラウフ》があなたにやさしくありますように」

ガルーの手を握って祈ったあと、リディルは小屋を出た。

あの、ロシェレディアの使いを追えばいいのだ。雪は深いが、両脇に家が建ち並んでいるせいで、道はわかる。

月に照らされながら朝まで歩いた。

蕩《とろ》けた世界と二つの銀の月。

陽が上がると真っ白になった。眩《まぶ》しくて物の輪郭がわからない。夕暮れになると空が暗くなって雪の形がわかるようになる有り様だ。

世界の終わりのように静かだ。生命のにおいがまったくしない清浄で残酷な空間だった。

建物の陰で休み、方向を失わないよう吹雪の時間を避けて進んだ。

城下町の、大きな道を辿っていくと城があった。

氷でつくったような真っ白な、月の光を照り返して輝く氷の城だ。

このあたりになると争っている兵はますます多く、槍に刺された状態で凍っている兵もいる。口を開けたまま逃げ惑う者もいた。馬があちこちで固まっている。

跳ね橋は下り、王城の門は開いていた。

戦争は終わったあとのようなのに、浮かれた格好の者と怒りの形相の者がいる。

リディルを止める者は誰もいなかった。

雪の庭を横切る。不思議なことに門から続く道には、誰かを待っているかのように、雪はうっすらとしか積もっていない。

扉も鍵はかかっておらず、魔力でまわりを少し溶かすだけで、簡単に開いた。

開いていても誰も来ない。この異常なまでの低温で凍りついた世界を訪れられるのは――大魔法使いくらいだ。

入っていいと言われているようだった。あるいは力があるなら助けに来てくれと呼ばれているようでもあった。

凍りついた玄関ホール。壁からたえず、キラキラと氷の粉が落ちている。

身体に魔力を回していても凍えそうだ。息が白い。生み出す体温より氷の魔力のほうが強い。

アイデース城は大きかった。

入り口の大ホールだけでも見渡すほどで、エウェストルムの小さな城がいくつ入るかわからないくらいだ。

人の気配はまったくない。雪に吸われて音がしない。静まりかえった広間に、リディルの足音だけがこつんと響く。

ロシェレディアはどこにいるのだろう。

奥へ進もうとすると、またあの兄の姿をした少年が、正面から滑るようにやって来た。

——あなたは誰？　大魔法使い？

二人目の兄の分身はリディルにそう尋ねた。

「リディルです。ロシェレディア兄様」

——……リディル……？

分身はそう呟くなり、またすごい速さで目の前から去り、両脇から曲線を描いて上る階段を、風のように駆け上がった。

あの上か。

リディルは肺が凍りそうな空気を思い切り吸って、叫んだ。

「ロシェレディア兄様。私です、リディルです！」

声は凍った城に響き、しん、という無音だけが返ってきた。

そのときだ、リディルの目の前にキラキラしたものが降ってきた。

「わ――……！」

それは急に人の形を取り、先ほどよりも明らかにロシェレディアらしい、男の――半透明の美しい男の人が現れた。

水色の瞳が、銀色の睫《まつげ》に縁取られている。ぽつんと赤い唇。癖のある銀の髪に縁取られた頬。

――リディル。……リディル？　なぜ、お前がここに？

「ロシェレディア兄様！」

手を握ろうとするが、摑んだ場所は氷の粒だ。はっとして前を見た。目の前の兄の頬も、瞳も、よく見ると、氷の粒が光で色づいているだけだ。

「兄様を助けに来ました。そしてひとつ、お願いがあって――」

そう言った途端、頬に涙が零れた。

あたたかいままリディルの頬を伝い、皮膚を離れた途端氷になって、かつん、と床で音を立てる。

「大切な人のことを忘れてしまいました。魔法円は繋がったはずなのに、魔力がうまく、回らなくて」

魔法円が繋がれば扉が開くはずだ。扉が開けば記憶を取り戻せる。そう思っていたのに、これ以上何も思い出せない。扉が開かない。何かが足りない。

——何があったの。お前はどうしてここへ？

リディルは切れ切れに、イル・ジャーナのことを話した。

イル・ジャーナに輿入《こしい》れをしたこと、王に愛されて幸せに暮らしていたこと。

大怪我をしてまで自分を助けてくれた王のことを忘れてしまったこと。イル・ジャーナはガルイエト帝国に攻め込まれ、今この瞬間にも滅亡してしまいそうだというのに、自分は何もできないこと——。

——兄様。どうして助けに来てくれなかったの——？　という言葉をリディルは呑み込んだ。手紙をくれないという兄のことを、寂しく、薄情だと思っていた。だがこれを見ると、兄が抜き差しならない状態なのはわかる。

キラキラ光る、兄を映した氷の集合体は、粒がぶつかって声のような音を立てた。

——かわいそうだけれど、立ち去りなさい、かわいいリディル。私には何もしてやれない。

イル・ジャーナ王の言うとおり、エウェストルムに帰るのが一番いい。

「いいえ、このままでは帰れません。たとえ私の記憶が戻らなくても、兄様をこのままにしてはおけない。ロシェ兄様は？　アイデースに何が起こったのですか⁉」

本当に久しぶりに会う大人の姿のロシェレディアは、氷の粒のまま憂えた表情をした。彼が視線をやった先に、氷の板と成り果てた白い壁がある。そこにふっと物語のような絵が映った。窓の向こうを覗いているようだ。絵は生き物のように鮮やかに動く。

戦争の風景のようだ。今夜のような、二つ月の昇った夕刻のことだ。

喜びの声を上げているのは、アイデースの兵士だろうか。

太陽が傾き、残照の中に松明《たいまつ》の明かりが際立ちはじめる。

見事な甲冑《かっちゅう》を纏った、燃えるような赤い髪の王。そして隣にいるのは、ロシェレディアだ。

降伏を示す巻紙が高い台に掲げられ、その下にはガルイエトが敗北の印として差し出した旗が畳まれている。アイデースの戦勝を伝える伝令の馬はひっきりなしに出発し、気の早い国から戦勝祝いが届けられる。

王が正式に、アイデース帝国の勝利を宣言するところのようだった。

音は聞こえないが、皆が声を上げているのがわかる。雄叫《おたけ》びを上げ、槍を突き上げる。跳びはねて抱き合う。

勝利を祝う、地鳴りのような声だ。遠くの丘の方には、ぼろぼろになった敵国が波のように引いてゆくのが見える。あの紋章――あの馬の設《しつら》え――間違いなくガルイエトの軍勢だ。

場面は、一本の木の上だった。若い兵士が弓を引いている。

矢全体が燃えている。どす黒く粘つく紫の炎。矢の鏃《やじり》は呪いの鏃だ。あまりにも呪いが強いせいで、若い射手の腕や顔は溶け落ち、骨が見えている。

弓の先が見えて、リディルは息を呑んだ。

鏃が狙っているのはロシェレディアの胸だ。

弓が絞りきられ、指が離された。

リディルが悲鳴を上げかけたとき、隣の王が動いた。

ロシェレディアの腕を摑み、彼を背に回す。

呪いの矢は、王の胸を貫き——王は一息に燃え上がった。

ロシェレディアの悲鳴を聞いた気がする。その次はすでに凍りはじめる城の様子だった。

ロシェレディアたちを中心に、城が凍ってゆく。

テラスが、階段が壁が。庭が、城壁が、堀が、街が、人が——。

水滴を水に落としたように、氷の波紋は一気に国中に広がり、一瞬あとは——静寂だ。

一面の氷の上を、白い冷気が撫《な》でる。

これが王の呪い。アイデースの真実——。

呆然とするリディルの耳に、また兄の声が聞こえる。

——呪いの鎌は、その者が持つ力を暴走させる呪い。

——我が伴侶、炎帝《えんてい》イスハンは燃え上がった。身の内にある炎の力が甚大な故に、彼を蝕む炎もまた、手のつけようもないほど高温だった。彼自らの力によって、燃え尽きるまで炎がやまない呪い。私がいるせいで、ますます彼の炎は尽きることがない。

呪いはイスハン王を燃やし、その炎にはロシェレディアの魔力が供給され続ける。

——だが私が呪われれば国は即座に滅びただろう。だから私を庇ったのだ。私を守り、そして国民を守るために。

もしそんな呪いに大魔法使いが射貫かれたらと考えるだけで、終わり以外の言葉が思いつかない。

無尽蔵の魔力を持つ大魔法使いが暴走したらこの国は終わる。扉から魔力を引き出し続け、国を、世界を蝕み続ける。まわりの国々は脅威として、暴走したロシェレディアを討ち果たそうとするだろう。

——一瞬だった。私を庇って、王が。

「それで、兄上はこのように……」

——何もかも、凍らせるしかなかった。王も、国民も、氷に閉じ込めて守るしかなかった。

——氷を解けば、呪いを解く前に、王は燃え上がって死んでしまう。

「そんな……」

ロシェレディアはきびすを返し、奥へ向かって進んだ。リディルはあとを追う。

帝国にふさわしい豪壮《ごうそう》な城だ。天窓があり、壁にはおびただしいほどの壁画が画《えが》かれているが、ことごとく凍って霜を纏っている。リディルが歩くと霜は岩清水のように流れ落ちて、キラキラ壁を光らせた。

長い廊下を歩くと、突き当たりに王の間がある。

大きな扉を開けて、奥へ進んだ。

玉座にもたれかかるようにして一人の男が凍っている。

赤い髪の、大柄な、鎧を纏った男。

身体を捻るようにして、崩れ落ちた姿勢のままここに置かれているようだった。

静かに閉じた目。彫りの深い顔立ち。

胸に刺さった矢全体から禍々《まがまが》しい紫色の炎を上げている。

これがアイデース皇帝。炎帝イスハン――。

――氷で時を止めているんだ。この国は、私の魔力が尽きるまでずっとこのまま。そうするしか、方法がない。

ロシェレディアは白い指で、イスハン王の頬をそっと撫でた。

――いつか尽きる命だとしても。

ロシェレディアの命が消えれば、王はたちまち燃え上がるだろう。そしてどこまでも燃え広がるだろう。大魔法使いほどでないにせよ、イスハンも炎の皇帝だ。城を焼き、国を焼くだろう。止める術《すべ》はなく、運良く国民の命が助かったとしても、外部から攻め込まれてあっという間に征服されてしまう。

ロシェレディアが選んだのは、国ごと氷漬けにして、ロシェレディアが力尽きて先に死ぬことだ。それまでは誰も国に立ち入れない。王は助からないが、国民は助かるかもしれない。

――色々考えたが、他に術がない。氷を保ちながら、これほど強い呪いを解呪するのは無理だ。

ずっと国を凍らせるには途方もない魔力が必要だ。呪いを解くにも魔力が必要だった。呪いの品が身体から離れているなら対象物を破壊してしまえばいいが、呪いの矢は王の身体に刺さっている。呪いを無効にして王の身体から取り除かなければならない。それには大魔法使い相当の魔力が必要となるだろう。

——私を見逃してほしい。かわいそうな我が弟よ。私が消え、王が燃え尽き、国が滅びたら、花を手向けてくれれば十分だから。

「だめです。兄様を助けたい。方法は本当にないのですか⁉」

——無理だ、帰りなさい。イル・ジャーナがお前を守れないのなら、私たちの故郷に。

「嫌だ、兄様を置いていけないよ！」

氷の粒で姿を象《かたど》る兄は、切なそうに目を細めた。

——優しい子に育ったのだね、リディル。

——お前は小さい頃から、いつも他人のことばかり。

「でも私には何もできませんでした。王が討たれたときも、今も」

無力だった。グシオンも、兄のことも、こんなに助けたいと思っているのに。

「私に魔力があれば——……！」

——泣かないで。これが私の運命。

――私にも、もう止められない。外はますます凍りつく。

――早くお帰り。かわいいリディル。

指を象る氷の粒が、やさしくリディルの頬に触れる。

――せめて、無事にここを出られるだけの魔力を渡そう。

そう言って、冷たい粒に押し上げられて、リディルは兄に手を取られる形になっていた。

兄がリディルの手を見て、ふと何かに気づいたような表情をした。

――ああ。これは、母様のモル。

懐かしそうに呟いて、リディルの指に嵌《は》まっている指輪の、台座の文字を読んだ。

――そうか。幸せなのだね。お前を、愛の元へ、帰さなければね。

――私の愛も少しあげる。私が人を愛した記憶だ。少しは温まれるだろう。

兄はリディルの指輪の上に、凍る寸前の液体のような雫《しずく》を一滴落とした。

それがモルに吸い込まれた瞬間、モルは酷く輝きはじめた。緑色の優しい、でも燃えるような光を放ち、宝石の中で凝《こご》ったかと思うと急に膨らみはじめる。

「これは……!?」

――わからない。

ロシェレディアも不思議そうに、指輪を見ている。

指輪は焼けつくほど熱くなり、次の瞬間奇妙な感覚があった。

指をすり抜けてしまう。嵌めている指から零れて床に落としそうになった。リディルは慌てそれを両手で掬《すく》い取った。

指輪は、リディルの手のひらの上で光の粒に溶けていた。命を持った雫のように暴れる光は、リディルを発見し、その心臓めがけて飛び込んできた。そこには王がくれた手紙があった。

光は手紙に染み渡り、突き通ってさらに強く輝いてリディルの身体に入ってくる。

射貫かれたような、染みこむような、強い衝撃を感じて息を呑む。

「――――！」

そんなリディルを春が襲った。

あたたかいものが身体に芽吹く。指先にあった癒やしの力が皮膚の中で猛烈に暴れている。

春が目覚めるようだった。

熱が、光が、癒やしが、力が。

身体の中に満ちあふれ、あらゆるものが目覚めてゆく。

《扉》が見えた。

今まで見たどの扉より、明るく鮮明で、美しかった。

それは少しの重さもなく軽く光り、リディルに向かって大きく開く。

すべての源、すべての記憶に繋がる扉だ。

向こうにあるのはすべての力の泉と呼ばれる世界だ。

花が生まれる。

リディルの手から。身体から。背後に向かって翼のように。嵐のように。

噴き出す色とりどりの花を感じながら、リディルは自分の手のひらを見つめた。

「——……グシオン……」

思い出せる。初めて会った日のことを。

婚礼の夜。初めての朝。繋いだ彼の手のぬくもり。交わした口づけの一つ一つ、囁きの約束の隅々まで。

頬に涙が流れた。今度は凍らずに床に落ちた。

王に会いたい。

全部思い出したと彼に知らせたい。それより先に、彼に愛していると伝えたい。

——リディル。思い出したの？

「ええ。王のことも、兄様のことも、何もかも」

不思議なくらいわかる。兄に起こったことのすべても、そのとき何が起こり、どうなったのかも。

これが扉の奥の記憶。兄の記憶と、世界のすべてと繋がる知識だ。

「ロシェ兄様。イスハン王を助けましょう。この氷を私が支えますから、兄様は、王を助けて」

――支える？　王国ごと凍らせるこの氷を？

「できます」

リディルははっきりと答えた。氷の量が、温度がわかる。これを自分が支えられることも。

自分は今、大魔法使いになったのだ。扉を開け、理《ことわり》を知り、それを使うことができる。

「強い氷だけれど、私がこれを保持しておきます。作り出さないから、保つだけなら平気。だから兄様はイスハン王の矢を抜いて」

――本当に？　……本当に氷から手を離していいの？

「はい。おまかせください……！」

リディルはしっかりと頷いた。

緊張するが、できるはずだ。氷はつくり出さなくていい。今この冷たさを、扉の奥から呼び寄せた魂を巡らせ保てばいいだけだ。

月が昇る。いよいよ魔力が強くなる。

ガルーに習ったように、月から魂の糸を引いて、身体の中に巡らせ、身体の中を安定的に保つ。

指を組み、衝撃に備える。

「――！」

渡された氷は、ずしんと重く、想像以上に大きかった。意識が押し潰され、魂ごと凍ってしまいそうだ。重く、もしもうまく支えられずにひびを入れたら地割れがするのだろう。今更ながら兄の支えているだけでかなりつらい。ギシギシと軋んで冷たく魂を蝕んでくる。

魔力の大きさと、その必死さに身体が震える。

これをたった一人で、よく支えられたものだ——。

差し込む月影に、ロシェレディアの身体が浮かび上がった。——満月だ。

氷の粒の光を失い、絹のような肌が確かにそこにある。

床に影が落ちた。たった二つだけ、彼の足音が聞こえた。

ロシェレディアは　凍った王の腿に膝をかけ、王を射貫いた矢に手をかけた。

「——……ッ……！」

恐ろしい計算速度と魔力だ。絡繰りじみた凹凸を読み、収め、分解しながら王の身体を通る直前で呪いを無効にしてゆく。正確に読み、ときには魔力でねじ伏せる。

呪いの核を読み解きながら、王の胸から炎の矢を抜き取る。

王の身体を通る直前、鏃の炎が消え、パキパキと音を立てて氷に包まれてゆく。ほとんど氷になった矢は、ゆっくりと引き抜かれた。

ロシェレディアは、抜いた矢を高く掲げ、床に放り捨てると次の瞬間、王に抱きついた。

「——イスハン——……！」

泣き声のような兄の肉声が合図だった。

「！」

支えていた氷を離さなければならない。失敗したら氷もろとも建物が崩れる。

だが今のリディルには、氷が何か、わかっていた。どうすれば建物とうまく引き離せるかも。

大丈夫だ。ロシェレディアのつくった氷の純度は高く、魔力が巡っていて恐ろしく硬い。

氷を静かに置く。集中して、鳥の羽毛を床に置くより、もっと静かに。慎重に。

どう、と音がして城が揺れる。城のあちこちで氷が砕けて白い飛沫が上がっている。

「イスハン！　イスハン！　我が王よ」

ロシェレディアが叫びながら王の身体をさすると、王はゆっくりと、夢から覚めるように目を開けた。

甲冑のついた手が、ロシェレディアの背を抱き返す。

「……愛しい……ロシェ。――……我が妃」

「――ああ……！」

ほっとすると、リディルの身体から、春色の花が溢れた。

花々は氷の上に散り、春の気配で氷を溶かしながら、いい香りを放っている。

窓からも噴き出す花々は、月光の下に降り、アイデースの街に降る――。

呪いの矢の傷は、抜いた場所を浄化できれば消えるのだそうだ。これもロシェレディアが瞬時に彼を凍らせたおかげだ。矢の毒がたっぷり身体に回ってしまえば、呪いでなくてもそれが致命傷だ。だが凍らせたせいで、毒は少しも矢から漏れ出ていない。

「そなたは？」

目覚めた王は、不思議そうにリディルを見た。

隣に立ったロシェレディアが紹介してくれる。

「我が弟、リディル・ウニ・ゾハール・スヴァーティ。イル・ジャーナ王妃で、大魔法使いの資格を持つものです」

「それはようこそ。……して、何用で？」

王は永い眠りから目覚めたばかりだ。

自分たちがこんなに必死だったのに王の言葉があまりに鷹揚《おうよう》で、ロシェレディアと思わず顔を見合わせて噴き出した。

ロシェレディアが軽やかなつま先で、玉座を降りて、リディルを抱きしめた。

「リディル。よく来てくれたね。ありがとう――」

「よかった。兄様」

抱き合って喜ぶ自分たちを、不思議そうな顔の王が眺めている。

ロシェレディアの魔法は解かれた。城の氷は溶け、人々が目覚めはじめる。王の生還を喜ぶ声が徐々に大きく聞こえる。

リディルは、城の一室で、ロシェレディアの報《しら》せを待っていた。

胸が熱くなっていた。熱は背中まで突き通り、魔法円を巡っている。魂《ラウフ》の月が力になる。自分の魂はあの扉と繋《つな》がっている。

指輪が消えてしまっていた。

魔法円を修復しても戻らなかった記憶を、あの指輪が繋げてくれたのだ。

手紙は胸に収まったままだった。大事に手に取り、改めて胸に押しつけなおして天を仰ぐ。

「グシオン――」

王の側《そば》に帰りたい。――これが私の道標《みちしるべ》。

久しぶりに会う兄はひどく若く見えた。最後に見た姿――十年前、二十歳頃（にしても若いと言われていた）と同じだ。

常に魂が身体《からだ》に循環していて歳《とし》を取りにくいのだそうだ。そして身体を失ってからはそれもまったく止まってしまったらしい。それにイスハン皇帝も聞いた年齢のようには見えない。よくて三十歳になったばかりのようだ。聞いた年齢よりも四、五歳若く見える。

「イスハンは呪いで、身体に流れる時間が人の十分の一しかないんだ」

「……そうなのですか」

呪いは気の毒だが、グシオンにかけられた呪いよりはずいぶんマシだ。そう思ったリディルは兄の言葉を聞いて息を呑《の》んだ。

「ああ。人の十分の一しか歳を取らないし――人より十倍、怪我《けが》の治りが遅い」

「そんな……」

「皇帝など、だいたいそんなものだ。国と共に呪いも引き継ぐ。古い王家ほど色々蓄えている。これでもだいぶ退けたのだけれどね」

――秘密のない王家などありはせぬ。

グシオンが言うとおりだ。国の重さ、しがらみ。権力も責任も同時に双肩にかかるのが王というものなのだ。

「兵を集めよ。遠征である。盟邦イル・ジャーナを助けにゆく！」

イスハンの命令に、兵たちが応える声を上げる。

城や街ではすでに大勢の人が氷の眠りから解かれ、目を覚ましている。夜だというのにどんどん街に灯《あか》りが灯《とも》り、月夜の下であたたかい光を発している。皆戸惑っているようだ。だが冬眠から醒《さ》めた動物のように、光を求めて顔を上げていた。

荷車の音がする。人のかけ声も聞こえる。眠っていた兵たちも、慌てて城に集結しているようだ。

そしてもう一つ、訊《き》かねばならないことがあった。

「――身体が？」

「ああ。今夜と明日、第二の満月が上がっている間は、その魂の力を借りて、こうして人の姿をしていられるけれど、明日の夜が明けたら私の姿は消えてしまう」

ここに着いたとき、兄の身体はなかった。話の途中で不意に肉体を取り戻したのだ。

ロシェレディアが王の矢を抜いたときがまさにその瞬間だった。第二の満月、つまり今夜と、明日の夜まで――グシオンの呪いが発動していたと同じ時間――ロシェレディアは実体を得られる。

ロシェレディアはどうして自分がこうなったかをリディルに話した。力のある大魔法使いの宿命だと言った。そして肉体を守るか欲望を満たすかは、自分で選べるとも。

「リディルは、こうなってはいけない。けっして身体を手放してはいけないよ？」

「兄様は、後悔しておいでですか？」

問いかけるとロシェレディアは少し驚いたように氷色《アイス》の目を見張り、苦い笑みを浮かべてリディルを見た。

「していないから困る」

「兄様」

ロシェレディアはごまかすように立ち上がって腕を広げた。

「抱きしめさせておくれ。ああ、リディル。あの小さかったリディルが、こんなに大きくなって——」

彼は冷たい手で、リディルの頰を包んで、涙ぐんだ目を細めた。

「——人を愛することを知った顔になって」

そう言われてリディルは、ロシェレディアの手に手を重ねて笑った。もう幼いばかりの第三王子ではない。自分はグシオンと出会って愛を知った。目の前の、兄と同じように。

王宮の前庭では着々と遠征の準備が進んでいる。

戦が終わった直後に凍結されたはずなのに、さすが帝国の底力は強固だった。あっという間に整った隊列が準備され、夜明け前には出発できると言っている。後続隊の準備もものすごかった。数頭がかりで牽《ひ》く大きな荷馬車に大砲が積まれる。坂から転がす棘《とげ》のついた輪が用意されている。

グシオンがなろうとしている帝国とはこのようなものなのか——。

実感は湧かなかったが、こうなるべきなのかもしれない。どの国もこの軍隊に戦争を仕掛けようとは思わない。強くあること、それが国の盾でもあるのだ。

夜明けが近い。夜の裾が白みはじめ、自分たちがいた雪山の稜線《りょうせん》を黒く照らし出している。

松明《たいまつ》の赤さが弱まってゆく。

全体を見渡すほど露わになるイル・ジャーナ軍との規模の違いに驚きながら、テラスから準備の様子を眺めていると、夜の中から、きゅい！　と鋭い声が聞こえた。

リディルの胸に黒い影が飛び込んでくる。

「キュリ！　キュリなの⁉　どうしてここへ！」

森へ帰ったのではなかったのか。氷が溶けたから追ってきたのか。

城門近くで騒ぎになっていた。

「リディル王妃が来ているはずだ」と叫ぶ声が聞こえる。

リディルは兵たちを掻《か》き分けて、声のほうへと走った。

「私は、イル・ジャーナ王の側近です！　リディル王妃が来ているならお目通りを！」

「——カルカ！」

アイデース兵に取り囲まれながら、今にも潰れそうな馬を引いているカルカだ。

「リディル王妃！」

目を見張るカルカの頭上で、キュリが舞っている。キュリが彼をここに連れてきてくれたのだ。

「カルカ、どうしてここへ来たのだ？　王は⁉　イル・ジャーナは⁉」

彼は今王の側を離れるべきではない。

彼の瞳がリディルの姿を認めたのがわかった。緊張した表情が涙に崩れる。

「王は国を捨てられない。だから私を王妃捜しに出しました。本当はイドを出すつもりだったのですが、イドが、私を庇《かば》って怪我を――」

「イドが？」

「命に別状はありませんが、本当は彼を出したかった。イル・ジャーナはもう門を閉じております。あと数日も保《も》ちません。イドには気の毒なことをしてしまった。イル・ジャーナと共に滅びるのは私であるべきだったのに……！」

そんなひどいことになっているにもかかわらず、王はカルカを外に出したのか。カルカがいないのでは、王のまわりは混乱しているはずだ。

「帰ろう。王のもとへ。私はもうグシオンを癒やせる。グシオンの力になれる。敵はどこまで来ているの？　サカスの橋は破られたのか？　ヴィハーンは何と言っている？」

「リディル王妃……。記憶が……？」

「ああ。長い間、苦労をかけた。カルカ。それに、兄様たちが助けに来てくれるそうだ」

「アイデース軍が……？」

カルカは驚きすぎて、呆然《ぼうぜん》としながら遠征の準備が進む隊列を見渡した。

そこにロシェレディアがやって来た。勘のいいカルカは、とっさに地面に膝をつき、最敬礼の姿勢を取った。

「イル・ジャーナからの使者だね？　ご苦労だった。もう大丈夫。安心しなさい。ガルイエトには個人的に言いたいことがあるのだ。もうしばらくしたら出立する」

「し、しかし」

カルカが今度こそ泣きそうな顔をした。

「ここからイル・ジャーナまで、馬で駆けても十晩、軍隊を動かせば二十五日はかかります。間に合いません！」

「大丈夫。間に合うよ。私とリディルがいるのだからね。さあ。お前も食事をしなさい。必要ならば馬も替えて」

ロシェレディアが語りかけると、すぐに若い兵がカルカを連れてゆく。

「リディル。お前も用意をなさい。もうすぐ出発するよ」

「待ってください、助けたい大魔法使いがもう一人いるのです」

「大魔法使い？」

「街の外れで休んでいます。私を助けてくれました。兄様の代わりに魔法円を繋いでくれたのも彼女です。ロシェ兄様に会いたがっていました」

「誰だろう」

「ガルーと名乗っていました。身体を病に蝕《むしば》まれています。帰るところもないそうなのです。イル・ジャーナにお連れしたい」

「わかった。迎えをやろう」

すぐに迎えが出された。リディルは彼女を置いてきた小屋を教えた。

しばらくもしないうちに荷車が戻ってくる。

荷車の中には、布をかけられた女性が――ガルーが目を閉じて横たわっている。

「この方です。この痣《あざ》のせいで身体が弱っていて……！」

ロシェレディアは彼女を覗《のぞ》き込んで、苦笑いをした。

「これはまた……、ずいぶん大物を釣り上げたね。《海の大魔法使い》ガレラント・デ・ガルト。病んでいるとは聞いていたけれど――こんなに病が進んでいては、治る見込みはないかもしれない」

「行く当てがないと言っていました。治らなくてもせめて、イル・ジャーナで過ごしていただきたいのです！」

「リディルの魔法円を修復したのは彼女だね？」

「そうです。私と、イル・ジャーナが助かるなら、この方は私たちの恩人です」

「そう。彼女の仕事なら間違いない。私に頼むよりよかったかもしれないよ？」

「そ……そうなのですか？」

「ああ。彼女のほうが器用だからね」

ホールに戻ると、室内がずいぶん静かになっていた。慌ただしい雰囲気は去り、粛々と人が行き交っている。

ロシェレディアに連れられて、王の玉座の側に戻る。玉座は霜が拭われて、本来の重厚さを取り戻していた。緋色《ひいろ》の布に金糸銀糸の絢爛《けんらん》な設《しつら》えだ。

「出発の用意ができたそうだ。我が妃《きさき》よ。そして親愛なる我が義弟《ぎてい》よ」

「改めて。初めてお目にかかります。アイデース皇帝陛下」

リディルが丁寧にお辞儀をすると、イスハン皇帝は頬を緩めた。

「ロシェレディアの弟にしては、ずいぶんかわいらしい」

「……なんだって？」

「そなたと違う種類の美しさがあるというだけだ」

ロシェレディアの冷たい瞳を笑顔で受け流して、彼はおもむろに玉座から立ち上がった。

「いこうか。まだ見ぬ盟邦を助けに。我が妃、ロシェレディアよ」

問いかけられて、ロシェレディアは不敵にほほ笑み返した。

朝日の中、号令が響き渡る。

「全軍、出立《しゅった》ーつ！」

「出立ーつ！」

着飾った馬の先鋒《せんぽう》を置き、その後ろに王、ロシェレディアとリディル、そのすぐ側にカルカが付き添う。

先発は騎馬隊だ。騎兵のみで構成された隊で急襲を狙う。砲撃隊と歩兵は敵が乱されたところに到着するという寸法だ。

騎馬隊は、空が震えるほどの大声で天運を願う歌を歌い、声を上げて勢いよく走りはじめた。

軍が動きはじめて間もなく、カルカが声を上げる。

「方向が違います！　軍隊はこの山を迂回《うかい》しなければなりません！」

「大丈夫。落ち着いて。できるね？　リディル」

「リディル様⁉」

アイデースの大軍勢は、山へ向けて突進する。

リディルは扉の向こうの景色を見た。

「分けて――！」

リディルが命じると、山をびっしり覆う木々が、大きくうねって左右に分かれはじめた。枝を倒し、土を盛り上げて道を開く。山にさしかかる頃には軍隊が疾走できる平らな道が開かれている。

山の途中に谷がある。

ロシェレディアが扉を開く気配があった。

「氷の橋は、滑らないように、細やかに」

森の湿気と谷の水を吸い上げ、谷と谷とを渡す氷の橋を架ける。ギザギザした溝が刻まれた橋の上を、軍隊は何の躊躇《ちゅうちょ》もなく駆け抜ける。

森を分け、谷をわたり、川を凍らせ、イル・ジャーナまで一直線だ。広大な帝国を治めるためには、このような手段も必要なのだ。やはりイル・ジャーナには大魔法使いは必須だ。

さらに王が言った。

「騎馬隊だけでも先に届くと、戦が楽であろう。いかがか、妃よ」

「リディルもいるのでたやすいこと」

ロシェレディアは、川を凍らせ示した道で隊列を右に曲げた。その正面には滝がある。彼の足元から川は凍りつき、馬が走るより速く前方へ伸びてゆく。氷は滝壺《たきつぼ》に届くと、飛沫《しぶき》を凍らせ地面から上へ駆け上って滝を白く凍らせた。

「リディル!」

「はい!」

ガルーと行った飛び地だ。だが今度は規模が違う。ガルーと二人だけで、国境から城下町への短い距離を越える程度ではない。騎馬隊を連れて、遥《はる》かイル・ジャーナの近くまで飛ばなければならない。

でも、大丈夫。

リディルは、光る滝に集中した。

脳裏に扉が現れ、開くのが見える。中から自分に注がれるのは途方もない魔力だ。滝の光が一層強くなる。王がいよいよ滝に近づく頃、花の香りがしはじめた。ひらひらと白や青の花びらが舞いはじめ、滝の中央からぶわっと花が噴き出した。

イスハン王が楽しそうに笑う。

「これはこれは、麗しいことだ。さて、どこまで飛べようか」

大魔法使い二人がかりの飛び地だ。しかも二つ名を持つ大魔法使い、そしてもう一人はそれに準ずる。騎馬隊を連れてどこまで飛べるか、誰も予想がつかない。

「お楽しみに」

ロシェレディアも笑っている。リディルは魔力を注いだだけだ。飛び地がどこに繋がっているかはロシェレディアしか知らない。

先頭の騎馬兵二頭に続き、王とロシェレディア、リディルとカルカが花の渦をくぐる。

「――――!」

渦は一瞬で、あっと息をしたときは、雪のない乾いた大地が広がっていた。

隣を走っているカルカが、驚いたようにまわりを見回した。

山の形、道の形。広がる草原も。

「あれは――……イル・ジャーナ……!」

カルカが見間違えるはずもない。イル・ジャーナの、北の国境の裏側だ。あの丘を越えれば国境が見える。

目まぐるしく報告の馬が駆け上がってくる。

「騎馬隊、四百通過しております！」

「残りの部隊は、あとを追って直進してくるとのこと！」

次の夜明け前にはイル・ジャーナ城まで届く。

馬上でカルカが泣いていた。

これなら間に合う。王を助けられる。

隊列を進めていると、あちこちから一頭、あるいは数頭の馬が駆け寄ってきた。

氷に閉じ込められている間、アイデースに帰れなくなっていた偵察兵だ。アイデースの隊列を見つけて泣きながら報告に来る。

やはりイル・ジャーナに攻め込んでいるのはガルイエトで間違いないそうだった。

夜明け前、ロシェレディアが馬の上で、悲しそうに目を細めた。

「間違いなく、王に矢を射た軍隊だ。……リディルには悪いことをしてしまった」

「どういうことでしょう」

「あの軍隊は、私を狙ってやって来たのだ。最近、ガルイエトで大魔法使いが立て続けに二人死んだ。だから生きている大魔法使いを奪いに来た」

「そんなことがあるのですか⁉　よその国の魔法使いを強奪するなんて……！」

「ああ。帝国にとって大魔法使いの在不在は死活問題だ。だからといって野蛮すぎると思わないか？」

「はい」と答えたものの、そもそもそんなことが起こりうるのかと未《いま》だ信じられずにいるリディルから、ロシェレディアはゆっくりと前方へ視線を移した。

「私を得損《えそこ》ね、返り討ちにされて、悔し紛れの置き土産とばかりに王に呪いの矢を射て逃げた。そして私の代わりの大魔法使いを攫《さら》いに行ったのだ。小さい国の、力の使い方もまだよく識《し》らない、幼い大魔法使いを」

「私を……？」

「こんなことになるのなら、追い払うのみならず、殺しておけばよかった。イスハンの言うことなど聞かねばよかった――」

「兄様」

厳しい顔をするロシェレディアの隣から、イスハン皇帝が言う。

「もしもそうなら、本当にイル・ジャーナには気の毒なことをした。相手を殺せば禍根が残る。逃げ帰るならそれでよしとロシェレディアを止めたのだが。もはや見逃す理由がない。奴《やつ》らは余に弓を引いた。胸を痛めた我が妃、命がけでアイデースに辿《たど》り着いたそなた。長く氷に閉じ込め、つらい思いをさせてしまった国民のために、帝国アイデースと炎帝イスハンの名にかけて、暴力の徒《と》、暴挙の群れ、ガルイエトを討ち果たさなければならない」


アイデースの騎馬隊は地響きを立てて、恐ろしい速さでイル・ジャーナに迫った。隊の先のほうで叫び声が上がった。角笛が鳴る。

山の稜線が黒く浮き出る。夜が終わる。遠くにイル・ジャーナ城の城壁が見える――イル・ジャーナの朝だ。

「ガルイエトはイスハンに任せよ。お前はお前の王を助けなさい」

「兄様」

「また、次の満月に会おう」

イスハン王がロシェレディアの手を取って口づけをする。その手は朝日に透けはじめていた。キラキラと、雪の欠片《かけら》をまき散らしながら消えてゆくロシェレディアは、最後にまっすぐ美しい横顔を見せ、ガルイエトの殿《しんがり》を見た。

「――超大国アイデースと、炎帝イスハンの戦闘をとくと見るがいい」

夜明けとともに、イスハンは先兵に鏑矢《かぶらや》を放たせた。

突如として現れた、背後から襲いかかる軍隊に、ガルイエト軍はあからさまな動揺を見せた。

「鳴り弓を聞かせてやるまでもない。――イル・ジャーナ王妃よ。道を空けてやる。まっすぐに走れ」

騎乗のイスハンは、混乱するガルイエト軍の後方を見据えてそう唸《うな》った。

先を走る騎馬兵が、手信号を出して両脇に避ける。

炎の模様が削り出された、大きな円月刀を振りかぶる。

「――来い。ロシェレディア」

王の呟《つぶや》きと共に円月刀に魔力が漲《みなぎ》るのがわかった。氷の欠片が炎の気配に焼かれて、チリチリと音を立てている。

馬上で腰を上げ、それを思い切り振り下ろす。

どおん、と、火山が噴火したような音と同時に、巨大な炎の塊が前方に向かって放たれた。

幅は城の橋くらいだ。それがガルイエト軍のまん中を突っ切って、地を焼き尽くしながら押し出される。空気を巻き込み地を抉《えぐ》りながら膨らんだ炎の玉は猛進する。

爆風に目を細める。離れていても頬が熱い。流れてくる火の粉に、身体を伏せながら炎が走る紅蓮《ぐれん》の道を見ている。

ガルイエトの兵隊たちは、叫び声を上げながら炎の道から飛びすさった。荷車や馬を放り出し、ちりぢりに逃げ出している。

「さあ、行け。羽ばたく鳥のように」

リディルの目の前に、白い灰の道が延びている。

「カルカ！」

「はい！」

後ろに控えていたカルカの馬が飛び出してくる。

ガルイエト軍は大混乱だ。起き抜けに、何が起こったかわからないだろう。背後から急襲された。氷漬けになったはずのアイデース軍から——自分たちが呪いの矢を射た王の炎を受けたのだ。

逃げ惑うガルイエト軍は、けっしてその灰の道に立ち入ろうとしなかった。蹄《ひづめ》で灰を巻き上げながら、リディルは一目散に駆けた。王城の門に向かって馬は突進する。

「——避《よ》けよ。リディル王妃」

声にはっとすると、今度は細い炎が馬の横を駆け抜けた。導火線のような火花を上げて、ドン！　とイル・ジャーナの門を砕く。

「ひ——……!?」

リディルは一瞬青くなったが、あそこから駆け込まなければならない。門を叩《たた》いて開けてもらうのを待つ余裕がない。上げられた門扉の代わりにガルイエトが架けた簡易の橋がある。その上を走り、吹き飛んだ城門の端にリディルは馬で駆け込んだ。

リディルの背後、門の前にイスハン王をはじめとする、王の護衛部隊が滑り込むのがわかった。だから門に穴を空けてもいい——のだろうか、と思いながら、リディルは見慣れた庭で馬を飛び降りた。

「私です、グシオンはどこ⁉」

反射的に槍を構えた兵たちが目を白黒させている。

「お——王妃殿下⁉　——カルカ殿⁉」

テラスを駆け上がる自分たちに、次々と同じ言葉が投げかけられた。

「王よ！　グシオン——！」

焦った黄色い花を床にまき散らしながら階段を駆け上がり、王の間にゆく。

寝室と迷ったが、彼ならここにいるはずだ。

身体が動くなら、歩けるなら、最後まで王としているためにこの部屋にいるはずだった。

「グシオン！」

叫んで扉を開いたとき、自分の声を聞きつけてグシオンは立ち上がっていた。椅子の手すりで身体を支え、身体中に血が染み出した布を巻き、目のまわりを青黒くして、王の服を着て——。

「リディル——……」

「グシオン！」

リディルは一息に玉座を駆け上がって王に飛びついた。

「お待たせしました！」

「どうして――……」

「詳しい話は後です。グシオンを癒やします。アイデース軍が来ています。もう大丈夫――」

「どういうことなのだ」

「手紙をありがとうございました。兄様に会えました。兄様は――来ているけど見えなくて、でも氷はもうなくなって、イスハン王が来てくれていて――」

伝えなければならないことが多すぎて、口の中にぐちゃぐちゃに詰まって上手《うま》く吐き出せない。それらを振り捨てて、リディルはグシオンに強く抱きついた。

「どうしよう。こんなにあなたが好きなことを忘れていたなんて――！」

涙がぼろぼろ零《こぼ》れた。自分でも信じられない。なぜこれを忘れていられたのか。記憶が戻ったからこそわかる。これを奪われてどうして自分は生きていられたのか――。

グシオンの服を摑《つか》む指の先から、心のままに赤く小さな花が零れる。

リディルは王に自分から口づけをした。王が驚いたように花ごと抱き留めてくれる。

「……記憶が戻っているのか」

「ええ。あなたと飛ぶ花を見に行ったことも、象を毎日見に行ったことも」

「リディル……！」

「氷を食べたことも、紅《あか》い葉の森を歩いたことも」

「リディル。……ああ、かわいい我が妃」

「我が唯一の王よ」

言葉の最後は王の唇に塞がれた。床はあっという間に花だらけだ。

王は、リディルの額にキスをしながら囁《ささや》いた。

「余の記憶はどこにあったのだ？　ここか？　このあたりか？」

眉のあたり、こめかみ、頬や鼻先に口づけながら王が言う。リディルは小さく首を振って、自分の襟元を覗き込んだ。

「いいえ、愛はここに」

手を当てて、気持ちの在処《ありか》を教えた。記憶がない間も、彼のことを思うとここが痛んだ。彼を想って泣くとここが熱くなった。

「後ほど存分にいたそう」

王は満足そうに微笑《ほほえ》んでから、リディルを腕に抱き包んだ。

グシオンは、リディルから彼が辿った足跡と、事のあらましを聞いた。

城を出たあと追っ手が来るかもしれないから、旅のための道ではなく山道を選んだこと、宿屋で行き違ったこと、アイデース皇帝が呪いを受けて、とっさにロシェレディアが国ごと氷浸けにして彼と国民を守ったこと。途中でガルー――ガレラントという大魔法使いに出会って厳しい氷の世界を進むことができたこと。皇帝の呪いが解けたこと。

「指輪はどういたしたのだ」

ずっと握り合っているリディルの手に、指輪がないことに気づいた。

リディルは少し得意げな顔をして、指先で自分の胸に触れた。

「それもここに。母様の加護と、あなたの愛が、私をここに導いたのです」

魔法使い特有かもしれない彼の比喩を、詩人の歌のように聞きながら、王はリディルの心地よい声に耳を傾ける。彼が無事なら指輪などどうでもいい。

「すべてが奇跡のようでした。愛がなければ、自分もロシェ兄様も、グシオンも、イスハン王もガレラントもアイデース国民も、イル・ジャーナも誰も助からなかった」

確かに、それほど事態は絶望的だった。またリディルの話を聞く限り、アイデースも抜き差しならない状態だったようだ。それをリディルが、自分を想う力によって打開したという。

「こちらへ、王よ。エウェストルムで受けた手当てを台無しにしたと、カルカに聞きました」

「奴め……」

「私の癒やしの力は届いていましたか？」

「ああ。四日前から急に。あれがなければ今頃命はなかったやもしれぬ」

馬に乗りすぎた。糸で頑丈に縫ったはずの傷が開き、糸で引き破れてずたずただった。じくじくと腫れて熱が下がらず、もはや、ガルイエトに首を刎《は》ねられるそのときまで命が保てばいいとさえ思っていた。どうせリディルはいないのだから——と。

リディルは、グシオンを寝台に横たわらせると、その傍らに座った。手のひらを上に向けると、手に握っていたようなやわらかな緑色の光の球がある。

炭酸水のようにふつふつと、小さな光の粒を立ち上らせるさまは、森を凝縮したような、優しさを掬《すく》って集めたような癒やしに満ちた生き物のようだった。

リディルは、癒やしの光を纏《まと》った手を、グシオンの傷に当てた。

ふう、と、身体から力が抜ける。傷の痛みもさることながら、血管の中で錆《さ》びついていた、ぎこちなくイガイガと身体を苛《さいな》む毒が消えてゆくのがわかる。

その傍ら、手を繋いで何度も口づけを繰り返した。癒やしの力よりも、リディルの口づけのほうが痛みに効く。

「ずいぶん上達したのだな」

以前も、リディルの癒やしを受けたことがある。あのときも手で撫《な》で続けるような優しい力に驚いたものだが、これは段違いだ、と言うか力そのものがもう別物だ。

「ガレラントが私の魔法円を修復してくれたのです」

それを聞いて、グシオンは静かに絶望した。

「……そなたは、大魔法使いになったのか」

「儀式は受けていませんが、事実上」

記憶を取り戻し、魔力を取り戻したと聞いた時点で嫌な予感がした。アイデース皇妃に会って、彼を連れてきたと言うからには、皇妃がリディルを放っておくはずがないと思っていた。

そして突然届きはじめた癒やしの力。記憶を失っているときとは段違いで、離れているにもかかわらず、戦の前、側にいるときよりも確かな力だった。

「なぜ大魔法使いになったのだ」

思い出したならなぜ、と王は思った。

「要らぬと言った。そなたが大事だと申した」

重ねて伝えたはずだ。リディルがリディルならそれでかまわない。リディルが望むなら、いずれそうなってもかまわないと暢気《のんき》に思っていたのは、エウェストルムを訪れるまでのことだ。真実を知った今となっては、なんとしても止めなければならないと思っていた。

「魔力を使うな。元に戻れるならそうしてくれ」

「王は、ロシェレディア皇妃のことを知っているのですね？」

リディルの手を握って問う自分に、リディルは静かな表情で言った。

「そうだ。……ステラディアース殿に会った。ロシェレディア皇妃が身体を失った理由を聞いた」

望むがままに魔力を差し出し、より多くの魔力を欲して身体を捨てた、と。

「加減します」

「約束してくれ、頼む」

微笑むリディルの答えは当てにならない。どのようにして彼に約束させるか。焦りに悶《もだ》える

グシオンの耳に、しゃらっと氷の粒が落ちるような音が触れた。

——……私が見ていよう。

声か音か。振り返ると机の端に小さな氷の粒の山ができていて、あっという間に水滴になった。

「……ロシェレディア兄様です。姿は見えませんが」

心強く思えばいいか、それともあれがリディルの未来だと怖れればいいのか。まだ混乱から完全に立ち直れたわけではないグシオンには判断がつかない。

リディルの癒やしのおかげで日暮れ前には傷がだいたい治まった。

完治ではないが、何にせよ大怪我だったから、熱が下がり、腫れが治まっただけでもかなり楽だ。

傷口もおおむね塞がった。塞がりきれないところがあったが、リディルは「ここだけ塞がらないということは、今塞がないほうがいいということでしょう。私は身体の治癒力を上げているだけですから、王の身体の言うことを聞くべきです」と言う。先ほどから白く濁った体液が出はじめた。膿《うみ》が流れているのだろう。塞いだら腹が腐るところだったのかもしれない。布を当て、強く縛った。

驚くほど楽に動けるようになった。暴れていた熱が眠ったようだ。疼《うず》きを忘れたようだった。泥水のようだった膿《う》んだ呼吸が、湧き水のように清らかになり、身体中の関節がしっかりと噛《か》み合い、ぶよぶよと皮膚の下に溜《た》まっていた液体がすっと引いたようでもあった。

身を整え、リディルを連れて王宮のテラスに降りた。

外はもう夜だ。前庭には大きく篝火《かがりび》が焚《た》かれ、食事のにおいが漂っている。あちこちから明るい声が聞こえる。

葬儀のようだった昨日に比べ、ずいぶんと士気が高い。アイデース軍の助力を得て、イル・ジャーナ軍も戦う気力を取り戻したのだろう。ここ半月は、いかに少しでも長く生きながらえるかの戦いをしていた。皆死を覚悟して、見込みのないつらい戦いを続けていたのだ。それが一息に打ち払われた。勝てる見込みが出てきたのだ。

カルカに先導され、一際大きく篝が焚かれている場所に向かった。

そこには立派な馬が何頭も立ち、緋色の幕で囲まれた陣がある。陣を守る兵たちは、自分を見ると、ぱっと槍を引いた。

奥ではいかにも身分が高そうな男が、戦のときに飲む酒代わりのジュースを飲みながら、兵の報告を聞いていた。

豪奢《ごうしゃ》な鎧《よろい》を身に纏っている彼は、グシオンの姿を見ると人なつっこそうな笑顔を向けてくる。炎帝のあだ名にふさわしい、炎のように輝く赤毛。篝火を弾《はじ》いてきらきら光るのは、中に仕込まれた金髪か。

「おおむね遠ざけた。水場を借りておる」

いともたやすく、狩りに出て戻ったような口調で異国の皇帝は言う。アイデース軍は、イル・ジャーナ城を取り囲んでいたガルイエト軍を、駆け込んだ勢いのまま一掃したのだ。大混乱に陥ったガルイエト軍は、森まで一旦退避しているらしい。

昨夜まで城門に好き放題に火矢が射かけられ、はしごがかけられていたとは思えない。戦が長引き、勝勢となって緩んでいたとはいえ、ガルイエト相手に恐ろしい戦闘力だ。

「アイデース皇帝イスハン」

グシオンは、胸の前で手を組んだ。王族同士でしか交わさない、最敬礼だ。

「この恩を、どのようにして返せばいいか、見当もつかぬ」

同盟国でもないイル・ジャーナのために、この軍勢を率い、国境を越え、広い平原を越えて助けに来てくれた。いくら皇妃の弟の嫁ぎ先とはいえ、一方的で、返せる見込みのある恩ではない。

「殊勝なことだ、若きイル・ジャーナ王よ。アイデースには、ここに戦いに来る大義がある。怨敵ガルイエトを討たねばならぬ。降伏を受け入れた我々を裏切った咎《とが》。余に呪いの弓を引いた咎。我が妃を泣かせた咎。国民を苦しめた咎。愛らしい義弟と、その伴侶を卑怯《ひきょう》に痛めつけた咎――」

篝火を瞳に映して、イスハン王は、城門のほうを眺めた。

「闇夜に乗じて片をつけよう。夜戦は得意か？　新皇帝」

「ままごとよりは」

どうせ二国を制して皇帝になると言うなら大国ガルイエトを討てと、イスハン皇帝は言う。そして結果は揺るぎないと、ぽつぽつと篝が灯る遠い夜の平原を見やりながら、彼は言うのだ。

足に添え木をして、腿《もも》まで縛られたイドが、両脇を抱えられながら現れた。

「リディル様、よくぞご無事で――！」

彼はリディルの姿を見るなり、破裂したように泣き崩れ、足に縋《すが》って「迎えに行けなくて申し訳ありませんでした」と繰り返した。

「いいんだ、イド。お前こそ、よく生きていてくれたね」

剣士としてずいぶん戦ったと聞いた。それにもし迎えに来てくれたって、あのときのアイデースでは大魔法使い以外、誰も生きられない。カルカですらどうにもならないと判断して諦めようとしたとき、急に山の方角が晴れ、ソリを買おうとしているところにキュリが飛んできたと言う。

「もう安心して。私が戦から戻ったら、お前の足も癒やそう」

「勿体《もったい》ないことですが、そうしていただけるとありがたいです」

「ああ」

珍しく素直だな、と思っていると、イドはそのまま馬に乗ると言う。驚いて止めるリディルに、イドは首を振った。

「馬なら戦えます。ただ足は腫れましょうから、帰城したあと、城内戦に備え、幾ばくかのお力をいただけましたら……！」

呆《あき》れて物が言えなかった。リディルに付いて戦場に出て、更に城に戻って戦う気なのだそうだ。止めたが無駄で、馬をくれないなら走ってでも付いていくと言うから仕方なく許した。側にカルカがいてくれるというから安心だ。彼曰《いわ》く「私の留守中、王を守ってくれたので」だそうだ。

そのイドとカルカを連れて、リディルは戦場に出ていた。軍の最後方から、イル・ジャーナ軍、アイデース軍の夜戦を息を詰めて見守っている。

実際、誰も王たちには近づけない、と、目映《まばゆ》く光る夜の果てを馬の上から見やりながら、リディルは目を細めていた。

アイデース軍は飛び地で切り離されて、先発隊だけが先に到着した。大きな助勢にはなるが本隊はイル・ジャーナが務めなければならない。だが戦えるはずだ。

炎帝・イスハン。夜を焼き尽くすような紅蓮の炎が地上から中空にかけて、赤い龍のようにのたうっている。ロシェレディアに守護された彼の戦闘力は、単騎で騎馬五千頭に及ぶという。野を焼き払い、岩を溶かす。爆風で丘を吹き飛ばし、火薬を操るという噂《うわさ》だ。

そして空気を食い尽くし、黒い煙を上げるそこに轟雷《ごうらい》の鎚《つち》――この世の終わりほどに雷が降る。グシオンの雷だ。

雷が強すぎて、先に地上が光り、真上に光の柱が噴き上げる。雲間を裂いて、地に光の矢が刺さる。地を裂き、苛烈な光は数億の矢となって敵を突き上げ、頭上から降り注ぐ。

怪我人とは思えない、注ぐほどの雷だ。

元々の資質だろうと、リディルは思っている。

魔法王《ソーサラー》は身体に魔力を通すだけなのだそうだ。魔法使いから与えられた魔力を身に通し、雷に変えて地上に注ぐ。才能があるとするなら、その純度。少しも魔力を損なわず、残らず雷に変える摩擦のなさ。そしてその流通量の多さ。リディルの魔力を易々《やすやす》と吸い上げる、彼の魂の太さだ。

そして特筆すべきはその量。大魔法使いであるリディルの魔力を与えて、なお吸い上げられるような、彼が扱う魔力の量だ。

炎帝イスハンは、一目見ただけでグシオンを皇帝の器と言って憚《はばか》らないが、彼にはグシオンの才能が見えていたのだ。大魔法使いと番《つが》う雷使いの王としての彼の器を、同じく炎使いの王は即座に読み取った。

リディルも同意だ。自由になったグシオンはこれほど強いのか。これほど魔力を呼べるのか。

「く――……！」

彼が雷をおろすたび、背中から魂を引き抜かれそうな心地がする。背中の魔法円と扉が繋がっている。扉から魔力を取り込み、身体で漉《こ》して魔法円で増幅する魔力の循環が間に合わない。与えているが、吸い取られている。王の力が増している。

これでもずいぶん加減されている。王がなるべく魔力を使わないように戦っているのがわかる。雷を呼べばいいのに剣で戦おうとしている。

しかし相手は帝国ガルイエトだ。アイデース軍がいると言ってもわずか四百の遠征部隊だった。イル・ジャーナが帝国となるならガルイエトはグシオンが仕留めなければならない。

グシオンは必死だろう。何しろ彼にはあとがない。傷はだいぶん癒えたが、この半月で身体がずいぶん衰弱している。

もしここでガルイエトを討てずに引き分ければ、グシオンに二度目の出撃はできないだろう。

彼を支える瀕死《ひんし》のイル・ジャーナ軍も最後の出撃となるはずだ。アイデース軍の助けを受けて、今、敵の軍隊を押し切れなければ次に戦闘に出られる余力がない。

もっと彼に魔力を与えたい。彼の身体がいつまで保つかもわからない。

だから少しでも早く戦闘が終わるよう、なるべく彼が楽になるよう、純度の高い魔力を少しでも多く届けなければならない。

リディルが望めば扉が開く。そこから魂の流れを呼び出す。

無理はするなと言われている。だが王を失っては意味がない。

体勢を立て直したガルイエト軍は強く、入れ替わりのためにイル・ジャーナを離れた軍勢が、急襲の知らせを受けて引き返してきたという話だ。

相手に大魔法使いがおらず、アイデースの助力を受けたとしても、厳しい戦いだ。

夜闇を割り裂いて、王の雷が降る。

もっと、と、リディルは思う。王ならできるはずだ。

もっと大きな雷を。もっと早く、王の腹が再び裂ける前に、戦を終わらせなければならない。

王がリディルの魔力を呼ぶ。リディルはそれに応えた。

もっと呼んでほしい。

もっと。もっと。――もっと！

呼ばれる以上に彼に魔力を押しつける。

嬉《うれ》しいことに、扉の奥からはいくらでも魂が溢《あふ》れてきた。それを引き出せばいいだけだ。身体一杯に。破裂するほどにリディルは魔力を引き出した。魔力の流れは増して激流になる。制御できない怒濤《どとう》になる。

不意にロシェレディアの声がした。

――それ以上はいけない。

一瞬、何を言われているかわからなかった。だが次に魂を引き出そうとしたとき、思い出した。

身体が邪魔だ――。

身体という門があるため、一度に引き出せる魔力に限りがある。肉体さえなければ、もっと大きな魂が操れる。もっともっと扉の奥から引き出して、自由に王に届けられる。肉体があるから持てる魔力に限界がある。これさえ――この器さえなければ、噴き出す滝のように無限に魂を操れる。

もう少しでイル・ジャーナ軍が相手を押し切る。戦が長引けば死人が増える。傷が塞がったばかりのグシオンの身体も保たない。

今押し切ればガルイエト軍に勝てる。彼が生きられる――。

――もういけない。リディル。

「ごめんなさい、兄様。もう少しだけ」

あと少し。あと少しだけ。この局面を乗り切ればグシオンは帰ってくる。

——やめなさい。

リディルの中の魔力の流れに、ロシェレディアが立ち塞がろうとする。それをくぐり抜け、リディルはさらに魔力を呼んだ。

今を逃せばあとがない。そうすればグシオンがここに戻ってくる。

グシオンともう離れたくなかった。彼を一瞬たりとも失いたくなかった。

——リディル、もうだめだ！

「もう一息なのです。私は大丈夫……！」

——魔力を使うな。

——約束してくれ、頼む。

鼓膜のうちに蘇《よみがえ》る、彼の言葉を目を閉じて拒んだ。少しだけ。もう少しだ。もう少しだけ魂があれば、彼がここに帰ってくる。彼と生きられる。彼を好きでいられる。二度と彼との記憶を手放したりしない——。

もう一度大きく扉を開け、中から光を引き出す。春の陽光を掴み出すようなやわらかでしっとりとした感触の魂を、手のひらを大きく開き、思うさま掴んで引き寄せようとする。

そのとき——リディルの目の前をひらりと桃色の花びらが舞った。

どこから、と思ったとき、毛先に白い花びらが触れた。

香りがする。強く、甘い香りだ。

袖の中から、花が溢れはじめた。

どういうことだろうと驚いて、リディルは自分の両手のひらを見た。

小指が花になって欠けてゆく。手のひらから花がこぼれ、そこに穴が空く。人差し指が手のひらが。髪の毛先が。唇が、手首が。花びらになって吹き飛んでゆくのだ。

はっと息を呑んだ。

氷の粒をまき散らして消えた兄の姿を思い出した。

身体が零れてゆく。

花びらになって、魂の欠片に砕けて吹き飛んでゆく。

——自分もそうなるのか。

今、この胸に去来するのは、嬉しさだろうか、寂しさだろうか。

ロシェレディアのように、自らが魂となって流れと合流し、大きな命となるのだろうか。

いけないと思っても、もう止められない。魔力が身体から溢れて止まらない。制御できない。

恐い。帰りたい。グシオンを守りたい。

どれも選べないまま、膨大な魂の流れに押し流される。

身体がほどけた。つむじ風に巻かれた花のように、バラバラになって、くるくるとまわりながら、四方に飛び散った。

あっ――っと、周りを見た。

自分の目だけが空に放り出されたような景色だった。

全部が見える。夜のはずなのにやけに明るく、キュリのように空から、地上の景色が、両軍のすべてが、イル・ジャーナの城もアイデースの溶け残った雪までもが見渡せてしまう。

グシオンが打ち合う敵将の顔が見えた。合わせる刀剣の間に散る火花、激しい馬の呼吸までも。

花吹雪のように花びらが舞っている。身体が軽く、あたたかかった。

自由だ。身体がないということはこれほどまでに自由なのかと驚くほどに、何の束縛も受けなかった。

ロシェレディアが呼ぶ声が聞こえる。

扉から自由に力が引き出せる。自分自身が引き出した魂と交じって思い通りになった。何もかもが見える。グシオンが掲げるその剣先に、糸のように細く、そして強大な稲妻を蓄えてやることができる。

だが、感覚がそれほど鮮明なのに、リディルは自分がどこにいるかがよくわからなくなっていた。

意識が飛び散ったようだった。自分は確固たる自分ではなく、何かの集合体の一部のような錯覚がある。細切れの思考の、細切れの記憶の、細切れの細胞の集合体だ。あるいは太く縒《よ》られた綱の、膨大な絹の一本だった。

花びらのように、風に吹き散らされれば消えてしまう儚《はかな》い寄せ集めのような感覚がある。

魂の流れの中に組み込まれるのが心地いい。より多く、より大きく、強くなれる気がする。

——いつの間にか、音が遠くなってしまった。

これでいいのだと頭の片隅で理解した。元々人はこの流れの中から生まれ、この流れの中に帰る。

自分が自分であることを手放し、魂の流れに身を任せる。一部となってうねりながら流れ、あそこ、とグシオンの剣先を見つめると、自分以外の魂も、大きな波をもって自分の望み通りに押し寄せる。

以前、初めて扉を開けたときに見た川はこれだ。今は空から流れ込む星の川のように見える。ここに合流してしまったら、グシオンと会えなくなってしまう。でもこうするしかない。グシオンが死ぬよりマシだ。

寂しさがどうしてもなくならない。

——彼の側にいたい。

戻りたい。自分でありたい。そう思うけれど、もう何かを掴むための手が存在しない。身体という魂のよりどころがない。——戻れない。

助けてグシオン。この手を取って。

伸ばした手が見当たらなかった。袖が潰《つい》える。手綱が空中に跳ねる。鐙《あぶみ》を踏みしめていたはずの靴が地面に転がり落ちた。

消えてしまう。飛び散ってしまう。——兄のように。

服が潰え、馬の上に崩れ落ちそうなとき、リディルははっとした。服の中に手紙が挟まれている。

読み過ぎてボロボロになったそれに意識を集めた。

離したくない。これは私の心だ。

グシオン。

その手紙を摑めたような気がした。紙の——グシオンの体温の痕跡がある。

そこに集まる。花びらが戻ってくる。

集まって固まって、手紙を摑んだリディルの手をつくった。

白い腕を、息をする胸元を、馬の胴体を挟む腿を、腕を、顎を、顔を、髪を。

「——っあ!?」

急に馬の振動が身体に戻ってきて、リディルははっとした。

身体がある——？

ガクガクと揺すられる馬の上で、体勢を崩しかけて、慌てて手綱にしがみついた。馬が驚いて跳ねる。振り落とされそうになるのを腿の内側に力を込めて、必死で堪《こら》えた。

「――……」

目を見開いて息をした。はーはーと音が聞こえる。肺が膨らみ、そして息を吐く。煙のにおいの風が肌を撫でる。埃《ほこり》のにおいがする。

戻ってこられたのだ。身体が吹き飛ぶ前に自分に戻れた。いいや、掻き集められたと言ってもいい。一度魂の流れに明け渡した身体を、この手紙が――この手紙をよりどころにして元に戻れた。

――リディル。お前……。

ロシェレディアの驚いたような声が聞こえる。

自分でもよくわからなかった。飛び散りかけた身体を、魔力で引き戻したのだ。ロシェレディアにできなかったことが自分にできた。

――第一王女を凌《しの》ぐ大魔法使いになるお力があると存じます。

魔法機関が、リディルに下した診断を思い出した。魂になって散りかけた肉体を戻す余力が、危ういところで残っていた。

グシオンがこちらを気にかけるのがわかった。

返事の代わりにもう一度、彼に魔力を送った。

リディルは、兵の向こうの最前線を見据えた。息を吸い、身体中の力を込めて、全力で叫ぶ。

「グシオン、無事です!」

震える喉から絞り出す声だ。

薄い腹に力を込め、背中を丸めて力の限りに彼の名を呼ぶ。

身体はある。彼を抱きしめられる腕がある。

彼に届くはずだ。

手綱を握りしめ、喉が裂けるくらいの力で彼を呼ぶ。胸に息を吸い、背中に力を込めて、張り裂けそうな大声で喉を震わせる。

「グシオン――!」

恋しいと叫ぶ、この声は、彼の耳に届くはずだ。


程なくガルイエト軍が退却を始めた。掃討部隊が後を追ったが、王たちは後方へ戻ってきた。

グシオンは無事だ。頬や腕にかすり傷はあるが、大きな怪我はないようだ。

「リディル――!」

王の姿を見て、リディルは馬から離れた。同じく馬を下りたグシオンと同時に駆け寄る。グシオンの腕がリディルを抱き留めてくれる。安堵《あんど》の山吹色の花が飛び散った。

「大丈夫。無事でした。グシオン、あなたこそ――!」

何度も顔を見て抱きしめてくれるグシオンに、急いでリディルは懐から手紙を取りだした。

これがあったから帰ってこられた。彼がくれたこの手紙がリディルを守ってくれたのだ。

「この手紙がつなぎ留めてくれたのです。王が私にくださった、この手紙が――」

必死で差し出す手紙を見もせず、また抱きしめてくれるグシオンに、これがどれほど力強かったか、嬉しかったか伝えようとしたが、リディルは諦めた。

抱きしめられるまま、彼の胸に頬を擦《す》りつけた。

「グシオン……」

はらはらと真っ白な花が指から零れた。

抱き合える身体がここにある。グシオンがここにいる。

兵たちに見守られながら帰城の準備を待っているとき、目の端に光が見えてリディルはそちらに視線をやった。

遠く、森の縁が金色に輝いている。

夜が明ける。

その奥の山肌に、退却してゆくガルイエト軍が見える。

ガルイエトを討ち果たす様子を見て、早速周辺の小国がイル・ジャーナに与《くみ》すると使いを寄越してきた。

国が生き残る常套《じょうとう》手段だ。大国と隣接して侵略されるより、吸収されて、豊かで大きな国の一端として生きたほうが得をする。

これにより、イル・ジャーナは名実ともに新帝国だ。

大魔法使いを擁するイル・ジャーナ。新皇帝グシオンの誕生は確実となった。

戦の翌々日、アイデース軍が引き上げるに際してイスハン王が言った。

「余が直々に承認いたそう」

イル・ジャーナは二つ目の王国から勝利を得たので帝国となるが、それを大陸中に布告しなければならない。布告には小国五つか、帝国ひとつと魔法国ひとつの承認が必要で、その後ろ盾とも言える帝国にアイデースがなってくれるというのだ。

友好国として改めて調印式をするにあたって、昨夜話し合いの席を設けた。アイデースとイル・ジャーナは離れた場所にあるので食い合う部分がない。何の問題もなく纏まる見通しだ。また後ろ盾となる魔法国には当然ながらエウェストルムが立つ。

「そなたが王なら栄えるであろう。やよ励め」

イスハンは、グシオンと握手をして彼を励ました。

馬を背に、いよいよ別れに際して、イスハンはリディルに言った。

「王妃もときにはアイデースに遊びに来るがよい。満月に来ればロシェレディアに会える。しかし満月を避けてくるなら、甘い菓子と白い砂糖をたんと振る舞おう？　干し肉も果物もあるぞ？　どちらにいたすか？」

「あ……」

兄に会いたいのが本心だが、イスハンは遠回しに逢瀬《おうせ》の邪魔をするなと笑いかけてくる。気を回してくれるならいい物をたくさん用意して持てなしてくれると――。

「グシオンと、相談いたします」

実際は、しばらくのところ満月を避けるべきなのだろうけれど――と思ったとき、イスハンの籠手《こて》のところがふっと、氷の息を吹きかけたように白く粉が吹くほど凍りついた。ロシェレディアだ。

「妬《や》くな妬くな。余とて、そなたのかわいい弟君と話をしてみたいのだ。ロシェレディアは故郷の思い出をなかなか語らぬ。わかってくれるか、グシオン王よ」

「もちろん」

頷《うなず》きかえすグシオンは、ロシェレディアから、リディルの小さい頃の思い出を聞き出そうと画策しているのが丸わかりだ――。

誰の思惑も結び合わないのに困りながら、リディルはイスハンを見上げた。

「ロシェレディア兄様を、よろしくお願いいたします」

「わかった。今度はロシェに、返事を書くよう強く言っておく」

そう言い残して、イスハン王はイル・ジャーナ城を去った。

大軍隊を率いて、アイデースはゆうゆうとイル・ジャーナを去ってゆく。

そのあと——まさに直後からだ。

アイデース軍は去った。もう、落ち着いた城を取り繕う必要がない。

イル・ジャーナ城内は再び戦場のようになった。今度は戦後処理という戦場だ。

「やっと、やっとフラドカフの後始末が終わったというのに！」

鬼気迫る表情で嘆くのはカルカだ。足を引きずって机についたイドの顔も青く、表情は悲壮だ。

フラドカフとの戦のあとも城内は嵐に襲われたような状態だったが、今度は規模が違う。打撃の深刻さも違う。

国内の農村が、城下町が壊滅状態だ。

幸い、城の近辺は戦に備えた教育がうまく行き届いている。戦が起こると城下の民はイル・ジャーナの森へ逃げ込むのだ。中には煉瓦《れんが》造りの家が建ち並ぶ普段は無人の村があり、簡単な手入れで住めるようになっている。武強国ならではだ。戦をそこでやり過ごし、戦のあとは住居を復興しながらそこと行き来する。

もちろん潰れた家々の復旧工事に、兵たちは手を貸す。城の貯蔵庫から種籾《たねもみ》を分け与える。

荒れた道を修繕し、橋を架け直す。水路を修復し、破壊された風車の修理に人手を出す。その財源、手配、人足、材料。自国の被害なだけに、フラドカフ戦のときとは大違いだ。早急に、大規模に、切実に、一刻も早く国の心と体を立て直さなければならない。

なんとか回復したヴィハーンは、庭に椅子を出して兵を指揮している。調査だけでも膨大だ。弱ったところに攻め込まれぬようにと警備もしなければならないから、朝もなく夜もなく兵は国内を巡らなければならない。

メシャム大臣も顔を真っ赤にして走り回っている。女官たちの髪がほつれている。建物の陰でぐったりとうたた寝をしている文官がいる。

朗報と言えばエウェストルムから魔法機関と医師団が派遣されたことで、戦で出た怪我人たちの手当てを一手に引き受けてくれていることだろうか。彼らは食糧と奉仕の人たちも連れてきてくれ、城の内部や街のあちこちで、炊き出しも行ってくれているらしい。

そして今、重要な懸案がひとつ去る。

「それでは！　いいか、戴冠式には必ず一番先に呼ぶのだぞ!?　聞こえたか!?　席順は二番だ。本当は一番がいいが、遠くからわざわざアイデース皇帝がやってくるのだ。譲ってやらんと心が狭いと思われる。アレは皇帝と言うても何じゃ、まったく若造ではないか！　地位にあぐらをかいて、偉そうな顔で恩を売って帰りおって。まるで行商人だ、よその国まで行って目ざとく恩を売り歩いておるのだ。今に足元を掬われるがいい。そうだ、土産は金の杯がいいな。馬でもいい、色の濃くない二歳馬しかいらん。いいか、必ず鞍《くら》をつけろ！　必ずだぞ？」

「わかりました。叔父上。いえ、誇らしい我が叔父、英雄デルケム」

「そうだ。間違えずそう呼べ。許すのは一度きりだぞ？　なんだ若造が生意気な顔をしよって。皇帝と言ってもそなたはまだ名ばかりだ。アイデースの威を借るマントヒヒじゃ。はあ、嘆かわしい」

　ここまで来ると、怒りを通り越してもはや感心しかない。まわりも一様に、もはやそういう趣向の吟遊詩人の歌を聴いているような、力のない、途方に暮れた顔をしている。

　デルケムはリディルを睨《にら》みつけ、大きく一歩踏み寄った。

「いいか。そなたもだ！　大魔法使いになったからと言って、大きな顔をしてはならぬ！　王妃の分際なのだから、飯は三杯までだ。いいな⁉」

　ベールをかぶったリディルは、グシオンの陰で静かにお辞儀をして見せた。いくらリディルが健康でおなかが空《す》くと言っても、イル・ジャーナの大きなお椀《わん》で三杯も食べない。

「見送りが少ない！　感謝が足りない！　ハアこんなに働いた年寄りを敬う心が少しもない。感謝も口先ばかりだ。ああ遅い遅い、これだから若輩の王はいかんというのだ！」

　文句をまき散らすデルケムは、困り顔の従者に促され、ほとんど押し込まれるようにして馬車に乗り、屋敷へ向かって出発した。手を振る皆は苦笑いだ。

　だが彼がいなければ、アイデースの助けは間に合わなかっただろうと王は言った。聞いていると勝手に眉が寄ってしまうような、変な作戦を絶え間なく行ったせいで、時間が稼げたのは本当のようだった。

そして手段はともかく、獅子奮迅《ししふんじん》の活躍を見せたデルケムは、英雄の称号と、更にいい屋敷を貰《もら》い——なぜかすんなりそこに戻っていった。リディルにしても、てっきり再び城に住まわせろとか、玉座の隣に席をつくれとか、正式に摂政の位を備えよとか活躍を石碑に刻めとか言うだろうと思っていたのに、大きな勲章と旗の案を聞かせ、小高い丘にある迎賓用の離宮を譲ると言った時点で、不平を言いつつ簡単に納得したというのだ。

馬車が橋にさしかかった頃、窓からデルケムが顔を出した。何かを叫んでいる。「やはり席次は一番にしろ」と叫んでいるようだ。しかし飛び降りる様子はない。

馬車を見送るカルカが、無表情で言った。

「意外です。こんなに素直に帰るなんて。あの人、病気ではないでしょうかね」

それを聞いていたザキハが隣で、白い顎鬚《あごひげ》を撫でながら答えた。

「戦の最中に、もうこんなのはまっぴらだと、泣いておいでじゃった」

今日の午後からようやく日常が戻ってきた。

日常と言っても元の日々ではなく、明日も、明後日《あさって》もこうして過ごしていくのだと覚悟できる毎日のことだ。失われた命は戻らないし、壊れたままのものは多い。それでも明日はきっと今日より良くするのだと信じながらリディルは今夜眠るだろう。そして明日の努力を惜しまない。

リディルが湯殿から戻ってくると、グシオンが窓辺で酒を傾けていた。

窓には絵画のような月が浮かんでいる。

ランプの明かりの中、リディルはまっすぐに彼の側に行った。グシオンの隣に腰掛けて寄り添うと、彼がまだ湿ったリディルの髪を撫でてくれる。

野生の動物のように、頬を擦りつけ合って口づけをした。

グシオンの指に襟元を解かれながら、リディルもグシオンの服の合わせに手を差し込んだ。彼の締まった下腹を覗き込む。

グシオンの傷はほとんど完治だ。

戦のあともなるべく彼の側で癒やしを注いでいたが、腹の傷から何も染み出さなくなったと思ったら、みるみる内に傷が塞がった。

「よかった。……でも傷が残ってしまいましたね」

肩裏の傷はいずれ消えるだろうと思っている。しかし下腹には棘のある葉を貼りつけたような、手のひらほどの白い傷跡があって凹《へこ》んでいる。身体はこれを治癒と見なしたらしく、いくら魔力を注いでもこれ以上傷が薄くならない。

「よい。些末事《さまつじ》だ」

時間が経《た》った傷跡も消えないようだ。リディルの治癒の力は身体に力を注ぐだけで、身体が有害と判断しないものは様子が変わらないらしい。

少しでも治らないかと下腹を撫でるリディルの頰を、王の大きな手が掬うように包み込んだ。黒い瞳がすこし潤んでリディルを見る。

「本当に、よく戻ってきてくれた」

「あなたこそ、よくもあんなところまで迎えに来てくださいました」

私情と責任のギリギリの縁まで、命がけで捜しに来てくれた。どれほど国が心配だっただろう。カルカがどれほど反対しただろうと思うと、胸が痛む。

グシオンは、静かにリディルを胸に抱きしめた。

「そなたは強い」

「私を強くするのはあなたです。……手紙を、ありがとうございました。一生大事にします」

「あのような書き付けに馬鹿を申すな。手紙がほしいならもっといい革に、きちんとした墨で書いて、心を込めて署名をしよう。王の印も捺《お》してやろう。刺繡《ししゅう》もするか?」

「いいえ。あれがいい」

名前もなく、リディルのことだけを考えて書き付けてくれた、あれがいい。あれがなければどこかでくじけていたかもしれない。あの吹雪の中で、凍《い》てついたアイデース城の中で、あるいは身体が吹き飛ぶ刹那の絶望に、諦め抗《あらが》う力がなかったかもしれない。

「私の国宝です」

誰がなんと言ってもリディルの宝物だ。皮膚の内の、心の中の一番あたたかく大切なところにしまわれている。

王が妙な顔をした。

「余はどうなる」

「私という国なので――」

リディルは頬が熱くなるのを感じながら、王の背中に腕を回して抱きついた。

「――お入りになりますか?」

リディルしか入れない心の奥底に。彼を欲して止まない、熱くやわらかい身体の中に。


これも忘れようがないのに、と、敷布を摑みながらリディルは思う。

リディルの狭間《はざま》にある小さな綻びに垂らされる油の感触。あたたかく、じわりと中に染みて、しばらくするとくすぐったいような痒《かゆ》さが皮膚のやわらかいところに染みてくる。

「ん。ん、ん――……!」

身体を捻《ひね》り、クッションにしがみついた姿勢で、背後からグシオンの指を受け入れている。

敷布が濡《ぬ》れるくらいたっぷりと垂らされて、指を三本も奥まで差し込まれているというのに、グシオンはまだ、リディルの中に彼を挿《い》れてくれない。

「や、だ。……もう、や――……!」

前をいじられなくても、もう性器からは粘液が漏れ続け、グシオンがリディルの乳首を吸い上げるたび、とぷん、と小さく濁った潮を吐く。

「や……噛まない、で……」

褥《しとね》の上は花だらけだ。感じるたび、指先から花がこぼれてたまらない。赤い花、白い花、握りしめるためのやわらかい桃色の花、快楽が煮詰まれば香りの強い花が生まれ、絶頂を得れば蕩《とろ》けるくらいに光る赤 橙《あかだいだい》の花が零れる。

「あ、っふ。……ん、ア……!」

「入る前に、よく窺《うかが》わねばならぬ。外交は得意でな」

「グシオ……ン」

「ここは余をよく覚えておると申しておるが?」

甘く意地悪く訊いてくるグシオンに、リディルこそ恨み言を吐きつけたかった。こうしていたら思い出せていたのではないか――。あのときグシオンは大怪我をしていて、不可能だったのはわかっているが。

「も……入ってきて」

リディルはほとんど泣き声のように言って、クッションを抱きしめた。

グシオンが仰向けになったリディルの脚を押し開かせた。リディルはいよいよクッションを強く抱きしめ、胸を高鳴らせてその瞬間を待っている。

「リディル」

王がリディルの腕からクッションを取り払った。上から王の汗が二つ、リディルの胸に落ちてくる。

やわらかく濡らされたリディルの小さな綻びに、王が指をかける。そこにほとんど石のように硬い、グシオンの銛《もり》の先端が押し当てられた。ぬりぬりと塗りつけられ、先端を押し込まれる。思わず涙が滲《にじ》むくらい大きく広げられたと思ったら、グシオンは沈むようにリディルの奥まで乗り込んできた。

じっくりと、王の形に内臓が開かれてゆく感覚。そうされると身体中の毛穴が開き、そこから甘い戦慄と、蜜のような誘惑の汗が滲み出すのだ。

「グシオン……。私の、王よ」

腕を伸ばして抱き合う。猛ったグシオンの吐息、彼の肌の熱さ。泣き出しそうな恋しさで彼の存在の隅々まで味わう。今でも本当にわからない。この安息を忘れて自分はどうやって息をしていたのだろう。

グシオンの豊かな髪に鼻先を埋めて、ふんふんにおいをかいでみた。大好きなにおいだ。一日をかけて馴染《なじ》みきった香水と、日向のにおいを纏ったグシオンの肌の香り。官能的で、どんな香油よりもリディルを酔わせる甘いにおいだ。

「リディル……？」

「――だいすき」

泣くのを堪えて噛みしめるように呟くと、グシオンが一瞬苦しそうな顔をしたあと、リディルを掻き抱いた。

手を繋ぎ、汗に濡れたグシオンの髪を掻き上げる。そこに唇を押し当てると、リディルの身体の中のものがぐっと硬さを増し、息もできないほど抱きしめられた。乳首を舐《な》められ、その周りごと大きく噛まれて高い声を上げた。魂を吸い出されそうなほど口づけをして、その隙間を吐息で埋める。

リディルの薄い胸は、汗と自分の精液と、グシオンの汗と唾液で濡れていた。

脚を開かせられ、腰が浮いて二つ折りになりそうなくらい奥まで押し込まれ、揺すり上げられていた。

「ひ。ひゃ……う。あ！」

リディルの快楽も、もうどこが絶頂でどこが終わりなのか、わからなくなっていた。軋《きし》むほど開かれて、奥を捏《こ》ねられる。恥ずかしい粘液の音に煽《あお》られて、また蜜を吐く。

「あ。ああ。や……――あ」

快楽の波が大きくなってきて、リディルは堪えきれずに手を差し出した。

「王……花を」

両手一杯の花だ。

言葉にできない切なさと愛《いと》おしさ。グシオンが好きだという気持ち。

手のひらに溢れ、指から零れ落ちる。

恋情と愛情と快楽で熟れた、つややかに赤い花を王に差し出した。

王は若い獣のように、笑って花に顔を埋《うず》め、リディルの背中を掻き抱く。身体の上に花が零れ、褥の上に弾け飛んで、頬を擦りつけながら、指と指を絡めて手を繋ぎあった。

首筋に口づけられてぞくぞくしながら、嬉しくてリディルは笑い返そうとしたが、すぐに快楽に蕩けた。

窓の外には、美しいイル・ジャーナの建築物の影が浮かび、二つの月が輝いている。

長く熱い夜は、蕩けそうな花の香りをしていた。

† † †

とある春の日だった。

国中に鐘が鳴り響き、それに驚いた鳥たちが一斉に空に飛び立つ。

外はずいぶん賑《にぎ》やかなのだそうだ。城下町は屋台で溢れ、旅芸人や芝居の一座が来て、異国の食べ物を売っているらしい。王宮の窓からも、青空の下、色とりどりにひらめく城下の布飾りが見えた。

小鳥の声と、緑のざわめきが爽やかだ。

光の差す大広間でのことだった。

近隣の賓客たちが居並ぶ中、リディルは中央に敷かれた緋色の絨毯《じゅうたん》を、ベールを深く被って進んでいた。精緻な刺繍の縁取りに、光るビーズが縫いつけられている。薄緑色の衣装はエウェストルムからの贈り物だ。しゃらしゃらと鳴る髪飾りと首飾り。袖から下がる長い房。

王妃の姿をして、床に引く長いベールは侍女たちが持っている。

戦禍から二月後のことだ。街がなんとか立ち直り、城は完全に武装を解いた。

灰に種を植えるのは早くなければならない。新しく生き直すために、少しでも早く芽を出し蔓《つる》を伸ばすためにも。

この儀式はリディルのためのものだった。

正式に大魔法使いの称号を得、イル・ジャーナの大魔法使いとして過ごすという契約の儀式だ。

儀式を執り行うに当たって、《花降る王妃》が大魔法使いになったとして、大変評判になったそうだ。

先だって行った、グシオン皇帝の戴冠式も、古い帝国たちに勝るとも劣らないほど大規模で壮麗なものであったし、アイデースとの友好国の調印式も、アイデースの騎馬隊が城下にぞろりと並び立ち、奏楽を捧げるなど前代未聞と騒がれるほど盛大なものだった。そのあとに彩りとして行われるはずだったリディルの契約式にも、周辺各国から参列希望者が競争のようにして名乗りを上げた。

大魔法使いの契約式に参加すると、祝福した者は一生幸運に恵まれるという言い伝えがある。中でも特別に《花の大魔法使い》の称号を得たリディルの契約式は、あまりに目映く、誰もがそこに居合わせたいと欲するものだろう。ひと目名だたる大魔法使いの姿を見たいと遠い国からの手紙が引きも切らないほどで、今朝になっても懇願の手紙が届いていたそうだ。

儀式のために、イル・ジャーナ城に限界まで人を入れたと聞いている。庭にまで絨毯を敷き、門を開けてその桟橋にも絨毯を敷いているということだ。城内には祝いの品が積み上げられ、黄金の間ができているとイドが笑っていた。

リディルは大臣に先導されて、金の履き物《モジャリ》で壇上に上がり、うしろを振り返った。

多くの人々が椅子に座り、輝く目でリディルを見ている。最前列にはアイデース皇帝と、デルケムの姿があった。彼もごってりと溢れんばかりの宝飾品で着飾って満足そうだ。父王の姿も見える。

高窓の隅っこから花を咥《くわ》えたキュリが見ている。自分も参列しているつもりらしい。そしてさらに上の窓に視線を移すと、青空に白い鷹《たか》が横切るのが見えた。ロシェレディアだ。満月以外はあの姿でいるのだと、イスハン王に聞いた。

空間を浄化するための鐘が鳴る。金貨がばらまかれる。

荘厳な儀式も山場を迎える。

グシオンが、儀式に使う石版に手を置き、高らかに宣言した。

「ここに、リディル・ウニ・ゾハール・スヴァーティ、イル・ジャーナ皇妃を、我が国の大魔法使いと定める」

言葉と同時に、金の粒と花が撒《ま》かれた。

大魔法使いの冠とペンダントが贈られ、宝石が嵌《は》まった杖《つえ》、分厚い刺繍の懸章、指輪が贈られた。

大魔法使いを得た国は、ここぞとばかりに金を使い、我が国の大魔法使いが強いことと、それを抱える我が国の栄光を外国に見せつけるのだそうだ。

リディルは今改めて、イル・ジャーナの守護者、大魔法使いとして迎え入れられる。この国と王を謀《たばか》り、殺されるために偽物の王女として嫁いできた自分が、《花の大魔法使い》として、喜びと最大の敬意を持ってイル・ジャーナに迎え入れられるのだ。

王がリディルの手を取った。リディルの指に純金の指輪が嵌められた。

宝石は「あることにしよう」と王が言った。「宝石があった場所に、代わりの何かを嵌めることはいたさぬ。母君の大切な宝石は、ずっとそなたの胸の中にあるのだから」と。唯一無二の宝石。リディルの魂の中にあるモルに敬意を払うと彼は言う。そして彼は、新たな指輪の台座に、以前とまったく同じ文言を改めて彫り込んでくれた。

「変わらぬ誓いを、何度でも差し出そう」

そう言って指に嵌めて貰ったとき、嬉しさで涙が零れた。

大広間は祝福の声で溢れた。嬉しさを堪えきれず空から花を降らせてしまい、それが来客のさらなる喜びの声を誘った。

黄金の天井から花が降る。

この世で一番愛しい人と、あまりにも華やかな春を迎える。

晩餐会《ばんさんかい》もとても賑やかだった。

楽《がく》の音に、人のざわめき、熱気のある食器の音が混じる。赤く設えられた広間に、来客の金銀の刺繍を施した衣装や装飾具が華やかだ。

「——リディル」

祝宴に交じっていると、突然腕を引かれた。リディルはベールを被っている。近づける人も少ないはずだ。驚いて振り返って、リディルは息を呑んだ。ベールをかぶった見知らぬ婦人――いや、

「ロシェ兄様！」

「し。私の姿を知るものは少ないのだから」

リディル以上に姿を知られていないロシェレディアが、宴《うたげ》に交じっていたのだ。

ロシェレディアは、薄衣《うすぎぬ》の下からいたずらっぽい笑みを投げた。

「満月が上がったから、お前に会いに来た。イスハンも、たまには出てくるといいと言って」

「よ――ようこそ。ようこそ、兄様！　嬉しい！」

ロシェレディアが鷹の姿で来ていることは知っていたが、こうして側で話せるとは思っていなかった。

「あとで父様の元を訪れよう。やっとお元気になったのだって？」

「はい。イル・ジャーナとアイデースが共に災厄に巻き込まれてからというもの、ずっと伏せってらっしゃったとか」

久しぶりに会った父王は、ずいぶん白髪が増えていて、これ以上ないほど痩せていた。エウエストルムにいるときはほとんど抜け殻のようだったそうだ。この城とリディルの無事を見てから半年ぶりの笑顔を見たのだと、オライ大臣が涙ぐんでいた。

その父からもずいぶんと豪勢な祝いの品が贈られ、またステラディアースからも、彼が丹精込めて魔力を注いだ魔除けのペンダントが贈られた。

「ステラ兄様からも祝いの手紙が届いたのです。ロシェ兄様に会いたいと書かれておりました」

「そうだね。ステラとも長いこと会っていない。元気だろうか」

「はい。相変わらず城の模型をつくっているそうです」

「そう？　お城が好きだったものね」

「ええ」

ロシェレディアの想像よりも、多分かなり大規模だと思う。

折を見て、ロシェレディアと共に、ステラディアースを訪ねようという話が持ち上がっている。

翌日の昼前に、女官を連れて、リディルは城の中を歩いていた。

宴はまだ続いていて、街のお祭り騒ぎはこれからが本番のようだ。

リディルの役目はもう終わりだった。皇妃として、皇帝の摂政としての仕事は多いが、リディルがいなければ進まない儀式はこれで終わりだ。元々イル・ジャーナは王妃が積極的に酒宴に参加しない国でもある。

宴はグシオンに任せて、行かなければならないところがあった。

リディルは城の角を曲がり、一番静かで明るい一角に来た。

ホールのほうは騒がしいが、ここまで来れば人の気配はわずかに感じられるくらいだ。窓から漏れてくる街の賑わいも明るく、ほどよく遠くて心地いい。

リディルは女官に扉を開けさせた。

扉から風が吹き込み、白いカーテンがふわりと膨らむ。

リディルは部屋の奥に進みながら、薄布が垂れたベッドに向かって声をかけた。薄布は開けられていて、ベッドごしに窓が見える。

「落ち着きましたか？　大魔法使い《サージ》・ガレラント」

ベッドの中で休んでいるのはガレラントだ。少し具合がいいのか背中にクッションを重ねて上半身を起こしていた。外の賑わいを聞いているようだ。

彼女は、顔や身体に染み出た痣を隠しもせずに、穏やかに答えた。

「ええ。療養するにはいいところね。朝も医師に診てもらったの。エウェストルムの薬はよく効くわ。咳《せき》も減ったし、ずいぶん痛みも楽になった。ここで最期を迎えられると思うと、とても安心するよ」

ロシェレディアは、彼女の治癒は難しいと言った。エウェストルムの魔法機関も、咳を和らげ、熱を下げたり痛みを落ち着かせたりはできるが、病の進行は止められないと言っていた。

アイデースから連れて帰ったガレラントはとても衰弱していて、城に着いたときはほとんど口も利けなかった。彼女を励ますリディルに、思い残すことはないと、気弱なことを言って慰めてくれた。「最後の仕事がうまくできて本当によかった」と諦めたように笑っていた。

イル・ジャーナについたあとは、旅で疲れた身体を清め、あたたかくして休んでもらった。エウェストルムの医師が毎日彼女を診察している。

「私のところにもそのように報告が来ました。だからやって来たのです。あなたの身体が治癒に耐えられるほど回復するのを待っていました」

ここに来たとき、癒やしの力を受け止められないほど彼女の魂は弱っていた。このまま毒を洗い流したら彼女の魂が息絶えてしまいそうだったから、先に痛みを止め、眠りを得させて回復を促した。ガレラントに回復できる時間があるか、それも運次第というところだったから今まで何も打ち明けられなかった。

リディルは、ベッドの隣に椅子を引かせてそこに腰かけた。

ベッドに投げ出されていた、どす黒い紫色の痣が浮かんだ彼女の細い手を取る。

「大魔法使いには、得手不得手があります。兄にできないことが私にはできる」

兄は氷の魔法使いだ。助けてやりたくとも、痣を冷やして部分的に進行を止めてやることしかできなかっただろう。だがリディルの力は癒やしの力だ。痣の毒を洗い流し、皮膚を生まれ変わらせることができる。

リディルは軽く目を細めた。

《扉》が開くのが見える。そこからリディルに魔力が流れ込むのがわかる。室内に花の香りが広がる。あの日、ガレラントと見た雪のように、天井あたりから、ちらちらと小さな花が舞う。

ガレラントが、少女のように無垢《むく》な表情でそれを見上げたとき、リディルと繋ぎあった手のあたりから花が噴き出した。

白、薄桃色、黄色。優しい色の花ばかりで、室内を渦巻き、ガレラントの全身を撫でるように舞い飛ぶ。

ガレラントの痣に触れた花は一瞬で黒く染まり、床に落ちて蒸発してゆく。花が触れた場所は毒の色素が消えていた。

病を浄化する間、ガレラントはリディルと手を繋ぎ合ったまま、苦笑いのような、泣き笑いのような表情を繰り返していたが、やがて心地よさそうに静かに目を閉じ、リディルに心を委ねていた。

長い時間はかからなかったと思う。

ガレラントを蝕んでいた痣は、リディルの癒やしの花に吸い取られて消えてゆき、不治と言われた彼女の病は、《花の大魔法使い》リディルの癒やしによって跡形もなく治癒された。

儀式を終えて、アイデース陣は帰国の途についた。

「出立ーっ！」

飾りのついた立派な馬に乗ったイスハン皇帝。大勢の兵士と旗で飾り立てた従者が付き従う金の輿にはロシェレディア皇妃が乗っていることになっているが、中は替え玉だ。

ロシェレディアは、鷹の姿をして城の塔から隊列を見下ろしていた。

青空に白い鷹が羽ばたく。

グシオンとリディルは、その様子をいつまでも見送っていた。

† † †

四歳の皇子は少しもじっとしていない。

王が講義の終わりを告げると、「ありがとうございました！」と、ハキハキきらめく声で言って椅子をぴょんと飛び降りた。

リリルタメル国から来た皇子だ。名はヤエルと言う。

肌がグシオンと同じ褐色で、目の色も同じだ。親戚だから顔つきが似たところもあって、グシオンの本当の子どもと言っても違和感がない。

戦後処理を終えた後、予定通りイル・ジャーナ帝国の第一皇子として、彼を養子に迎えることができた。

イル・ジャーナは平穏で、広大な帝国として年を増すごとに安定している。アイデースやエウェストルムとの同盟も華やかで、今や堂々と超大国の仲間入りだ。

そんな中、リディルと王とでヤエルを次期国王として育てなければならない。祖父の兄弟の血筋だ。イル・ジャーナ帝国を継ぐのに何の問題もない。彼がいるからグシオンは側室を拒める。彼からもう呪いは去った。血の繋がった子も望める立場だが、グシオンはこれでいいのだと言って養子縁組みの約束を解かなかった。時期が来たら帝位を彼に譲るつもりということだ。

早速ヤエルには王が帝王学を教えていた。帝王学とは身に染みこむもので、知識ではないのだとグシオンは言う。そういえばエウェストルムの第四王子、幼いリディルの腹違いの弟も、王になるための勉強をしながら育っていると聞いた。近々立太子の儀式が行われるときは、《花の大魔法使い》として彼を祝福しに行くつもりだ。

ヤエル皇子は、放った小鳥のようにひとしきり部屋の中を駆け回って、窓辺のキュリを驚かせてから王の膝に戻ってきた。

「父様。父王様。お母様のお話をして？」

「ああ。よかろう。そなたの母、我が妃は、剣を握らせれば呪いの品を叩き割り、アイデース王の呪いを解き、超大国軍を退ける、英雄よりよほど英雄らしい魔法の皇妃なのだ」

「もっと理想の妃のように語ってください！　私はがんばっているはずです」

「そうだ。がんばっている。我が自慢の皇妃である。そなたもゆくゆく妃を娶《めと》るときは、母君のような優秀で勇敢な妃を娶るといい」

「ゆうかんとは、何ですか？　父王様」

「誰もが怖れるような場面でも、勇気を持って強く立ち向かってゆくということだ」

「結局強いのではないですか……！」

リディルは頬を膨らませて肩で息をついた。

イル・ジャーナに嫁いで五度も季節が巡った。皇妃の立場も、《花の大魔法使い》としての振る舞いもすっかり板についてきたつもりだ。

もっとグシオン皇帝の妃にふさわしく、思慮深く、大魔法使いとしての威厳がある母だと言い聞かせてもらいたいのに、グシオンの説明はなかなかそれに近づかない。

「母様はおつよいのですか！」

ヤエルは目を輝かせて、グシオンと自分を見くらべている。勇敢な母を——。

「ヤエル様、こちらへ。お水をさしあげましょう。次は、数学の勉強でございます。お手洗いは大丈夫ですか？」

イドがヤエルを迎えに来た。

ヤエルは自分たちを両親として暮らしているが、実際身の回りの世話を焼き、寝かせつけ、ぐずって泣けば付き合うのはイドだ。イドは「いいんですよ。私は独身ですが、すでに一度、このくらいの幼い王子をお育てしたことがありますから」と、ずいぶん苦労をかけたらしい、リディルの世話をしたときのことを当てこすった。

コップにいれた水を、皇子がこくこく音を立てて飲んでいると、ガルイエト戦とその戦後処理の功績で、最年少の大臣に昇格したカルカが迎えに来た。

「ヤエル様、お時間です。私がお部屋にお連れしましょう。昨日はお部屋に遅れていらっしゃいましたが、本来講義を受けるときは、先にお部屋に入っていただき、紙を広げてお待ちいただくのが礼儀でございます」

ヤエルはカルカを見るなりイドにコップを押しつけて、リディルの背後に隠れた。

「母様がいい！　母様の教えてくださるほうがわかる！　カルカは怖いからいや！」

「何ですって⁉」

この通り、ヤエルはカルカが苦手なようだ。

カルカは丁寧だが厳しく、できるまでやるという方針で、少しも甘いところがない。

カルカが怒る前に、イドがリディルの陰からヤエルを掬い取って抱き上げた。

「リディル様はお忙しいのですよ。私はどうです？　皇太子殿下」

「イドならいい」

ヤエルが、イドの頭にぎゅっと抱きつく様子を見て、カルカは隠しもせずに顔を歪《ゆが》めるし、イドはやたらに得意げだ。

ヤエルはイドの頭を押し返し、大きな声でイドに言った。

「でもイドは勉強じゃなくて剣を教えて！　イドのおべんきょうはつまらないんだもの！」

今度はカルカが薄ら笑いを浮かべてイドを眺める番だ。

「わかりました。数学のお勉強をしたあとに、剣の振り方を教えましょう」

「ほんとう⁉」

「本当でございますとも」

さすがのイドは上手い妥協案を示し、機嫌のいいヤエル皇子を抱えて部屋を出てゆく。不服顔のカルカもため息をつきながら出ていった。

リディルもほっと息をつく。

「ああ見えてもとても利発なのだと、カルカが褒めておりました」

「言うことがいちいち賢いようだ。そなたを見て育てばきっとそうなる」

「イドが言うには太刀筋もとてもいいそうです。あなたを見て育てばきっと強く優しい王になります」

目が合って、そのまま頰を寄せ合って口づけをした。リディルは踵《かかと》を上げて背伸びをし、王は背をかがめて春の獣のように頬を擦りつけ合った。

「我が王よ」

繋ぎ合う手から花が零れる。

リディルの金髪をひとすじ、風が嬲《なぶ》り、花の香りを外に持ち出した。

ずっとあなたに注ぎ続ける。

絶え間なく、溢れ続けるこの花のように。

この本を読んでのご意見、ご感想を編集部までお寄せください。

《あて先》〒141-8202　東京都品川区上大崎3-1-1　徳間書店　キャラ編集部気付
「雪降る王妃と春のめざめ」係

【読者アンケートフォーム】

QRコードより作品の感想・アンケートをお送り頂けます。

Ｃｈａｒａ公式サイト http://www.chara-info.net/

■初出一覧
雪降る王妃と春のめざめ……書き下ろし

2021年4月30日　初刷

著者　尾上与一
発行者　松下俊也
発行所　株式会社徳間書店
〒141-8202　東京都品川区上大崎3-1-1
電話　049-293-5521（販売部）
03-5403-4348（編集部）
振替　00140-0-44392

Chara

雪降る王妃と春のめざめ

……【キャラ文庫】

印刷・製本　図書印刷株式会社
カバー・口絵　近代美術株式会社
デザイン　百足屋ユウコ＋モンマ蚕（ムシカゴグラフィクス）

ISBN978-4-19-901025-5

尾上与一の本

好評発売中

「花降る王子の婚礼」

イラスト✦yoco

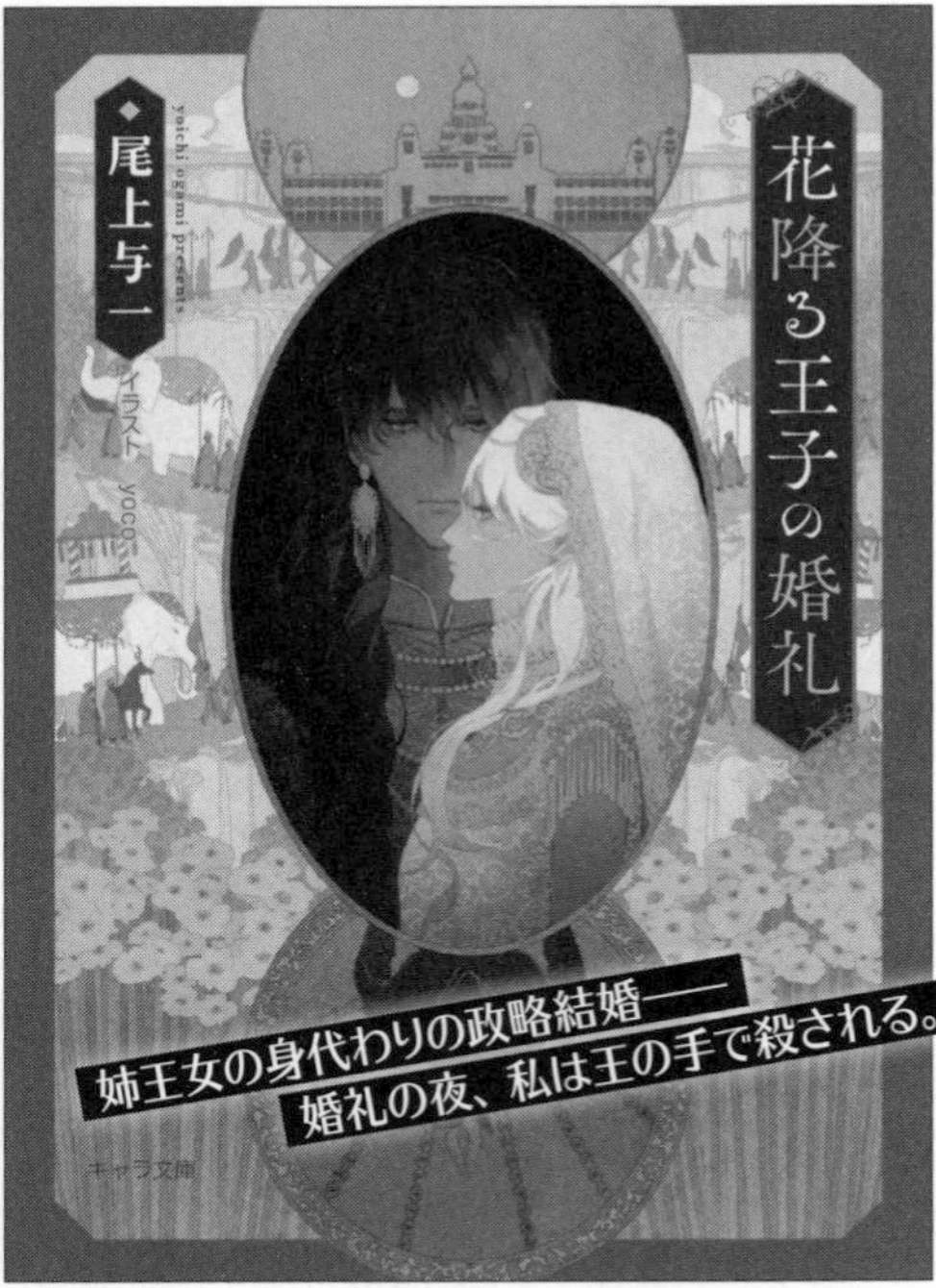

武力を持たない代わりに、強大な魔力で大国と渡り合う魔法国――。身体の弱い姉王女の代わりに、隣国のグシオン王に嫁ぐことになった王子リディル。男だとバレて、しかも強い魔力も持たないと知られたらきっと殺される――!!　悲愴な覚悟で婚礼の夜を迎えるけれど、王はリディルが男と知ってもなぜか驚かず…!?　忌まわしい呪いを受けた王と癒しの魔力を持つ王子の、花咲く異世界婚姻譚!!

尾上与一の本

好評発売中

[初恋をやりなおすにあたって]

イラスト✦木下けい子

食事も摂らず駒を動かし、棋譜を眺めて呟くばかり——。対局前は廃人同然の棋士の世話を請け負った何でも屋の大須賀《おおすか》。そこで再会したのは、若くして七段となった棋士期待の星・灰谷雪《はいたにせつ》。小学校で別れたきりの幼なじみだった!! 詰将棋を教わるほど仲が良かったのに、雪はなぜか無反応で…!? 一期一会の対局に魂を削り名人を目指す、雪の真意とは——13年を経て、もう一度始める切ない初恋!!

キャラ文庫既刊

英田サキ

[DEADLOCK] シリーズ全3巻 ill：高階 佑
[SIMPLEX DEADLOCK外伝] ill：高階 佑
[STAY DEADLOCK番外編1]
[AWAY DEADLOCK番外編2] ill：高階 佑
[OUTLIVE DEADLOCK season 2] ill：高階 佑
[PROMISING DEADLOCK season 2] ill：高階 佑
[BUDDY DEADLOCK season 2] ill：高階 佑
[HARD TIME DEADLOCK外伝] ill：高階 佑
[恋ひめやも] ill：小山田あみ
[ダブル・バインド] 全4巻
[アウトフェイス ダブル・バインド外伝] ill：葛西リカコ
[すべてはこの夜に] ill：笠井あゆみ

秋月こお

[王朝春宵ロマンセ] シリーズ全4巻 ill：唯月 一
[王朝ロマンセ外伝] シリーズ全3巻 ill：唯月 一
[幸村殿、艶にて候] 全7巻 ill：九號
[公爵様の羊飼い] 全3巻 ill：円屋榎英

秋山みち花

[黒き覇王の花嫁] ill：麻々原絵里依
[騎士と魔女の養い子] ill：北沢きょう
[略奪王と雇われの騎士] ill：雪路凹子
[虎の王と百人の妃候補] ill：夏河シオリ

犬飼のの

[暴君竜を飼いならせ]
[翼竜王を飼いならせ 暴君竜を飼いならせ2]
[水竜王を飼いならせ 暴君竜を飼いならせ3]
[双竜王を飼いならせ 暴君竜を飼いならせ4]
[卵生竜を飼いならせ 暴君竜を飼いならせ5]
[幼生竜を飼いならせ 暴君竜を飼いならせ6]
[皇帝竜を飼いならせⅠ 暴君竜を飼いならせ7]
[皇帝竜を飼いならせⅡ 暴君竜を飼いならせ8]
[少年竜を飼いならせ 暴君竜を飼いならせ9]
[最愛竜を飼いならせ 暴君竜を飼いならせ10] ill：笠井あゆみ

海野 幸

[あなたは三つ数えたら恋に落ちます] ill：湖水きよ
[匿名希望で立候補させて] ill：高城リョウ
[ｉｆの世界で恋がはじまる] ill：高久尚子

榎田尤利

[理髪師の、些か変わったお気に入り] ill：二宮悦巳

尾上与一

[初恋をやりなおすにあたって] ill：木下けい子
[花降る王子の婚礼]
[雪降る王妃と春のめざめ 花降る王子の婚礼2] ill：yoco

音理 雄

[俺がいないとダメでしょう？] ill：榊 空也
[農業男子とスローライフを] ill：高城リョウ

華藤えれな

[氷上のアルゼンチン・タンゴ] ill：嵩梨ナオト
[人魚姫の真珠 ～海に誓う婚礼～] ill：北沢きょう
[白虎王の蜜月婚] ill：高緒 拾
[オメガの初恋は甘い林檎の香り ～煌めく夜に生まれた子へ～] ill：夏河シオリ

可南さらさ

[先輩とは呼べないけれど] ill：穂波ゆきね
[旦那様の通い婚] ill：高星麻子

かわい恋

[王と獣騎士の聖約] ill：小椋ムク
[異世界で保護竜カフェはじめました] ill：夏河シオリ

川琴ゆい華

[幼なじみクロニクル] ill：Ciel
[ぎんぎつねのお嫁入り] ill：三池ろむこ
[親友だけどキスしてみようか] ill：古澤エノ

神奈木智

[その指だけが知っている] シリーズ全5巻 ill：小田切ほたる
[ダイヤモンドの条件] シリーズ全3巻 ill：須賀邦彦
[守護者がめざめる逢魔が時] シリーズ1～5
[守護者がおちる呪縛の愛 守護者がめざめる逢魔が時6] ill：みずかねりょう

北ミチノ

[好奇心は蝶を殺す] ill：円陣闇丸
[星のない世界でも] ill：高久尚子

久我有加

[寮生諸君！] ill：麻々原絵里依
[獲物を狩るは赤い瞳] ill：金ひかる

櫛野ゆい

[伯爵と革命のカナリア] ill：穂波ゆきね
[臆病ウサギと居候先の王子様] ill：石田 要
[興国の花、比翼の鳥] ill：夏河シオリ
[しのぶれど色に出でにけり輪廻の恋] ill：北沢きょう

楠田雅紀

[俺の許可なく恋するな] ill：乃一ミクロ
[恋人は、一人のはずですが。] ill：麻々原絵里依
[あの日、あの場所、あの時間へ！] ill：サマミヤアカザ
[海辺のリゾートで殺人を] ill：夏河シオリ

キャラ文庫既刊

［Brave －炎と闘う者たち－］ ill：小山田あみ

栗城 偲

［玉の輿ご用意しました］

［玉の輿謹んで返上します］ 玉の輿ご用意しました2

［玉の輿新調しました］ 玉の輿ご用意しました3

［玉の輿に乗ったその後の話］ 玉の輿ご用意しました番外編 ill：高緒 拾

月東 湊

［親愛なる僕の妖精王へ捧ぐ］ ill：みずかねりょう

［旅の道づれは名もなき竜］ ill：テクノサマタ

ごとうしのぶ

［熱情］ ill：高久尚子

小中大豆

［妖しい薬屋と見習い狸］ ill：高星麻子

［ないものねだりの王子と騎士］ ill：北沢きょう

［十六夜月と輪廻の恋］ ill：夏河シオリ

［鏡よ鏡、毒リンゴを食べたのは誰？］ ill：みずかねりょう

桜木知沙子

［教え子のち、恋人］ ill：高久尚子

佐々木禎子

［妖狐な弟］ ill：佳門サエコ

沙野風結子

［一滴、もしくはたくさん］ ill：湖水きよ

［人喰い鬼は色に狂う］ ill：葛西リカコ

［夢を生む男］ ill：北沢きょう

［疵物の戀］ ill：みずかねりょう

秀 香穂里

［くちびるに銀の弾丸］ シリーズ全2巻 ill：祭河ななを

［他人同士］ 全3巻 ill：新藤まゆり

［大人同士］ 全3巻 ill：新藤まゆり

［他人同士 －Encore!－］ ill：新藤まゆり

［ウィークエンドは男の娘］ ill：高城リョウ

［束縛志願］ ill：新藤まゆり

［肌にひそむ蝶］ ill：嵩梨ナオト

［オメガの純潔］ ill：みずかねりょう

［コンビニで拾った恋の顛末］ ill：新藤まゆり

［弟の番人］ ill：ミドリノエバ

［地味な俺が突然モテて困ってます］ ill：Ciel

［魔人が叶えたい三つのお願い］ ill：小野浜こわし

［恋に無縁なんてありえない］ ill：金ひかる

愁堂れな

［法医学者と刑事の相性］ シリーズ全2巻 ill：高階 佑

［あの頃、僕らは三人でいた］ ill：yoco

［美しき標的］ ill：小山田あみ

［ハイブリッド ～愛と正義と極道と～］ ill：水名瀬雅良

神香うらら

［恋の吊り橋効果、試しませんか？］

［恋の吊り橋効果、深めませんか？］ 恋の吊り橋効果、試しませんか？2 ill：北沢きょう

［伴侶を迎えに来日しました！］ ill：高城リョウ

［葡萄畑で蜜月を］ ill：みずかねりょう

菅野 彰

［毎日晴天！］ シリーズ1～17

［花屋に三人目の店員がきた夏］ 毎日晴天！18

［竜頭町三丁目帯刀家の徒然日記］ 毎日晴天！番外編

［竜頭町三丁目まだ四年目の夏祭り］ 毎日晴天！外伝 ill：二宮悦巳

［愛する］ ill：高久尚子

［いたいけな彼氏］ ill：湖水きよ

［成仏する気はないですか？］ ill：田丸マミタ

杉原理生

［制服と王子］ ill：井上ナヲ

［星に願いをかけながら］ ill：松尾マアタ

［錬金術師と不肖の弟子］ ill：yoco

［愛になるまで］ ill：小椋ムク

すとう茉莉沙

［触れて感じて、堕ちればいい］ ill：みずかねりょう

［営業時間外の冷たい彼］ ill：小椋ムク

砂原糖子

［シガレット×ハニー］ ill：水名瀬雅良

［灰とラブストーリー］ ill：穂波ゆきね

［猫屋敷先生と縁側の編集者］ ill：笠井あゆみ

［小説家先生の犬と春］ ill：笠井あゆみ

［アンダーエール！］ ill：小椋ムク

高尾理一

［鬼の王と契れ］ シリーズ全3巻 ill：石田 要

高遠琉加

［神様も知らない］ シリーズ全3巻 ill：高階 佑

［天使と悪魔の一週間］ ill：麻々原絵里依

［さよならのない国で］ ill：葛西リカコ

月村 奎

［そして恋がはじまる］ 全2巻 ill：夢花 李

［アプローチ］ ill：夏乃あゆみ

［きみに言えない秘密がある］ ill：サマミヤアカザ

キャラ文庫既刊

遠野春日

[砂楼の花嫁]
[花嫁と誓いの薔薇 砂楼の花嫁2]
[仮装祝祭日の花嫁 砂楼の花嫁3]
[愛と絆と革命の花嫁 砂楼の花嫁4] ill:円陣闇丸
[蜜なる異界の契約] ill:笠井あゆみ
[黒き異界の恋人] ill:笠井あゆみ
[疵と蜜] ill:笠井あゆみ
[恋々 疵と蜜2] ill:笠井あゆみ
[鼎愛-TEIAI-] ill:嵩梨ナオト
[美しい義兄] ill:新藤まゆり
[愛しき年上のオメガ] ill:みずかねりょう
[やんごとなきオメガの婚姻] ill:サマミヤアカザ

中原一也

[負け犬の領分] ill:新藤まゆり
[愛と獣-捜査一課の相棒-] ill:みずかねりょう
[魔性の男と言われています] ill:草間さかえ
[花吸い鳥は高音で囀る] ill:笠井あゆみ
[俺が好きなら咬んでみろ] ill:小野浜こわし
[街の赤ずきんと迷える狼] ill:みずかねりょう
[拝啓、百年先の世界のあなたへ] ill:笠井あゆみ

凪良ゆう

[恋愛前夜]
[求愛前夜 恋愛前夜2] ill:穂波ゆきね
[天涯行き] ill:高久尚子
[おやすみなさい、また明日] ill:小山田あみ
[美しい彼]
[憎らしい彼 美しい彼2]
[悩ましい彼 美しい彼3] ill:葛西リカコ
[ここで待ってる] ill:草間さかえ
[初恋の嵐] ill:木下けい子
[セキュリティ・ブランケット 上・下] ill:ミドリノエバ
[きみが好きだった] ill:宝井理人

夏乃穂足

[飼い犬に手を咬まれるな] ill:笠井あゆみ
[真夜中の寮に君臨せし者] ill:円陣闇丸

成瀬かの

[世界は僕にひざまずく] ill:高星麻子
[気がついたら幽霊になってました。] ill:yoco
[兄さんの友達] ill:三池ろむこ
[隣の狗人の秘密] ill:サマミヤアカザ
[神獣さまの側仕え] ill:金ひかる

西野 花

[溺愛調教] ill:笠井あゆみ
[陰獣たちの贄] ill:北沢きょう
[獣神の夜伽] ill:穂波ゆきね
[淫妃セラムと千人の男] ill:北沢きょう
[催淫姫] ill:古澤エノ

鳩村衣杏

[歯科医の弱点] ill:佳門サエコ
[学生服の彼氏] ill:金ひかる
[きれいなお兄さんに誘惑されてます] ill:砂河深紅

樋口美沙緒

[八月七日を探して] ill:高久尚子
[他人じゃないけれど] ill:穂波ゆきね
[狗神の花嫁] シリーズ全2巻 ill:高星麻子
[予言者は眠らない] ill:夏乃あゆみ
[パブリックスクール-檻の中の王-]
[パブリックスクール-群れを出た小鳥-]
[パブリックスクール-八年後の王と小鳥-]
[パブリックスクール-ツバメと殉教者-]
[パブリックスクール-ロンドンの蜜月-]
[パブリックスクール-ツバメと監督生たち-] ill:yoco
[ヴァンパイアは我慢できない dessert] ill:夏乃あゆみ
[王を統べる運命の子①～②] ill:麻々原絵里依

火崎 勇

[ぬくもりインサイダー] ill:みずかねりょう
[悪党に似合いの男] ill:草間さかえ
[カウントダウン!] ill:高緒 拾
[俺の知らない俺の恋] ill:木下けい子
[ヒトデナシは惑愛する] ill:小椋ムク
[エリート上司はお子さま!?] ill:金ひかる
[メールの向こうの恋] ill:麻々原絵里依

菱沢九月

[小説家は懺悔する] シリーズ全3巻 ill:高久尚子
[年下の彼氏] ill:穂波ゆきね
[好きで子供なわけじゃない] ill:山本小鉄子
[飼い主はなつかない] ill:高星麻子
[同い年の弟] ill:穂波ゆきね

松岡なつき

[WILD WIND] ill:雪舟 薫
[FLESH&BLOOD①～㉔] ill:①～⑪雪舟 薫／⑫～彩

キャラ文庫既刊

[FLESH&BLOOD外伝 ―女王陛下の海賊たち―] ill:彩
[FLESH&BLOOD外伝2 ―祝福されたる花―] ill:彩
[H・K《ホンコン》ドラグネット] 全4巻 ill:乃一ミクロ
[流沙の記憶] ill:彩

水原とほる
[コレクション] ill:北沢きょう
[皆殺しの天使] ill:新藤まゆり
[刹那と愛の声を聞け] ill:みずかねりょう
[百千万劫に愛を誓う] ill:乃一ミクロ
[ピアノマンは今宵も不機嫌] ill:ミドリノエバ
[名前も知らず恋に落ちた話] ill:yoco
[監禁生活十日目] ill:砂河深紅
[正体不明の紳士と歌姫] ill:yoco
[彼は優しい雨] ill:小山田あみ
[月がきれいと言えなくて] ill:ひなこ
[見初められたはいいけれど] ill:ミドリノエバ
[小説の登場人物と恋は成立するか?] ill:サマミヤアカザ

水無月さらら
[座敷童が屋敷を去るとき] ill:駒城ミチヲ
[人形遊びのお時間] ill:夏河シオリ
[いたいけな弟子と魔導師さま] ill:yoco
[海賊上がりの身代わり王女] ill:サマミヤアカザ
[二度目の人生はハードモードから] ill:木下けい子

水壬楓子
[桜姫] シリーズ全3巻 ill:長門サイチ
[森羅万象] シリーズ全3巻 ill:新藤まゆり
[王室護衛官を拝命しました] ill:サマミヤアカザ

宮緒 葵
[二つの爪痕] ill:兼守美行
[蜜を喰らう獣たち] ill:笠井あゆみ
[忘却の月に聞け] ill:水名瀬雅良
[祝福された吸血鬼] ill:Ciel
[悪食] ill:みずかねりょう

夜光 花
[不浄の回廊]
[二人暮らしのユウウツ 不浄の回廊2] ill:小山田あみ
[眠る劣情] ill:高階 佑
[ミステリー作家串田寥生の考察]
[ミステリー作家串田寥生の見解] ill:高階 佑
[バグ] 全3巻 ill:湖水きよ
[式神の名は、鬼] 全3巻 ill:笠井あゆみ

吉原理恵子
[二重螺旋] シリーズ1〜12巻 ill:円陣闇丸
[水面ノ月 二重螺旋13]
[灼視線 二重螺旋外伝] ill:円陣闇丸
[間の楔] 全6巻 ill:長門サイチ
[影の館] ill:笠井あゆみ
[暗闇の封印―邂逅の章―]
[暗闇の封印―黎明の章―] ill:笠井あゆみ

六青みつみ
[輪廻の花〜300年の片恋〜] ill:みずかねりょう
[鳴けない小鳥と贖いの王〜彷徨編〜] ill:稲荷家房之介

渡海奈穂
[河童の恋物語] ill:北沢きょう
[僕の中の声を殺して] ill:笠井あゆみ
[狼は闇夜に潜む] ill:マミタ
[御曹司は獣の王子に溺れる] ill:夏河シオリ

〈四六判ソフトカバー〉

ごとうしのぶ
[ぼくたちは、本に巣喰う悪魔と恋をする]
[喋らぬ本と、喋りすぎる絵画の麗人]
[ぼくたちは、優しい魔物に抱かれて眠る]
[ぼくたちの愛する悪魔と不滅の庭] ill:笠井あゆみ

遠野春日
[夜間飛行] ill:笠井あゆみ

松岡なつき
[王と夜啼鳥《ナイチンゲール》 FLESH&BLOOD外伝] ill:彩

アンソロジー
[キャラ文庫アンソロジーⅠ 琥珀]
[キャラ文庫アンソロジーⅡ 翡翠]
[キャラ文庫アンソロジーⅢ 瑠璃] ill:円陣闇丸

〈2021年4月27日現在〉